殘句線索

THE LAST THING HE TOLD ME

蘿拉・戴夫 ——— 著　吳宗璘 ——— 譯

LAURA DAVE

獻給喬許與雅各，
我最可愛的奇蹟
還有
羅拉謝爾與安德魯・戴夫，
感謝所有的一切

他說我們走吧
她說不要太遠
他說什麼叫做不要太遠
她說有你在的地方就好

——愛德華・艾斯特林・卡明斯

序曲

歐文老是喜歡笑我掉東掉西，還有我掉東西的獨特方式已經昇華為某種藝術形式。太陽眼鏡、鑰匙、手套、棒球帽、印章、相機、手機、可樂瓶、筆、鞋帶。還有襪子、燈泡、製冰盒。他說的一點都沒錯。我的確有亂放東西的習慣，容易恍神，忘記東西放在哪裡。

我們第二次約會的時候，我們把車停在停車場，之後共進晚餐，而我遺失了停車場票根，當時我們是各自開自己的車。後來，歐文拿這件事笑我——我在第二次約會的時候就是那麼堅持要自己開車。就連我們婚禮的那一晚，他還是拿出來取笑了我一次。而我則笑他在那一晚拚命拷問我，不斷詢問我的過往——關於我拋棄的那些男人，還有拋棄我的那些男人。

他把他們稱之為有緣無分的男孩們。他舉杯向他們致敬，還說無論他們現在身在何方，他對他們充滿了感激，因為他們不是我需要的對象，所以他才有機會成為坐在我對面的這個人。

我當時是這麼對他說的，你跟我不熟吧。

他微笑，但感覺並非如此，妳說是不是？

他沒說錯。打從一開始，我們之間那種似曾相識的感覺就席捲而來。我喜歡這麼想，這就是我為什麼會恍神，為什麼會丟失停車場票根的原因。

我們把車停在舊金山市區的麗思卡爾頓停車場，警衛對我大吼大叫，他說我堅稱我只是停在那裡用餐，根本不是重點。

弄丟停車票票根的費用是一百美元。「妳要把車留在這裡好幾個禮拜也不成問題啊，」停車場警衛對我說道，「我怎麼知道妳是不是想偷哪台跑車？只要是掉了票根，就得付一百美元加稅，妳自己看一下告示。」

歐文當時問我，「妳確定真的掉了嗎？」但他說出這句話的時候，臉上滿是笑意，彷彿這是他一整個晚上獲知的最寶貴線索一樣。

我很確定。我已經在自己租來的那台富豪汽車裡挖遍了每一個地方，連歐文的豪華跑車（雖然我明明沒有進入他的車內）也不放過，還有，就連那完全不可能的灰撲撲停車場地板也一樣。沒有票根，遍尋不著。

歐文消失後的那個禮拜，我夢到他站在那座停車場。他身穿相同的西裝——臉上掛著同樣的迷人笑容。夢中的他，脫掉了他的婚戒。

好，漢娜，他說道，現在妳把我也搞丟了。

第一部

對於那種拿了一塊木板、找尋最薄的地方，
然後在容易鑽洞的位置鑽出一堆洞的科學家們，我不是很有耐心。

——亞伯特．愛因斯坦

如果陌生人來訪，你打開了家門……

你在電視上老是會看到這樣的情節。有人敲你家大門，然後，站在另一頭的人講出了改變一切的消息。電視上出現的通常是某位警察牧師或消防隊員，也許是某名身著制服的軍官。不過，當我開門的那一刻——當我發現我的一切即將風雲變色的那一刻——這位信使並不是警察或身穿漿挺長褲的聯邦調查幹員，而是一個十二歲的女孩，身穿足球隊制服，護脛啊什麼的一應俱全。

「是麥可斯太太嗎？」

我遲疑了一會兒——當有人詢問我身分的時候，我通常都是這種反應。我是，也可以說不是。我從來沒有改名，在我認識歐文之前的那三十八個年頭，我一直是漢娜．赫爾，我也看不出之後要成為另外一個人的必要性。而我和歐文結婚一年多了，在這段時間當中，不論別人怎麼喊我，我已經學會了不要去糾正別人，因為他們其實只是想知道我是否是歐文的妻子。

這名十二歲小孩想知道的當然是這一點，既然這麼說，我就得解釋為什麼我這麼篤定她是十二歲，在我的一生當中，幾乎都只是把人粗分為兩類：孩童與成人。而我的改變都是因為這過去一年半的累積之賜，多虧了我丈夫的女兒：貝莉，目前正是拒人於千里之外的十六歲。說來都是我的錯。第一次與充滿防衛之心的貝莉見面的時候，我說她看起來比實際年齡小，這應該是我有史以來犯下的最嚴重疏失。

應該是第二嚴重才是。最可怕的應該是我後來還企圖開玩笑打圓場，我自己好盼望別人誤會我的年齡，以為我比較年輕。雖然，我現在已經比較知道狀況，千萬別想跟十六歲的人開玩笑，或者，其實根本就不該多話，但貝莉自此之後就對我興趣缺缺。

還是回到我這位十二歲的朋友吧，她站在門口，身體重心不斷在髒兮兮的釘鞋之間游移。

「麥可斯先生叫我把這東西交給妳。」

然後，她伸手把它塞到我面前，手心裡有一張摺好的黃色拍紙簿紙頁，上方是歐文的筆跡，*漢娜*。

我接下那張摺好的字條，與她四目相接，「抱歉，」我說道，「我應該是漏聽了什麼吧，妳是貝莉的朋友嗎？」

「誰是貝莉？」

我也不覺得她會說她認識貝莉，十二歲與十六歲之間相隔的距離一整座海洋。但我就是兜不起來。歐文為什麼不直接打電話給我？他和這個女孩又有什麼關係？我的第一個念頭是貝莉出事了，歐文無法抽身。不過，貝莉在家裡，和平常一樣躲著我，震天價響的音樂（今日精選：《美麗傳奇：卡洛・金音樂劇》）從樓上一路傳下來，它的副歌不斷在提醒我，她的房間不歡迎我進去。

「抱歉。我有點搞不清楚這怎麼回事……妳是在哪裡看到他的？」

「我在走廊上的時候，他從我旁邊跑過去。」

我當下一度以為她指的是我家的走廊，就在我們的正後方，不過，這說不通。我們住在灣邊的某間水上屋，通常大家稱之為船屋，但在索薩利托有一整個社區都是如此，足足有四百間之多。這裡全是水上屋——我們的人行道是碼頭，家中走廊就是客廳。

「所以妳是在學校見到了麥可斯先生？」

「我剛剛就說過啦。」她看了我一眼，意思就是不然呢？「我和我朋友克萊兒正準備要去練球，他請我們要轉交這東西。我說我得要練完球之後才能過來，他說沒關係，然後又把妳的地址給了我們。」

她又揚起了另一張紙，彷彿當成了證據一樣。

「他給了我二十塊美金。」

她沒有緊捏著那張鈔票，也許她以為我會把它收回來。

「所以……他說他手機壞了？」

她回我：「我怎麼知道？」

然後，她手機響了——或者，應該是我以為是手機的東西，等到她從腰際取下之後，我才發現那是看起來比較像是某種高科技的呼叫器。呼叫器時代又回來了嗎？

卡洛．金的樂聲大作，高科技的呼叫器。這可能是貝莉對我沒有耐心的另一個原因，我對於青少年事物的世界真的是一無所知。

那女孩輕輕點了一下她的那個裝置，已經把歐文與她的二十元美金任務拋到一旁。我實在不想放她走，我依然不確定這究竟是什麼狀況。也許這是某種神秘的玩笑，也許歐文覺得這樣很好玩，我是不這麼覺得，反正，現在我還沒有辦法笑得出來。

她開口，「掰掰嘍。」

她準備離開，走向碼頭。我望著她的身影變得越來越小，斜陽映照在灣岸，數顆早星為她點亮了路。

我自己走出門外，心想也許歐文（我的可愛耍呆歐文）從碼頭旁邊跳出來，其他足球隊員在他後面咯咯笑個不停，顯然我是搞不懂這個梗，他們就站在那裡讓我慢慢領會。不過，他不在那裡，根本沒有人。

所以我關上大門。目光低垂，望向手中那張還沒有打開的黃色拍紙簿紙頁。

我這才驚覺，其實，我真的很不想打開它。我不想知道裡面寫什麼，我依然多少盼望可以就這麼撐到最後一刻——依然相信這是某個玩笑，有人搞錯了什麼的那一刻，根本無傷大雅；體悟到已經有大事發生、自己已然無力阻止之前的那一刻。

我打開了那張紙。

歐文的字條很簡短，只有一行字，自成謎團。

保護她。

當格林街還是格林街的時候

我是在兩年多前認識歐文。

當時我還住在紐約，距離我現在稱之為家的北加州小鎮索薩利托足足相隔了將近有四千九百公里之遠。索薩利托位於舊金山金門大橋的另一頭，但卻是一個與城市生活截然不同的世界。靜謐，迷人，慵懶。這是歐文與貝莉在這十多年來、一直稱之為家的地方。它與我之前的生活正好是極端對比，就是這樣的生活讓我先前一直待在曼哈頓，窩在蘇活區格林街的某間閣樓式店面——必須支付天文數字租金的小地方，我一直不太相信自己居然有能力負擔得起。那裡是我的工作室，也是我的展示間。

我是木藝製作師，那是我賴以為生之道。每當我告訴別人這是我工作的時候（無論我怎麼拚命描述都一樣），大家通常的反應是扮鬼臉，他們心中浮現的是中學時的木工課畫面。身為木藝製作師，其實工作內容是有點像那樣沒錯，但其實完全不是那樣。我喜歡把它稱之為雕塑，但我的素材不是黏土，而是木頭。

我是自然而然走上了這一行。我外公是木藝製作師——表現優異——回顧過往，他的作品一直是我的生活重心；回顧過往，他一直是我的生活重心，他幾乎是靠他一己之力把我養大。

我爸爸傑克，還有我媽媽卡蘿（她比較喜歡我直呼她的名字卡蘿），對於養兒育女是興趣缺缺，除了我爸爸的攝影生涯之外，他們幾乎對什麼都興趣缺缺。我外公一直鼓勵我母親、要在我小時候與我多加相處，而我幾乎不認識我爸爸，他一年有兩百八十天在出差。等到他有空的時候，都窩在他家族位於田納西州西沃恩的農場裡面，卻不願意開兩個小時的車到法蘭克林的外公家與我在一起。而且，在我過了六歲生日之後沒多久，我爸爸為了他的助理而拋棄了我媽媽——某個名叫格溫多琳的女子，才剛滿二十一歲——我媽媽也不回家了。她追查我爸爸的下落，終於找到他之後，卻被他送了回來，自此之後，她就永遠拋棄了我與外公。

聽起來是個令人悲泣的故事，其實不是。當然，自己的媽媽幾乎人間蒸發並不美好；成為被別人定奪取捨的一方，感覺當然很差。不過，現在當我回頭看待這一段過往，我覺得我媽媽離開的方式——沒有道歉，沒有猶豫不決——倒是幫了我一個大忙。至少，她清楚表態：無論我做什麼都無法讓她留下來。

而且，她離開之後還有另一個好處，我過得更開心了。我外公生活穩定，個性和善，每天都幫我做晚餐，等我吃完之後，他會宣布要起身離桌了，就寢前的說故事時間已經到來。而且，他總是讓我在一旁觀看他的工作過程。

我喜歡看他工作。一開始的時候，他會拿起一塊大得不得了的木頭，在車床上刨動，讓它變身成為某種神奇之物。或者，要是它看起來沒那麼神奇，他會想辦法要怎麼重新開始。

這應該是我觀看他工作的時候、覺得最津津有味的部分：他會舉高雙手，對我說道：

「好，我們要讓它看起來不一樣，是吧？」然後，他會想盡辦法找出創作的新方法。我想，任何一位稱職的心理學家都會認為，這種態度帶給我希望——我一定覺得我外公會幫助我完成同樣的使命，從頭再來。

不過，如果說真的受到外公什麼影響，應該說讓我覺得安然的卻是相反的啟示。觀看外公工作，讓我學到了一切都在流動。某些事物可以利用不同的角度達成目標，而重點是永遠不能放棄希望。無論任務會帶引我走向哪一個方向，努力配合工作需求就對了。

我從來不覺得從事工匠這一行——或者，突然跑去做傢俱——能夠讓我功成名就。我本來以為自己沒辦法靠它過生活，我外公經常得接下工地的工作補貼收入。不過，就在我剛入行沒多久的時候，我的某一張搶眼餐桌登上了《建築文摘》的專題，在紐約市的主要都會客層當中，我就此奠下基礎。誠如我最喜愛的某位室內設計師的解釋一樣，我的客戶希望花一大筆錢裝潢他們的家，但看起來卻像是根本沒花一毛錢，而我的質樸木作正好可以幫助他們遂願。

久而久之，這一群忠實的客層又進化為其他海岸城市與度假勝地的更廣大客層：包括了洛杉磯、亞斯本、東漢普頓、帕克城，以及舊金山。

這就是我會結識歐文的原因。艾維特．湯普森——歐文效力的科技公司的執行長——是我的客戶。艾維特與他的妻子，絕世大美女蓓兒，屬於我的最忠實客戶層。

蓓兒喜歡開玩笑說自己是艾維特的戰利品妻子，要不是因為如此切合現實，應該會更好笑。她以前是模特兒，比他的成年子女還年輕十歲，他們全都在澳洲出生長大。無論是她的舊金山獨棟別墅（也就是她與艾維特的家），還是她在納帕山谷北方小鎮聖海蓮娜的鄉村豪宅，蓓兒想作為獨自隱居的住所，裡面的每一個房間都有我的作品。

在艾維特與歐文出現在我工作室之前，我只見過艾維特幾次而已。他們來紐約參加某場投資人會議，而蓓兒希望他們可以過來看一下她為他們臥房訂製的某張圓形邊桌。艾維特不確定自己到底要檢查什麼，也就是那張桌子怎麼搭襯他們床架的細節——撐托他們一萬美金有機床墊的那個床架。

老實說，艾維特根本不在乎。當他與歐文走進來的時候，身穿亮藍色西裝的他，以髮膠固定脆弱的灰髮，手機緊貼耳邊。他正忙著講電話，他看了一眼邊桌，然後迅速以手蓋住送話口。

「我覺得不錯，」他說道，「這樣可以了吧？」

然後，我還沒開口回應，他已經走到外頭。

歐文的反應卻是癡迷不已。他慢慢環視整間工作室，在每一個作品前駐足端詳。

當他四處走動的時候，我一直在打量他，真是令人好生困惑的畫面：這傢伙手長腳長，頂著一頭亂七八糟的金髮，皮膚充滿陽光的飽滿浸潤，穿的是老舊的匡威運動鞋，這一切與他的奢華休閒外套似乎完全不搭調。簡直就像是他剛剛下了衝浪板、立刻換上了漿挺襯衫與這件外套。

當歐文站在我最喜歡的木作前面的時候——也就是我拿來當書桌的農莊桌，我才驚覺自己緊盯著他不放，趕緊別過頭去。

我的電腦、報紙，還有一些小工具佔據了桌子的大部分面積。只有在認真觀看的狀況下，才會發現底下的那張桌子，他真的如此。全神貫注凝望我雕鑿的那一塊堅硬紅木，我將桌角微微染黃，每一邊都焊接了粗獷的金屬支架。

歐文是不是第一個注意到這張桌子的客人？不，當然不是。但他卻是第一個彎腰，伸出手指撫摸尖銳金屬、握住整張桌子的人。

他轉頭，仰望看我，這動作害他痛得大叫：「啊！」

我說道：「你可以試試看半夜撞到的感覺是什麼。」

歐文起身，拍了拍那張桌子，作為道別。然後，他朝我走來，一直走，最後也不知道怎麼搞的，我們站在一起——其實，靠得太近了，我忍不住心想，我們怎麼會貼得這麼近？我身穿背心與佈滿油漆的牛仔褲，隨便紮了個包子頭，還有髒兮兮的捲髮滑脫而下，這種模樣應該是讓我自己覺得尷尬吧。不過，看到他盯著我，我的心緒卻感受到一種另外的波動。

「好，」他說道，「開價是多少？」

「其實，這張桌子是展示間裡的唯一非賣品。」

他問道：「是因為它會傷人嗎？」

「沒錯。」

他在這個時候露出微笑，歐文笑了。這種話聽起來像是某首俗濫流行歌曲的歌名。其實，讓他的面容為之一亮的並不是他的那種笑容，不是什麼感情濃烈或驚天動地的震撼，除了他的笑容——這種暢懷、孩子氣的微笑——還有一種態度，讓他看起來好和善，我很少在曼哈頓市中心格林街看到的那種和善；如此坦率大度，讓我甚至開始懷疑是否曾經在曼哈頓市中心格林街見過那樣的和善面容。

「所以，那張桌子就不會有議價的機會了嗎？」

「恐怕是沒有。不過，我可以讓你看一下其他的不同木作？」

「不然，我們改上一堂課好嗎？妳可以教我要怎麼自製一張類似的桌子，但也許邊角要改得稍微柔和一點……」他說道，「我會簽下一份自願放棄書，引發的各種損傷，結果自負。」

我依然在微笑，但心中卻一陣困惑。因為突然之間我覺得我們在講的不是那張桌子。我很有把握，真的不是，我的自信就像是與某個男人訂婚了兩年之久，卻在婚禮的兩個禮拜前、突然體悟到不能嫁給他的女子一樣。

我說道：「好，伊森……」

他糾正我，「我是歐文。」

「歐文，謝謝你問我，」我說道，「但我有個原則，不與客戶約會。」

他回我，「哦，幸好妳賣的品項我也負擔不起……」

然後，他就不說話了，他聳肩，彷彿意思是那就改天吧，隨即朝門口走去，在人行道來回踱步的艾維特，依然在講電話，對著電話另一頭的人大吼大叫。

他已經快要走出去了，馬上就要消失。不過，我突然有一股感覺——很強烈——我必須趕緊攔下他，不能讓他離開，告訴他我不是那個意思，我的話另有含義，他應該要留下來。

我不是要說我們一見鍾情，我的重點是，我心中暗暗盼望能夠做點什麼，讓他不要就這麼離開，我希望還可以再看一會兒那舒心的笑容。

「等等，」我四處張望，找尋是不是有什麼可以讓他留下來的物品，我的目光最後瞄準的是另一個客戶的布料，我把它拿起來，開口說道：「這是給蓓兒的。」

這實在不算是我的優雅時刻。而且，正如我前未婚夫所說的一樣，我會出手挽留某人、卻不是自己反縮回去，完全不像我日常作為。

他說道：「我一定會交到她手上。」

他接下了東西，不肯看我。

「我要強調一下，我也有，也有不約會政策。我是單親爸爸，理所當然……」他停頓了一會兒，「不過，我女兒是劇場迷。要是我來到紐約沒有看任何一場表演的話，我在她心目中會大大扣分。」

他指向怒氣沖沖的艾維特，正在人行道上咆哮。

「艾維特對劇場沒興趣，說出這一點可能會讓妳嚇一大跳……」

我回道：「真的好意外。」

「所以……妳覺得呢？想不想一起來？」

他沒有趨步向前，但的確抬起眼眸，與我四目相接。

「我們就別把它當成約會，」他說道，「就只是單一事件，我們都有共識，純粹吃飯與看劇，幸會幸會。」

我問道：「因為我們的不約會政策嗎？」

他又露出了微笑，「對，」他說道，「就是如此。」

貝莉問道：「那是什麼味道？」

我從記憶中回過神來，發現貝莉站在廚房門口，身穿厚實毛衣的她滿臉怒容——她斜掛郵差包，肩帶壓住了挑染的紫色髮絲。

我對她微笑，以我的手機撐住了下巴。我一直努力聯絡歐文，沒有成功，還是直接進入語音信箱，一次又一次。

我說道：「抱歉，我沒看到妳在那裡。」

她沒有回我話，只是癟嘴。我把手機放到一旁，沒有理會她一貫的臭臉。她雖然臉色難看，但依然是個美女，而且我發現那是每當她一走入某個地方、就會讓眾人大為驚豔的那種美。她跟歐文其實長得不太像——那頭紫色頭髮原本是棕栗色，深色雙眸，目光凌厲。那雙眼睛——炯炯有神，會把你整個人拉進去。歐文曾經說過，她的眼眸就和她的外公一樣，所以他們才會以他的名字貝里為她命名，貝莉女孩，完全就像個貝里男孩。

「我爸呢？」她說道，「他應該要開車載我去排演啊。」

我感覺到口袋裡那張歐文寫給我的字條，全身為之緊繃，好沉重。保護她。

「我想他正在路上，」我說道，「我們先吃點晚餐吧。」

她問我，「這是晚餐的味道嗎？」

她皺著鼻子，彷彿擔心我不清楚這是她不愛的味道。

我說道：「那是妳以前在『波吉歐』吃的細扁麵。」

她一臉茫然看著我，彷彿「波吉歐」並不是她鍾愛的本地餐廳，彷彿不過在幾個禮拜之前、我們不曾在那裡慶祝她的十六歲生日。貝莉點的是當晚特餐——自製多穀細扁麵佐焦化奶油醬汁。歐文還讓她嚐了一點他的馬爾貝克紅酒配餐。我原本以為她喜歡那盤義大利麵，但也許她喜歡的是與爸爸一起喝酒。

我把一大坨麵條盛入盤中，將它放在廚房中島。

「試一點吧，」我說道，「妳一定會很喜歡。」

貝莉瞪我，陷入天人交戰，不知道是否要攤牌——她不知道萬一我向她父親打小報告，說她沒吃晚餐就迅速離開的話，她是否能夠承受父親的失望之情。她壓抑自己的不悅，跳上了自己的高腳凳。

「好啦，」她說道，「我吃一點就是了。」

貝莉幾乎不太願意與我互動，這是最糟糕的部分。她不是壞孩子，也沒有心存惡意。她是個乖小孩，只是身處在自己深惡痛絕的狀態，而我正好就是那種狀態的起因。

青少女為什麼會討厭她父親剛娶的妻子，動機再明顯不過了，尤其是貝莉，只有他們兩人的時候，她過得很開心，他們是最要好的朋友，而且歐文是她的頭號粉絲。不過，這些理由並不足以彌補貝莉對我的惡感。不只是因為我們第一次見面的時候我猜錯了她的年紀，更重要的是我剛搬到索薩利托沒多久之後的某一個下午，我本來要去學校接她，但卻因為某位客戶來電而分身乏術——我遲到了五分鐘。不是十分鐘，而是五分鐘。五點五分，當我把車停在她朋友家的時候，時鐘上顯示的是這個數字，但感覺上卻可能是一個小時吧。貝莉是要求很嚴格的女孩，歐文會說這是我們兩人的共同特質，他妻子與他女兒可以在五分鐘之內、解析某人的一切，只要這樣的時間就夠了。而貝莉就在那五分鐘之內判定我不該接電話。

貝莉以叉子捲起了一些義大利麵，仔細端詳。「這看起來跟『波吉歐』的不一樣。」

「哦，是不太一樣。我說服副主廚把食譜給我，他甚至還叫我去渡輪大廈去挑選他搭配的大蒜麵包。」

她說道：「妳開車進舊金山就只為了一條麵包？」

我為了討好她，可能太過頭了吧，這就是明證。

她傾身向前，把那一整坨食物送入口中。我咬緊下唇，期盼得到她的讚許——忍不住從唇間發出的微聲讚嘆。

就在這個時候，她噎到了，是真的被食物噎到，她趕緊伸手拿水。

「妳在裡面加了什麼？」她問道，「那味道像是……木炭。」

「但我試過了，」我說道，「很完美啊。」

我自己又咬了一口，她沒說錯。我因為自己的那位十二歲訪客與歐文的字條陷入困惑，焦化奶油醬汁從原本的淡麥芽色泡沫的濃香，變成了完全燒焦，而且還帶有苦味，跟啃營火木柴沒兩樣。

「反正我要走了，」她說道，「如果我想要找蘇珊送我一程的話，更得要趕緊離開。」

貝莉起身，我心中浮現歐文站在我背後的畫面，他傾身在我耳邊低語，撐過去就是了。每當貝莉不甩我的時候，他就會說出這句話，撐過去就是了。意思就是——總有一天她會接受妳的，還有另一個意思——再過個兩年半，她就要去念大學了。不過，歐文不明白，這一點並不會讓我覺得舒坦。對我來說，這只是意味我努力讓她想接近我，但時間已經所剩無多。

而且，我真心盼望她能夠接近我，希望我們能建立良好關係，不只是因為歐文而已，不僅止於此——雖然貝莉拒我於千里之外，但我依然想要親近她，部分原因是因為我在她身上看出失去母親之後的殘痕。我母親是因為自我選擇而離開，貝莉的母親是因為發生了悲劇，不過，無論如何，都在我們身上留下了類似的印記。它讓我們身陷在同樣的陌生處境，我們必須在缺乏最重要的人看顧的狀況之下、努力找出探索世界的方法。

「我會走去蘇珊家，」她說道，「她會載我過去。」

蘇珊，也參與那一場表演的朋友蘇珊，也住在船塢區的蘇珊，可靠的蘇珊，是吧？保護她。

我說道：「我載妳去。」

「不要。」她把紫色髮綹攏到耳後，控制語氣。「沒關係，反正蘇珊要過去……」

「如果妳爸爸還沒有回來，」我說道，「我會過去接妳，反正我們其中一個人會在大門口等妳就是了。」

她看我的眼神殺氣騰騰，她問道：「他為什麼不會回來？」

「他會回來的，我確定一定會。我只是要說……如果我可以去接妳的話，那麼妳就可以開車回家。」

貝莉剛拿到了初學者駕駛許可，接下來的這一年，她開車的時候必須要有成人相伴，之後才能獨自開車。歐文不喜歡她在晚上開車，就算有他陪在身邊也一樣，而我則是把它當成了要善加利用的機會。

「好啊，」貝莉說道，「謝謝。」

她朝大門口走去。她不想和我繼續聊天，想要好好呼吸索薩利托的空氣。為了要擺脫我，她什麼都說好，但我卻把它當成了一場約會。

「那就幾個小時之後見嘍？」

她回我，「再見。」

我覺得好開心，但也就只有那麼一秒鐘而已。之後，她碰一聲關上大門，我又必須與歐文的那張字條、廚房裡的獨特沉靜，以及足以餵飽十口之家的燒焦義大利麵共處一室。

要是不想知道答案，就不要問問題

晚上八點，歐文還是沒打電話。

我左轉，進入貝莉學校的停車場，把車停入前門出口的某個空位。

我關掉廣播電台，又打了一次電話想要找他。轉入語音信箱的時候，我心跳急速飆升，他去上班已經十二個小時了，那位足球明星來訪也已經是兩個小時之前的事，我發了十八封簡訊給他，全都沒有回。

「嘿，」嗶聲響完之後，「歐文，我不知道這是什麼狀況，但你一聽到留言就要盡快打給我好嗎？我愛你，但要是你不趕快跟我聯絡，我一定會殺了你。」

我結束電話，目光低垂望著手機，期盼它會立刻響起。歐文，趕快回電，把一切解釋得清清楚楚。這是我愛他的原因之一，總是會解釋清楚，無論發生什麼狀況，他總是冷靜又理性。雖然我現在看不到，但我願意相信即便到了現在，他依然是如此。

我換到副座，讓貝莉等一下可以進入駕駛座。然後，我閉上雙眼，開始推演各式各樣的可能腳本，無傷無害的合理劇情。他被卡在某場冗長到不行的工作會議；他丟掉了手機；他準備了一份瘋狂禮物要給貝莉驚喜，他搞了一點小花招要嚇我一跳。他覺得這樣做很好玩，他根本沒有多想。

就在這個時候，我聽到歐文科技公司的名字——「工作坊」——從我車內的廣播電台冒了出來。

我調高電台音量，心想是我幻聽吧。也許是我在寫給歐文的訊息裡提到了這件事，你是不是卡在「工作坊」那裡？是有這個可能。不過，我聽到了報導的其他部分，從全國公共廣播電台主持人流暢磁性之聲當中汩汩流出。

「今日的突襲行動，是由證券交易委員會與聯邦調查局聯手調查新創軟體業十四個月之後的累積成果。我們確定『工作坊』的執行長艾維特·湯普森已經被羈押，將來被控訴的罪名包括了侵佔以及詐欺。熟知此一調查案的消息人士，告訴公共廣播電台以下內容，證據顯示湯普森打算逃離美國，並且早已在杜拜安排好了住所。其他高層預計也會在不久之後遭到起訴。」

「工作坊」，她在說的是「工作坊」。

怎麼可能呢？在那裡工作，歐文引以為傲。歐文真的這麼說，引以為傲。他告訴我，他一開始加入他們的時候還減薪，幾乎所有人都是減薪投靠，拋下了更大的企業——谷歌、臉書、推特——拋下了大筆金錢，同意以股票選擇權的方式代替傳統的報酬。

歐文不是告訴過我嗎？他們之所以這麼做是因為深信「工作坊」正在研發的技術？他們不是安隆，不是西拉諾斯，他們是一家軟體公司。他們正在研究可以讓線上生活保有隱私的軟體工具——幫助大家控制有關自己的素材提供連小孩都會使用的方式、抹消令人尷尬的影像，讓整個網站徹底消失。他們想要成為革命性線上隱私的一部分，他們想要開創真正的新局。

那樣的計畫裡怎麼會有詐欺？

電台進入廣告時段，我拿起手機，點開蘋果新聞。

不過，就當我正打算要點閱有線電視新聞網的財經新聞的時候，貝莉從學校出來了，肩上的包包東晃西晃，臉上露出了我認不出來的渴求神情，尤其，她現在找的人是我。

我不假思索，立刻關掉電台，放下手機。

保護她。

貝莉立刻鑽入車內，上了駕駛座之後，扣上安全帶。她沒有向我打招呼，根本沒有轉頭瞄我。

我問道：「妳還好嗎？」

她搖頭，紫色髮絡從耳後滑落而下。我本來以為她會惡言相向——我看起來像還好嗎？但她只是保持沉默。

我問道：「貝莉？」

「我不知道，」她開口，「我不知道出了什麼事……」

我這時候才發現異狀。她身上的包包不是那個郵差包，而是一個行李袋，黑色大行李袋，她把它放在大腿上，動作輕柔，彷彿把它當成了小嬰兒一樣。

我問道：「裡面是什麼？」

「妳自己看啊。」

她說話的那種口吻讓我很不想看。不過，我沒有太多選擇，貝莉把包包丟到了我的大腿上方。

「漢娜，妳自己看一下吧。」

我才稍微拉開拉鍊，錢就散落而出，一捆捆的鈔票，全都是以細繩綑綁的百元大鈔，沉甸甸，數也數不清。

「貝莉，」我低聲說道，「妳是從哪裡弄來的？」

她說道：「我爸爸把它留在我的衣物櫃裡面。」

我不可置信盯著她，心跳開始狂飆，我問道：「妳怎麼知道？」

貝莉給了我一張字條，其實比較像是朝我的方向丟過來。她說道：「猜的啊。」

我從腿上拾起那張字條，從黃色拍紙簿撕下的某張紙。歐文在那一天的第二段留言，就在那張黃色拍紙簿上面。

另一段是給我的留言。而她的字條正面寫了貝莉，名字下方還劃了兩條線。

貝莉：

我沒辦法解釋清楚，真抱歉，妳知道對我而言重要的是什麼。

而妳也知道對妳來說重要的是什麼，拜託要堅持下去。

幫助漢娜，遵照她的指示。

她愛妳，我們都愛妳。

爸爸

我的雙眼盯著那張字條，上面的字句開始變得模糊。我的心中開始浮現歐文與那個穿著護脛的十二歲女孩的會面情景，可以想像歐文奔跑穿越學校走廊、衝向置物櫃的畫面。他到那裡就是為了要把這包包送給女兒，趁他還有辦法的時候。

我的胸膛開始發熱，越來越難呼吸。

我覺得自己一向相當鎮定，這可以說是成長過程中的需求。所以，我一生中產生這種一模一樣的感受，也就只有兩次而已：一次是知道我母親不會回來的那一天，還有我外公過世的那一日。而現在我的目光在歐文的字條與他留下的那一大筆錢之間來來回回，我覺得那狀況又出現了。

我要怎麼解釋這種感覺？反正就像是五臟六腑都要吐出來，我知道，要是有哪個瞬間會吐得一塌糊塗，就是現在無誤。

我真的就吐了。

我們把車停入了船塢前方的專屬停車位。

回家途中，我們的車窗一直是打開的狀態，而我依然拿著面紙摀嘴。

貝莉問道：「妳是不是又要吐了？」

我搖搖頭，想要努力說服自己，同時也是想要努力要說服她。「我沒事。」

貝莉說道：「因為這個很有效……」

我望過去，看到她從自己的毛衣口袋裡拿出一管大麻，送到了我面前。

我問道：「妳是從哪裡弄來的？」

她回我：「這在加州是合法的。」

這算是答案嗎？就連十六歲的人也可以合法使用？

也許她不想給我答案，尤其我猜她是從鮑比那裡弄來的大麻。鮑比算是貝莉的男友吧。是她那間學校的高三學生，看起來是個乖孩子，最多只是有點宅而已：即將成為芝加哥大學的新鮮人，是學生會的會長，頭髮沒有紫色挑染。不過，歐文卻覺得他有些不太可靠。雖然我對於歐文的嫌惡感不以為然，覺得是他過度保護，不過，這並沒有辦法阻卻鮑比慫恿貝莉對我仇恨相待。有時候，她與他相處了一段時間之後，回家時會對我出言羞辱。我雖然努力不想要針對他，但歐文就沒辦法那麼克制了。就在幾個禮拜之前，他與貝莉才因為鮑比的事吵架，他告訴她，他覺得她與那男孩約會的次數太頻繁了。貝莉當場對他投以不屑目光，她甚少對他如此，那是她專門留給我看的兇惡神情。

「如果妳不想要，就不要拿啊，」她說道，「我只是想要好心幫忙而已。」

「我沒事，但還是謝謝妳。」

她又把那管大麻放回她的口袋，我面色抽搐。我不想對貝莉施加嚴厲的管教方式，畢竟這是我能夠討她歡心的少數事項之一。

我別過頭去，心中默記要等到歐文回家之後與他討論——由他決定是讓她留下大麻還是逼她交出來。不過，我後來才驚覺，我不知道歐文什麼時候才會到家，我不知道他現在人在哪裡。

「妳知道嗎？」我說道，「其實我想要抽。」

她翻白眼，還是把大麻給了我。我把它塞入置物箱，伸手拿起行李袋。

她開口說道：「我已經開始計算了……」

我抬頭望著她。

「那筆錢，」她說道，「每一捆都是一萬美金，我算到六十捆之後就沒繼續數下去了。」

「六十捆？」

我開始把散落在座位、車子地板的那一捆捆的錢放回袋中，然後拉好拉鍊，這樣一來，她就不需要再去想塞在那裡面的鉅款，我們都不需要多想。

六十萬美金，足足有六十萬美金，而且還沒有算完。

「琳恩．威廉斯[1]把所有《野獸日報》的推特發文全部都轉貼到她自己的IG，」她說道，

[1] 加州著名女運動員。

「都是『工作坊』與艾維特．湯普森的新聞，其中一篇還是這麼寫的，他超像馬多夫❷。」

我回顧現在所知的一切——態度精確，迅速。歐文寫給我的字條，留給貝莉的行李袋，廣播電台新聞提到的貪污與集體詐欺，我依然在努力釐清的某起事件主腦艾維特．湯普森。

我覺得自己彷彿正在做那種於不正常時間入睡的惡夢，像是在週日下午，不然就是被夜半寒意驚醒，不知自己身處何方——必須面向枕邊人，最信任的人，尋求真相。這只是一場夢罷了：床底下並沒有老虎，並沒有人在巴黎街頭對妳拚命追逐，妳並沒有從芝加哥的威利斯塔一躍而下，妳的老公並沒有人間蒸發，什麼解釋都沒有留下，卻留給了他女兒六十萬美金，而且其實不止這個數字。

「我們還沒有聽到那樣的消息，」我說道，「不過，就算『工作坊』牽涉了什麼，或是艾維特做了什麼不法勾當，那也不表示妳爸爸與這些事有任何關聯。」

「那他人呢？他是從哪裡弄來了這些錢！」

她在對我大吼大叫，因為她想要對他大吼大叫，那是一種我也認同的感受。我很想要告訴她，我就和妳一樣憤怒。而且，我想要質問的對象是歐文。

我盯著她，然後，別過頭去，眺望窗外，凝視船塢、水岸，還有在這個奇特小社區之中所有在夜晚亮燈的屋宅。我可以直接看透罕恩家的水上屋，罕恩先生與太太一起坐在沙發上，正在吃宵夜冰淇淋看電視。

她問我：「漢娜，我現在該怎麼辦？」

貝莉把她的髮絲攏到耳後，我看得出來，她的嘴唇開始顫抖。好詭異，出人意表——貝莉從來沒有在我面前哭過——我差點就把手伸過去、把她擁入我的懷中，彷彿我們平常就會做出這種舉動一樣。

保護她。

我解開我的安全帶，然後伸手過去、為她解開了她的安全帶，很普通的舉動。

「我們進屋內吧，我會打一些電話，」我說道，「總會有人知道妳爸爸人在哪裡，我們就先從這裡開始著手，先找到他的人，讓他可以解釋清楚。」

「好。」

她打開車門，下車，但是卻轉頭看著我，日光凌厲。

「不過鮑比等一下要過來，」她說道，「我絕對不會提到我爸爸特地送來的那個包裹，但我真的希望他留在這裡陪我。」

她不是在詢問。反正，就算她真的問我的意見，我能有其他選擇嗎？我開口：「你們就只待在樓下好嗎？」

她聳肩，這算是我們達成的共識了。我還來不及操心她的事，卻先看到了有台車開了過

❷伯納・勞倫斯・馬多夫，是美國金融界前納斯達克主席，後開了自己的對沖基金——馬多夫對沖避險基金，作為投資騙局的上市公司。他因為設計一個龐氏騙局，令投資者損失五百億美元以上，其中包括眾多大型金融機構。

來，車頭燈對我們閃了好幾下，燦亮，姿態強硬。

我的第一個念頭：歐文，拜託一定要是歐文。不過，繼之而來的念頭卻比較明朗，我也已經有了心理準備。是警察，一定是警察，很可能來這裡找歐文——蒐集有關他牽涉公司犯罪活動的線索，確認我對於他在「工作坊」的職務知道多少，以及有關他目前的下落，還會詢問我是否有任何能夠告訴他們的消息。

但我還是猜錯了。

對方關了車燈，我看出那是一台淺藍色的寶馬迷你，我知道那是茱莉絲。情誼最長久的老友，她從她的寶馬迷你慌忙下車，以極速衝向我，她大張雙臂，伸手向前，她使出全力，抱住了我們，貝莉和我。

她開口，「嗨，我的寶貝們……」

貝莉也回抱她。雖然當初明明是因為我、貝莉的生活之中才出現了茱莉絲，但就連貝莉也愛茱莉絲。只要是夠幸運能夠認識茱莉絲的每一個人，都覺得她超暖心又性格沉穩。

也許，這就是我之所以覺得在這種時候，萬萬沒想到她會說出這句話的原因吧。

她對我說道：「都是我的錯。」

思索妳要什麼

茱莉絲說道：「發生這樣的事，我還是覺得不可置信……」

我們坐在廚房裡，待在面陽角落的小型早餐桌前面，喝的是摻有波本酒的咖啡。茱莉絲正在喝她的第二杯，大尺寸運動衫蓋住了她的嬌小骨架，她頭髮後梳，低紮兩條辮子。這造型讓她貌似想要閃躲什麼，偷偷多喝一點馬克杯裡的波本；也讓她看起來比較像是十四歲的她，就是我在中學第一天所認識的那個女孩。

那時候我外公帶著我、剛從田納西州搬到了紐約的皮克斯奇爾——哈德遜河旁的某座小鎮，茱莉絲一家人剛從紐約市搬到那裡。她爸爸是《紐約時報》的調查報導記者——榮獲普立茲獎的記者——茱莉絲卻完全沒有高人一等的姿態。我們是在「幸運之家」中請打工的時候認識的，那是一間當地遛狗服務機構，我們兩個都被錄取了。之後的每個下午，我們都會帶著自己被指派的狗兒一起遛狗，那畫面想必看起來很有趣：兩個小女孩，總是被十五隻兇狠的狗重重包圍。

我當時是公立學校的小高一，而茱莉絲念的是某間聲譽卓著的私校，與我相隔了好幾公里之遠。不過，那些下午卻是只有我們兩人的共處時光。要不是因為有彼此相伴，我還真的不確定我們該怎麼熬過高中歲月。我們距離彼此的真實生活實在太遙遠了，所以我們會向彼此傾吐一切。茱莉絲曾經把它比喻為就像是在飛機上向剛結識的某個陌生人講出秘密一樣。一開始的時候，我們彼此之間的互動就是這種感覺：安心、飛航中，還有三萬英尺高度的視角。

我們現在已經是大人了，但那一點依然沒有改變。茱莉絲追隨父親的腳步，也在某間報社工作，她是《舊金山紀事報》的照片編輯，主要負責運動版面。她面色憂愁在打量我。但我卻緊盯著待在客廳的貝莉，她與鮑比依偎在沙發上，他們兩人在低聲說話，看起來安全無虞。不過，我的念頭卻是，其實我並不知道到底怎樣才算是安全無虞。這是第一次鮑比趁歐文不在家的時候過來，也是第一次由我全權作主同意。

我一直想要盯著他們，但卻只能必須一直假裝若無其事。不過，貝莉一定感受到我的緊迫盯人，她抬頭看著我，表情不是很高興，然後，她站起來，刻意砰一聲關上了客廳的玻璃門。我還是依然可以看到她，所以這比較算是宣示性的甩門，但話說回來，她老是在我面前甩門。

茱莉絲說道：「嘿，我們也曾經十六歲啊。」

我說道：「我們又不像那樣。」

她示意要向我的咖啡杯裡加酒，但是我卻以手蓋住自己的馬克杯。

她說道：「確定嗎，這對妳有幫助。」

我搖頭說不，「我沒事。」

「好吧，這對我有幫助。」

她為自己又多倒了一點酒，移開我的手，幫我加滿。我對她微笑，但我原本的那一杯本來就只喝了一小口而已。我壓力太大，身體極度不適——差點就想要站起來、衝進客廳，抓住貝莉的手臂，把她拉入廚房，純粹只是想要讓自己覺得真的做了些什麼而已。

茱莉絲問道：「警方還沒有給妳消息嗎？」

「沒有，還沒聽說，」我說道，「而且為什麼沒有『工作坊』的人過來猛敲我家大門？告訴我警察現身的時候我該怎麼辦？」

「他們有更要緊的事，」她說道，「艾維特是他們的第一目標，警察才剛剛逮捕他。」

她伸出手指，沿著杯緣畫圈圈，我端詳她的面容——長睫與高顴骨，今天眉心之間的那條皺紋緊蹙不已。她很緊張，每當我們必須要向對方說出讓人笑不出來的事情之前，她就是這種狀態，我們都是如此——好比她對我講出她親眼目睹我的準男友納許．理查德在「黑麥燒烤餐廳」親吻另一個女孩的事件一樣。其實我沒有她預期的那麼生氣，我並沒有特別喜歡納許，而且「黑麥燒烤餐廳」是茱莉絲與我享用薯條與起司漢堡的愛店，她把她的汽水擲向納許的臉之後，店經理告訴她，我們兩個以後就是這間店永遠的拒絕往來戶。

我說道：「所以妳到底是要不要告訴我？」

她抬頭，「哪一個部分？」

「這怎麼會都是妳的錯？」

她點點頭，已經準備好了，鼓脹雙頰。「我今天早上進入《紀事報》的時候，就知道出了大事。麥克斯態度輕浮，幾乎可以斷定有不好的大新聞。謀殺、控訴、龐氏騙局……」

我說道：「那個麥克斯是個帥哥。」

「對，然後……」

麥克斯是《紀事報》的某名調查報導記者——英俊，嘴巴很甜，表現出色。而且他超哈茱莉絲。雖然她信誓旦旦說自己對他沒興趣，但我有些懷疑茱莉絲其實對他也很有意思。

「他看起來就是滿臉賊笑，一直在我辦公桌附近徘徊。所以我知道他一定曉得什麼內情，想要向我炫耀。他有個兄弟會的老友在證券交易委員會工作，看來是知道『工作坊』要出事的內線消息，也就是今天下午的突襲行動。」

她望著我，不想繼續說下去。

「他告訴我，聯邦調查局已經查這間公司一年多了，就在股票上市沒多久之後的事，他們得到線報，這間公司欺瞞與誇大首次公開發行相關的上市資料。」

我說道：「我不懂那是什麼意思……」

「意思就是，『工作坊』本來以為軟體可以比較早就緒，所以他們上市得太急促。然後，他們就陷入進退維谷的窘境，必須假裝自己具有功能正常的軟體，但其實根本還無法銷售。所以，為了要彌補過失，繼續維持高股價，他們開始弄假財報。」

「他們是怎麼弄的？」

「他們還有其他的軟體、影音事業、應用程式，他們可以賺錢的業務。不過，他們的隱私軟體，也就是艾維特誇誇其談的劃時代產品，根本還不能用對吧？當然不能賣。不過，他們已經可以對潛在的大客戶進行示範使用，像是高科技企業、法律事務所啊什麼的。然後，當這些企業表達興趣的時候，他們就把它當作是未來的銷售收入。麥克斯說，這與安隆案的手法並無二致，兩者都宣稱靠著未來銷售賺大錢，目的就是要不斷推升股價。」

我慢慢開始明瞭她的意思了。

我問道：「為他們自己多爭取一點時間修補問題？」

「就是這樣。艾維特的賭注就是只要軟體可以正常使用，那麼附帶而來的未來銷售就會成為真正的銷售數字。在軟體修好之前，他們就利用假財報作為權宜之計，讓股價維持漂亮體面的數字，」她說道，「只不過還沒有達成目標就被抓包了。」

我問道：「真的有詐騙嗎？」

「確有其事，」她說道，「麥克斯說金額龐大，股東的損失將高達五億美元。」

五億美元。我努力想要搞清楚這是怎麼一回事。雖然現在這一點完全不重要，但我們是大股東。歐文想要把自己的信心投注在他工作的公司、以及他研究的軟體。所以當公司上市的時候，他保留了自己所有的股票選擇權，甚至還買進了更多的股票。我們會損失多少？我們大部分的積蓄？如果歐文知道會出事的話，為什麼還會讓我們陷入這種損失慘重的慘況？為什麼歐文要把我們的儲蓄，以及我們的將來，全部押在一場騙局之中？

我燃起了一絲希望，他與這件事沒有關聯。

「所以如果歐文投資了『工作坊』，那就表示他一定不知情，對吧？」

她說道：「也許吧……」

「妳的語氣聽起來不像是也許吧。」

「嗯，也有可能他依照艾維特的指令行事，他買入股票，幫忙推升股價，他的打算是要在大家沒發現之前賣出股票。」

我問道：「妳覺得妳認識的歐文會做這種事嗎？」

她回我：「我覺得這一切都不像是歐文的所作所為。」

然後，她聳肩，接下來我聽到了其他的部分——讓她焦躁難安，也讓我焦躁難安的事實：歐文是總工程師。他怎麼可能不知道艾維特在吹噓他研發的軟體的價值？它明明還不能用啊？如果有任何人知情的話，不就應該是他嗎？

「麥克斯說聯邦調查局認為大部分的資深員工就算沒有參與其中，也一定與其有所牽連。大家都覺得可以趁無人發現之前修好漏洞，顯然，他們差一點就達陣了。要不是因為有人向證券交易委員會舉發，很可能就讓他們得逞了。」

「是誰透露消息給他們？」

「不知道。但這就是他們發動奇襲的原因，希望能夠在艾維特消失之前盡快結案。他悄悄脫手兩億六千萬美金市值的股票……」她停頓了一會兒，「已經有好幾個月了。」

「靠。」

「真的。反正麥克斯提前知道了消息，有關奇襲的事。所以聯邦調查局與他達成了協議，要是他同意不在他們行動之前發布新聞的話，那麼他們就會讓他可以超前其他媒體兩個小時、發布奇襲行動的消息。《舊金山紀事報》打敗了所有傳媒，《紐約時報》、有線電視新聞網、國家廣播公司，以及福斯電視台。他得意到不行，一定得告訴我。我不知道……我的第一個念頭是打給歐文，哦，其實第一個念頭是要打電話給妳，但我聯絡不到妳，所以我就打電話給歐文。」

「警告他？」

「對，」她說道，「為了警告他。」

我問道：「妳為什麼會覺得心情愧疚？因為他跑路了嗎？」

這是我第一次大聲說出來，再明顯不過的事實。不過，也不知道怎麼回事，大聲說出口之後反而讓我心情好多了。歐文逃跑了，正在跑路中，他不只是純粹失蹤而已。

茱莉絲點點頭，我猛嚥口水，努力壓抑要奪眶而出的淚水。

「錯不在妳，」我說道，「為了警告他，妳可能會被炒魷魚，妳只是想幫忙而已，我怎麼可能會因為這樣而對妳發火？我只是對歐文生氣而已。」我思索了一會兒，「嚴格來說，也不是對歐文生氣。現在的我比較算是麻木吧，拚命想要明白他可能的想法，」

她問我：「目前有什麼結論嗎？」

「我不知道。也許是想要證明自己無罪？但為什麼不留在這裡解決？找個律師，讓司法體系還你一個清白……」我說道，「妳知道嗎？我一直覺得自己是不是疏忽了什麼？疏忽了他正在尋索的那種援助。」

她捏了捏我的手，力道緊實，還對我微笑。不過，她的模樣卻不像是與我站在同一陣線，我這才恍然大悟，那表情底下還有隱而不言的部分，最可怕的情節還沒有說出口。

我開口：「我知道妳那種表情是什麼意思。」

她聳肩，「真的沒什麼。」

「茱莉絲，告訴我。」

「是這樣的，我自己真的是不敢置信，但他完全不覺得意外，」她說道，「當我告訴他有那場奇襲行動的時候，他絲毫沒有詫異之情。」

「我不懂。」

「這是我小時候從我爸爸那裡學來的。核心人士知道內情的時候，是無法隱藏的。如果他們真的跟妳一樣什麼都不清楚，他們會忘記詢問他們理所當然要提出的問題。比方說，就像是妳剛問過我到底出了什麼事的那些問題……」

我盯著她，等她繼續說下去，此時我的腦袋開始轉個不停。我透過玻璃觀察貝莉。她躺在鮑比的胸口，雙眼緊閉，手擱在他的肚子上。

保護她。

「好，要是歐文對於這場騙局一無所知，他會想要從我這裡問出更多的線索，他會需要知道更多有關『工作坊』出事的資訊，他會說出類似這樣的話：茱莉絲，慢慢來，他們覺得誰有罪？是說艾維特隻手獨導這場騙局？還是指牽涉層面比較廣的貪瀆？是出了什麼狀況？有多少錢被侵佔？但他都不想知道這些，完全沒有。」

我問道：「他想要知道什麼？」

她回我：「想要逃亡還剩下多久時間。」

二十四小時之前

歐文與我坐在船塢，吃的是外帶盒裝的泰式料理，喝的是冰涼啤酒。

他身穿運動衫牛仔褲，赤腳。只有一抹微淡月光，北加州的夜晚濕冷，但歐文完全不覺得冷，而我卻全身裹著毛毯，穿了兩層襪子與羽絨靴。

我們共享一份木瓜沙拉與辣萊姆咖哩，歐文淚水流個不停，辣椒的刺激感直衝他的雙眼。

我忍笑，「要是你受不了，」我說道，「我們下次可以點中辣咖哩，」

「哦，我受得了，」，他說道，「如果妳受得了，我也受得了……」

他又夾了一口入嘴，好不容易才嚥下去，整張臉轉為赤紅。他趕緊拿起自己的啤酒，咕嚕嚕猛灌下去。

他說道：「看到了吧？」

「嗯。」

然後，我靠過去吻他。

我退回原位，他在對我微笑，伸手撫摸我的臉頰。

他問道：「跟妳合用一條毯子好不好？妳說呢？」

「當然。」

我靠過去，把毯子披上他的肩頭，感受到了他的體熱。他光溜溜的腳丫子足足比我的身體高了華氏十度之多。

「好，跟我說，」他說道，「妳今天最開心的事是什麼？」

每當我們晚歸的時候——太疲倦而無法討論大事的那些日子，經常會出現這樣的互動。我們挑出自己那一天當中的某一件事，告訴對方，各自生活當中的好事。

「其實我想到了一個很棒的點子，可以小小款待一下貝莉，」我說道，「明天晚上我想要重新仿製焦化奶油義大利麵，就是她生日那晚我們在『波吉歐』吃的那一餐，你記得吧？你覺得她會喜歡嗎？」

他更使勁摟我的腰，壓低聲音講話。「妳要問我的是她會不會喜歡那道菜？還是這種方式會不會讓她愛妳？」

「喂，你講話真是不厚道。」

「我已經努力表現得很寬厚了，」他說道，「貝莉有妳是她的福氣。她遲早會接納妳的，不論有沒有義大利麵實驗都一樣。」

「你怎麼知道？」

他聳肩，「我就是知道。」

我什麼都沒說，其實不是很相信他的話。我希望他可以多做一點什麼、成為貝莉與我之間的橋梁，但我也不知道他到底該怎麼做。就算他不願意出手，我至少希望他可以對我說出這樣的話：妳已經盡全力了。

他彷彿有讀心術，他撥開我臉上的髮絲，親吻我的側頸。

「不過，她真的很喜歡那道義大利麵，」他說道，「妳這個舉動很體貼。」

「我就是這個意思！」

他面露微笑，「我明天應該可以偷溜，早一點下班。不知道妳有沒有意思要找個副主廚？」

「正有此意。」

「那就把我算進來，」他說道，「我供妳差遣。」

我的頭挨到他肩上，「謝謝，」我說道，「現在輪到你了。」

「我今天最喜歡的事？」

「對，」我回道，「千萬不可以敷衍，跟我說什麼就是此時此刻。」

他哈哈大笑，「看得出妳真的很了解我，」他繼續說道，「我不會說是此時此刻。」

「真的嗎？」

他回我：「真心話。」

「那你的答案是什麼？」

「六十秒之前，」他說道，「剛剛沒有毯子好冷。」

追蹤金錢流向

茱莉絲一直到半夜兩點才離開。

她主動開口要留下來陪我，也許我應該要答應才是，因為我幾乎沒怎麼睡。

我躺在客廳沙發，幾乎一夜都沒有闔眼，我無法面對少了歐文的臥房。我拿了一條舊毛毯裹身，等待黑夜消散，腦中不斷浮現那個段落——茱莉絲離開之前對我提到的最後一件事。

我們站在大門口，她靠過來，給了我一個擁抱。「還有一件事，」她問道，「妳有一直保留自己的帳戶吧？」

「是啊。」

「很好，」她說道，「那一點很重要。」

她流露讚許微笑，所以我就沒繼續說下去，我之所以會這麼做，完全是因為歐文的堅持。當初是他希望我們有部分的錢要各自獨立，他一直沒有解釋清楚為什麼。我猜是與貝莉有關，但也許是我猜錯了，可能是為了要保住我的錢，別人根本碰不了。

「我之所以會這麼問，是因為他們可能會凍結他的所有資產，」茱莉絲說道，「那是他們想要知道他跑去哪裡、又知道什麼內情的第一步驟，他們總是會去追蹤金錢流向。」

追蹤金錢流向。

即便到了現在，一想到那個藏在廚房水槽底下的行李袋，也就是歐文應該很確定他們追蹤不到的那一袋滿滿的錢，還是讓我感覺有點想吐。我沒有把那個行李袋的事告訴茱莉絲，因為我知道對所有正常人來說這可能代表了什麼意涵，我知道對我來說應該亦是如此，看來歐文犯了罪。茱莉絲已經差不多做出了定奪，裝滿鈔票的神秘行李袋只會讓她更加深信不疑。難道不是嗎？她深愛歐文，就把他當成了哥哥一樣，但這與愛無關，而是與一切都指向歐文牽涉這場騙局有關：他在跑路，與茱莉絲通話時的行為鬼祟，每一個舉動都是如此。

不過，不過我知道的不是這樣。

歐文不會因為自己犯罪而落跑，他不會為了自救而離開，他不會為了逃避牢獄之災、逃避凝視我的雙眸承認犯行而離開。他絕對不會離開貝莉，除非有逼不得已的原因，否則他絕對不會離開她。我怎麼能夠這麼胸有成足？當我顯然以充滿偏見的方式、只看到自己願意看到的部分，又怎麼能夠相信自己對待事物可以如此篤定？

部分原因可能是因為我的一生都在拚命渴望看到一切，我總是異常專注。而當我母親要永遠離開我的時候，我卻看不出端倪，我疏忽了，沒有看出那一次道別的決然。我是不可能看得出來的，在此之前，已經有過太多次的匆匆告別，還有她多次趁夜晚偷偷離開，拋下我和我外公，連一句道別都沒有；也有多次長達好幾天、好幾個禮拜都沒有回來的紀錄，只是偶爾打個電話，隨意問候一下。

她決定再也不回來的那個時候，她並沒有說出口，她坐在我的床邊，撥開我黏在臉上的髮絲，她說她必須要去歐洲——我爸爸需要她陪他一起過去，但是她有說再見。我猜那應該表示她很快就會回來吧——她總是來去匆忙。但我卻疏忽了，那樣的用語，「再見」就表示她再也不會回來了，倒不是說永不相見，而是與她共度一個下午或一個晚上（從來沒有過夜），一年就這麼兩次。

也就是說，我失去她了。

那是我疏忽的部分：我母親其實沒把這件事放在心上。

我對自己發誓，自此之後絕對不能再輕忽任何細節。

我不知道歐文是否犯了罪。而且，他丟下我讓我一個人面對這一切，讓我很火大。但我知道他在乎，我知道他愛我，而且，除此之外，我知道他愛貝莉。

他只會為了她而離開，一定是這樣。他以這種方式離開是為了要救她，避免她遭到某種事物或某人的傷害。

一切都是為了貝莉。

而其他的部分都只是謊言罷了。

晨光的光束透過未拉窗簾的客廳窗戶流瀉進來，柔和的金黃色澤，映襯著港灣。

我凝望外頭，並沒有打開電視或筆記型電腦查看新聞。最重要的那一件事，我已經知道了，歐文依然失蹤中。

我上樓洗澡，發現異常狀況，貝莉臥室的門是打開的，她坐在床上。

我開口打招呼，「嗨。」

她也回了一聲，「嗨。」

她把膝蓋靠在胸前，看起來好恐懼，似乎是想要拚命隱藏情緒。

我問道：「可以讓我進去一下嗎？」

「好啊，」她說道，「沒問題。」

我走進去，坐在她的床邊——彷彿這是我知道該怎麼做的事，彷彿這是我以前曾經做過的舉動。

我問道：「昨晚有睡嗎？」

「沒怎麼睡。」

床被貼住了她的腳趾頭，輪廓清晰可見，緊緊蜷縮在一起，宛若拳頭一樣。我本想伸手握住她的腳，但想了一會兒之後還是作罷。我扣住雙手，張望她的房間，床邊桌的桌面上散落著劇場的書籍與劇本，最上方是她的藍色撲滿——他們搬到索薩利托沒多久之後、歐文在某次學校園遊會為她所贏得的撲滿。那是一隻母豬撲滿，鮮紅色的雙頰，頭頂還有個蝴蝶結。

「我一直在想，」她說道，「我的意思是……我爸爸不會把事情搞得很複雜。至少不會這樣對待我。」

「什麼意思？」

「妳知道對我而言重要的是什麼……這到底在講什麼？」

「我想，他的意思是妳知道他有多麼愛妳，」我說道，「而且，雖然大家可能會對他說三道四，他的確是個好人。」

「不，不是這樣，」她說道，「他說的是其他的事。我很了解他，我知道他另有所指。」

「好，」我深呼吸，「比方說呢？」

但她搖搖頭，已經又想到別的事了。

「我要拿那筆錢怎麼辦？他留給我的那些錢？」她說道，「它是那種拋家棄子的時候才會留下的錢。」

這段話讓我語塞，心冷，我回她：「妳爸爸會回來的。」

她一臉狐疑，「妳怎麼知道？」

我努力構思令人心安的答案，幸好這句話聽起來宛若真話。「因為妳在這裡。」

「那麼他為什麼不在這裡？」她問我，「為什麼像是幹了壞事一樣跑路？」

她似乎並不是要真的去找尋答案，而是在我講出她不想聽的答案的時候找我吵架。不論理由為何，歐文害我必須落入這樣的處境，不禁讓我對他好火大。我可以告訴自己，我很確定歐文的意圖——無論他在哪裡，他之所以身在某處，都是為了保護貝莉。不過，我終究是一個人坐在這裡，少了他的陪伴。我這樣不就跟我媽媽一樣愚蠢嗎？我是不是會跟她淪落到一樣的下場？我們都將自己的信念孤注一擲在某人身上、勝於所有的一切——而且還將它稱之為愛。如果愛會帶引妳走入這樣的田地，那麼愛到底有哪裡好？

「這樣吧，」我說道，「我們可以等一下再仔細討論，不過，妳應該要準備去上學了。」

「我要準備去上學？」她說道，「妳說真的嗎？」

她沒說錯，我講出這種話真的很糟糕。但我能夠說出自己的真心話嗎？我已經打電話給她爸爸無數次了，而我就是不知道他人在哪裡，而且我真的不清楚他什麼時候會回到我們身邊。貝莉起床，前往浴室，準備迎接這可怕的一天，對我們來說都很可怕的一天。我差點阻止她，叫她回去床上就好。不過，這似乎比較像是我的需要。她離開這間屋子，去上學，難道這樣不是對她最好嗎？暫時忘卻她爸爸的事五分鐘就好？

保護她。

「我會送妳過去，」我說道，「我不希望妳今天一個人去學校。」

她回我：「隨便啦。」

看來她太累了，也懶得跟我爭執，休戰。

「我相信馬上就會聽到妳爸爸的消息，」我說道，「事情就會兜起來了。」

「哦，妳確定嗎？」她說道，「哇，真叫人鬆了一大口氣。」

她的譏諷話語掩蓋不了自己有多麼疲倦以及無比的寂寞感。這讓我想起了我的外公，他一定知道要怎麼能夠讓貝莉心情舒坦一點，他一定知道

要怎麼給她需要的一切，無論是什麼都一樣，一定知道她在這種時刻喜歡什麼，一定知道

她依賴什麼，就像是他當年對待我一樣。在我母親離開之後，我一直窩在樓上的自己房間裡，努力想要寫信給她，質問她怎麼可以拋棄我，他是在多久個月之後發現的呢？

我哭泣，憤怒，恐懼。我永遠忘不了他後來的舉動。當時的他身穿自己的工作服，還有粗重工作手套——紫色，凹凸織紋。那是他最近剛買的手套，還要求紫色特製版，因為那是我最喜歡的顏色。他把手套脫下來，放在我旁邊的地板上面，幫助我完成那封信，完全就是我想要寫出的字句，沒有任何評斷。他幫我完成了我拼不太出來的那些字，我在思索信尾到底該怎麼寫的時候，他靜心等待。然後，他大聲唸出整封信的內容，讓我自己可以聽得清清楚楚，當他唸出我質問我母親怎麼可以拋棄我的時候，他還頓了一下。也許我們該問的不只是這個問題而已，我外公說道，也許我們也應該要思考一下，我們是否真的希望看到不一樣的結局。我們可以這麼思考，其實，她是否以她自己的方式幫了我們一個大忙……

我望著我外公，慢慢體會到他溫柔導引的思路。畢竟，妳媽媽的舉動……把妳送給了我。

最寬厚的話，最舒心和善的話語。他現在會對貝莉說什麼？我要什麼時候才能夠領悟？也能說出那樣的話語？

「好，貝莉，我一直在努力，」我說道，「很抱歉，我知道我一直對妳講錯話。」

「嗯，」她關上浴室門的時候對我說道，「至少妳有自知之明。」

幫手馳援

當我們決定由我搬到索薩利托的時候，歐文和我曾經討論過，如何讓貝莉以最輕鬆的方式度過這段轉換期。我很堅持，甚至強硬的程度還超過了歐文，我們不該讓她搬離她所熟知的唯一的家——從她有記憶以來就一直居住的家。我希望她可以保有連貫性。她的水上屋——具有木樑與老虎窗，能夠眺望薩瓜船塢宛若童話故事畫面的景色——這就是她的連貫性，是她的安全庇護所，

但我也懷疑這種做法是否能夠淡化這項事實：有人搬進了她最愛的空間，而她卻無能為力。然而，我還是竭盡一切努力，不要擾亂這樣的平衡，她的平衡。就連我搬進來的那種方式，也在拚命想要維持那種寧靜感。我只有在歐文與我的臥室留下自己的痕跡，而我裝飾的另外一個地方，根本不是什麼房間，而是我們的門廊。在我到來之前，門廊一片空蕩蕩，不過我弄了一排花盆，生鏽的茶桌，還親手做了一張長椅放在前門邊。

那是一張很舒服的搖椅——白色橡木釘合而成，加上了條紋抱枕增添舒適感。

歐文與我的週末儀式就是一起坐在那張椅子上頭喝晨茶，那是我們在旭日從舊金山灣緩緩升起、交換當週生活心得的時刻，享受那張長椅的暖意。歐文在這時候聊天會比工作日來得起勁——卸下了重擔，因為接下來的這一天悠閒無事。

這也正是那張長椅讓我覺得好幸福的原因之一，就連我經過的時候都會覺得心情舒暢，所以當我拿著垃圾步出家門、看到有人坐在那裡，差點讓我嚇得半死。

他開口說道：「今天要倒垃圾嗎？」

我轉頭，看到某個我不認識的男子斜靠在長椅扶手上面，彷彿那裡是他的地盤一樣。他反戴棒球帽，身穿防風外套，手裡緊握著一杯咖啡。

我開口問道：「有什麼需要我效勞的地方嗎？」

「有事情希望妳可以幫得上忙，」他指了一下我的手腕，「不過妳應該想要先放下那些東西吧。」

我低頭，發現自己依然還拿著垃圾，手中有兩個沉甸甸的垃圾袋。我把它們放入垃圾桶，然後轉身抬頭打量對方。他很年輕——可能三十出頭，線條剛硬的下巴，深色眼眸，是那種會讓人解除心防的帥氣，簡直是帥過頭了。不過，他微笑的方式卻洩露出了城府，他自己比誰都清楚。

「我想妳就是漢娜吧？」他說道，「幸會。」

我問道：「你到底是哪位？」

「我是葛拉迪。」

他咬住咖啡杯邊緣，以雙唇含住了它，向我示意請稍等一會兒。然後，他把手伸到口袋裡，拿出一個像是徽章的東西，拿到我面前請我端詳。

「我是葛拉迪．布拉德佛特，」他說道，「可以叫我葛拉迪就好，不然也可以叫我布拉德佛特副座，但我覺得就我們的來訪目的而言，這種稱號實在是太正式了。」

「目的是什麼？」

「很友善，」他說完之後，補上微笑。「很友善的意圖。」

我仔細看了一下那個徽章，被圓圈包圍的星星。我很想伸手撫弄那個圓圈周邊，仔細摸透整顆星星，彷彿這動作可以幫助我判定這徽章的真假。

「你是警察？」

「其實是聯邦法警局的執行官。」

我說道：「你看起來不像是法警局執行官。」

他問我：「不然法警局執行官應該是像什麼樣子？」

「電影《絕命追殺令》裡面的湯米．李．瓊斯。」

他哈哈大笑，「沒錯，我比部分同僚年輕，不過我外公也在局內服務，所以我很早就入行，」他對我說道，「我向妳保證，這是真正的徽章。」

「你在法警局做什麼工作？」

他收回他的徽章，起身，長椅少了他的重量之後，開始前後搖晃。

「好，我的主要任務是逮捕那些矇騙美國政府的詐欺犯。」

「你認為我先生犯了法？」

「我認為是『工作坊』犯了法。不過，剛才那個問題的答案是沒有，我不覺得妳先生做了那種事，但我需要先找他好好談一談，才能審慎評估他的涉案程度，」他說道，「不過，看來他是不想與我有那樣的對話。」

也不知道為什麼，那種說法把我惹毛了，因為那並不是全部的事實，至少不是葛拉迪之所以站在我家船塢問話的全部事實。

我問道：「可不可以再讓我看一下你的徽章？」

他回我：「五一二五五五三九三。」

「那是你的徽章編號嗎？」

「是我分局的電話號碼，」他說道，「如果妳想打電話過去，沒問題，他們會向妳證實我的身分，我只需要耽擱妳幾分鐘的時間而已。」

「我有其他選擇嗎？」

他對我一笑，「當然有，」他繼續說道，「但要是妳可以和我好好談一談，我當然會很感激。」

看起來我沒有其他選擇，至少是沒有什麼好選擇。而且，我不知道自己是否會喜歡他，這個擅長講話拉長音調的葛拉迪．布拉德佛特。不過，只要是問我一堆關於歐文問題的人，我又怎麼可能會多喜歡對方呢？

「我想我們可以去散散步，」他說道，「妳覺得怎麼樣？」

「我為什麼要跟你去散步？」

「天氣很好，」他說道，「而且我幫妳買了這個。」

他把手伸入我的搖椅下方，拿出了另一杯咖啡，滾燙，剛從佛列德咖啡店買的咖啡。杯子邊緣還有黑色大字，多加了糖與肉桂。他不只是幫我買了杯咖啡，買的就是我喜歡的口味。

我聞了一下咖啡，喝了一小口。在這場亂局爆發之後，這是我第一次感受到的小確幸。

我問道：「你怎麼知道我喜歡什麼咖啡口味？」

「某個名叫班吉的服務生幫我的忙。他說妳和歐文會在週末的時候向他買咖啡，妳的要加肉桂，歐文的則是黑咖啡。」

「你這是賄賂。」

「不成功的話才能算是賄賂，」他說道，「不然，也就只是杯咖啡罷了。」

我看著他，又喝了一小口咖啡。

他問道：「走街道的向陽面吧？」

我們離開船塢區，走向「步道」，朝市中心方向前進——渥爾多角港正在遠處窺看著我們。

他說道：「所以我猜歐文完全沒有和妳聯絡吧？」

我想到了我們昨天在他座車旁的吻別，緩慢悠長，歐文完全沒有一絲焦慮，臉上掛著笑容。

「沒有，昨天他去上班之後，就再也沒看到他了。」

他問道：「他沒有打電話給妳？」

我搖頭。

「他平常上班的時候會不會打給妳？」

我回道：「通常會。」

「但昨天沒有？」

「可能有想要聯絡我吧，我不知道。我去了舊金山的渡輪大廈，而且到處都有收訊死角，所以……」

他點頭，完全沒有流露驚訝之意，簡直像是已經知道了一樣，彷彿只是在虛晃一招。

「從渡輪大廈回來之後呢？」他問道，「發生了什麼事？」

我深呼吸，足足想了一分鐘之久。我本想要告訴他實情，但我不知道他會怎麼判斷有關那十二歲女孩的事、她給我的那張字條、歐文在學校留給貝莉的那張字條，還有那一大袋的錢。除非等到我自己摸清真相，不然我是絕對不會把剛認識的人當成是自己人。

「我不太確定你的意思，」我說道，「我幫貝莉做晚餐，她討厭得要命，然後她去學校排演話劇。我在學校停車場等她的時候，聽到了全國公共廣播電台講出了『工作坊』的新聞。我們回家，歐文沒回來，我們都睡不著。」

他側頭打量我，彷彿根本不相信我講的話。我不怪他，他怎麼能相信這種話呢？不過他似乎是願意放我一馬。

「所以……今天早上沒有接到電話，對嗎？」他追問，「連電郵也沒有？」

「沒有。」

他停下腳步，彷彿突然想到了什麼事。

「有人就這麼突然消失，完全沒有留下任何解釋，實在令人抓狂吧？」

我回道：「是啊。」

「不過……妳似乎沒那麼生氣。」

我停下腳步，甚是惱怒，他自以為對我很了解，居然對我的情緒反應遽下判斷。

「抱歉，我不知道當自己先生的企業被突襲，而且老公人間蒸發的時候，應該要出現什麼適當的反應方式，」我說道，「我是不是做出了什麼不當的行為？」

他思索了一會兒，「其實沒有。」

我低頭盯著他的無名指，沒有戒指。「我想你沒結婚吧？」

「沒有，」他說道，「等等……妳是問永遠不結婚還是現在沒結婚？」

「答案會不一樣嗎？」

他微笑，「真的不一樣。」

「好，如果你結了婚的話，你就會明瞭我最擔心的莫過於我的先生。」

「妳會不會懷疑他遇到了歹徒？」

我想到了歐文留下的字條，還有那些錢。我想到了那個十二歲女孩在學校走廊與歐文相遇的事，想到了歐文與茱莉絲的對話。歐文知道他要去哪裡，他知道他必須離開這裡，他選擇的是一走了之。

「我不覺得他被綁架，如果你問的是這個意思的話。」

「其實不是。」

「葛拉迪，所以你要問什麼？到底是什麼？」

「妳叫我葛拉迪，很好，我很高興我們已經進展到互稱名字的階段，」

「你的問題是什麼？」

「他把妳留在這裡，為他收拾他留下的殘局，遑論還得要照顧他的女兒，」他說道，「換作是我一定會抓狂，但妳似乎沒那麼生氣，這一點讓我認為妳一定是知道什麼但卻沒有告訴我……」

他聲音緊繃，而且目光變得陰沉，現在的他似乎符合了他的角色——調查員——而突然之間，在他自己與他認定的罪犯之間的那條界線，我已經落到了另外一邊。

「如果歐文向妳提到了他的失蹤去向，為什麼要離開，必須要讓我知道，」他說道，「那是妳唯一可以保護他的方式。」

「這就是你來到這裡的主要任務？為了保護他？」

「真的，的確就是如此。」

那句話聽起來好真實，讓我深感不安。不安的程度甚至超過了他的調查員風格。

「我該回家了。」

我開始慢慢遠離葛拉迪．布拉德佛特，他與我站得這麼近，讓我有點重心不穩。

他說道：「妳得要找律師。」

我轉身面向他，「什麼？」

「其實，」他說道，「接下來會有一堆人詢問妳有關歐文的事，除非他再次現身，自己回答一切，否則這將永遠不會休止。那些都是妳沒有義務必須回答的問題，如果妳告訴他們妳有律師的話，就比較容易打發他們。」

「不然我也可以告訴他們實話，我真的不知道歐文在哪裡，我沒有任何事需要隱瞞。」

「沒那麼簡單。許多人會主動提供妳消息，看起來像是跟妳站在同一陣線，跟歐文站在一起。但其實不是，他們不挺任何人，只在乎自己。」

我問道：「像你這樣的人嗎？」

「沒錯，」他說道，「但我今天早上幫妳打了電話給湯瑪斯．薛爾頓。他是我的多年好友，專攻加州的家事事件法。我只是要確認萬一在這段過程中有人突然冒出來、要奪走貝莉的臨時監護權的時候，妳會獲得保障。湯瑪斯會動用一些關係，確保將暫時監護權判給妳。」

我長嘆一口氣，無法掩飾自己終於如釋重負。要是這件事情拖得太久，失去貝莉的監護權確有可能。她沒有值得提起的其他親人——她的外公過世了，沒有其他近親。但我們沒有血緣關係，我沒有收養她，州政府會不會在什麼時候把她帶走？至少在他們確定她的唯一法定監護人到底在哪裡、為什麼會拋棄自己的小孩之前都有可能吧？

我問道：「他有權限可以這麼做嗎？」

「他有，而且他一定會處理。」

我問道：「為什麼？」

他聳肩，「因為我開口請他幫忙。」

「你為什麼要幫我們這個忙？」

「這樣一來，當我告訴妳該為歐文做的事就是低調行事，找律師，妳就會信任我了，」他問道，「妳有認識的律師嗎？」

我想到了我在鎮上認識的某名律師，想到了自己多麼不情願跟他講話，尤其是現在。

我說道：「很遺憾……」

「那就打給對方吧，是男是女？」

「是男律師。」

「很好，那就打給他，然後要低調行事。」

我問道：「可否再說一次？」

「不，我已經點到為止了。」

然後，他表情出現了某種變化，綻露笑容，看來他已經拋下了調查員風格。

「在過去這二十四小時當中，歐文沒有使用信用卡，也沒有用支票，什麼都沒有。他太聰明了，所以妳可以不要再打他的電話了，因為我確定他早就丟了手機。」

「那你為什麼要一直問我他有沒有打電話？」

「他很可能會使用其他手機，」他說道，「王八機，不容易被追蹤到的機子。」

王八機，書面紀錄。為什麼葛拉迪一直要把歐文塑造成犯罪主謀？

我正打算問他，但他卻按下他鑰匙圈的某個按鈕，停放在對街的某台車亮燈，蓄勢待發。

「我不耽誤妳的時間，妳還有得忙，」他說道，「不過，要是妳聽到歐文的消息，記得要轉告他，要是他願意的話，我可以出手幫忙。」

接下來，他給了我一張佛列德咖啡的面紙，上面有他的姓名，葛拉迪・布拉德佛特，底下還有兩個電話號碼，我想是他的電話——其中一個還標示了是手機。

他說道：「我也可以幫助妳。」

我把那張餐巾紙放入口袋，他也在這個時候過馬路，進入他的車內。我也轉頭離開，不過，正當他在發動車子的時候，我突然又想到了什麼，又朝他走過去。

我問道：「等等，哪一個部分？」

他打開車窗，「什麼哪個部分？」

「你可以幫我什麼？」

「簡單的部分，」他說道，「熬過這場難關。」

「困難的部分是什麼？」

他回我：「歐文並不是妳所想像的那個人。」

丟下這句話之後，葛拉迪・布拉德佛特就離開了。

這些人不是妳的朋友

我回到家中，只是為了拿歐文的筆記型電腦。

我不會坐在那裡苦思葛拉迪所說的話，他拋給我的那些內容，讓我更覺得不安。他怎麼會知道歐文這麼多事？也許過去這一年多來，他們密切追蹤的不只是艾維特一個人而已。也許葛拉迪裝好心——幫助我取得貝莉的監護權，提供建議——這樣一來我就會說溜嘴，對他說出那些歐文不希望他知道的事。

我剛剛是不是有犯錯？我不覺得，就連我現在仔細回溯我們的談話內容也一樣。不過，我將來不會冒同樣的風險，不會對葛拉迪多說什麼，任何人都不會，我要先搞清楚歐文到底出了什麼事。

我在船塢區左轉，前往自己的工作室。

不過，我得先去歐文朋友家一趟。我非常不想過去拜訪，但如果現在還有誰能夠洞察歐文的思路，挖掘我可能遺漏的部分，那也就只有卡爾了。

卡爾．康納德：歐文在索薩利托最要好的朋友，也是我與歐文意見不一致的唯一之人。歐文覺得我沒有給他公平待遇，這樣說應該沒錯。他幽默風趣，聰明，而且我才剛到索薩利托，歐文就立刻得到他的全然接納。但他習慣背著妻子派蒂偷吃，知道了這一點，讓我很不喜歡，歐文的反應也一樣，但他說他自己可以在心中將其分隔開來，因為卡爾真的是他的好友。

這就是歐文，珍惜他在索薩利托認識的第一個朋友，而不是去評價對方。我知道那是我先生的想法，但也許他一直沒有去評斷卡爾有其他原因，也許歐文這麼做是投桃報李，因為他曾經向卡爾安心吐露什麼秘密，但卡爾卻沒有對他做出任何評斷。

就算這假設是錯的，我還是得找他談一談。

因為卡爾也是我在這座小鎮認識的唯一律師。

我敲了門，沒有人應門，卡爾沒現身，派蒂也是。

這狀況有異，因為卡爾在家工作，他喜歡和小孩泡在一起——兩個小小孩——通常這時候在午睡。卡爾與派蒂對於小孩的作息非常執著，在我們一起出去的第一個夜晚，派蒂曾經對我發表長篇大論，當時的她剛歡慶二十八歲生日，更讓她的那番言論增添了趣味。要是我還能生小孩的話——她當時就是這麼說的——我一定會小心翼翼，絕對不會讓他們主宰一切，我會讓他們看到誰是老大。她的意思就是日程計畫表，也就是說，依照她家的規矩，每天中午十二點半要午睡。

現在是十二點四十五分，如果卡爾不在家，那麼派蒂為什麼也不在？

不過，透過客廳的百葉窗，我看到了卡爾在家。他站在那裡，躲在百葉窗後面等我離開。

我再次敲門，還狠狠按電鈴。除非他讓我進門，不然我就會按電鈴按一整個下午，我才不管什麼小孩在午睡。

卡爾立刻打開了門。他手裡拿著啤酒，頭髮整齊後梳。這是狀況有異的第一個徵兆，他平常不梳頭髮，他覺得那種模樣讓他看起來很性感。此外，他的眼神也不對——混雜了憤怒、恐懼，還有某種我說不上來的情緒，也許是因為他對我做出這種事，讓我驚駭不已吧。

我問道：「卡爾，這怎麼回事？」

卡爾回我：「漢娜，妳得離開。」

他生氣了，他為什麼動怒？

我回他：「給我一分鐘就好。」

他說道：「現在不行，我沒辦法講話。」

他動手要關門，但我卻撐住不放，我的蠻力讓我們兩人都嚇了一跳，被他緊抓的大門鬆開了，門縫大敞。

我就是在這時候看到了派蒂。她站在客廳門口，抱著她女兒莎拉，兩人身穿佩斯利花紋的母女裝——深色髮絲後梳，綁成了軟綿綿的髮辮。一模一樣的裝扮與髮型，只是更加凸顯了派蒂期盼眾人看待莎拉的那種角度：同樣漂亮稱頭，只不過是她自己的迷你版。

在她們的後方——客廳裡塞滿了人——約有十多名父母與幼童正在觀看某個小丑在做氣球動物，他們的上方懸掛著莎拉生日快樂的布條。

這是他們女兒的兩歲生日，我完全忘了。歐文與我本來應該在此一起慶祝才是。現在，卡爾也懶得碰門了。

派蒂對我揮揮手，態度很困惑。「嗨……」

我也向她揮揮手，「嗨。」

卡爾轉頭面向我，他的語氣自制但卻很堅定。「我們等一下再談。」

「我忘了，卡爾，抱歉，」我搖搖頭，「我不是故意要在她派對的時候現身。」

「算了，現在給我走。」

「一定……不過，可否請你先出來一下跟我講話，兩分鐘就好？因為事況緊急，不然我也不會開這個口。我想我需要律師，『工作坊』出事了。」

他問我：「妳覺得我不知道嗎？」

「那你為什麼不跟我講話？」

他還來不及回答，派蒂已經走過來，把莎拉交給了卡爾。然後，她吻了一下她丈夫的臉頰，演給大家看。為了他，為了我，還有這場派對。

「嗨，」她也吻了我的臉頰，「妳能過來真是太好了。」

我壓低聲音，「派蒂，抱歉突然打攪了你們的派對，但歐文出事了。」

「卡爾，」派蒂說道，「讓大家到後頭去好嗎？現在可以吃冰淇淋聖代了。」

她面向大家，對他們展露微笑。「大家跟著卡爾到後面去吧，『傻瓜先生』，你也一樣，」

她對那名小丑說道，「現在是冰淇淋時間！」

然後——也就只有在這個時候——她才轉身面對我，「我們到前面說話吧？」

我正打算告訴她，其實我只是要找卡爾講話，卡爾拍著莎拉的屁股越走越遠，但莎拉卻把我往外推向前廊，她關上厚重的紅門，我又陷入劣勢。

派蒂此時已經有了門廊的隱蔽，她轉頭面向我，雙目暴怒，笑容消失了。

她說道：「妳怎麼膽敢出現在這裡？」

「我忘記派對的事了。」

「妳毀了這場派對，」她說道，「歐文傷了卡爾的心。」

我問道：「傷心……怎麼說？」

「天，我不知道。也許是跟他偷走了我們所有的錢有關吧。」

我反問她：「妳在說什麼？」

「難道歐文沒有告訴妳嗎？他說服我們投資『工作坊』的首次公開發行，他向卡爾大力吹噓那套軟體的潛力與鉅額收益，完全沒有提到軟體功能不良。」

「派蒂，聽我說——」

「所以我們現在所有的錢都卡在『工作坊』的股票。其實，我應該這麼說，我們所有的錢都被綁在那些股票，我銀行帳戶剩下的最後數字只有美金十三分。」

「我們的錢也在裡面。如果歐文早就知道的話，為什麼要那麼做？」

「也許他覺得他們不會被抓到，或者他是超級大白痴，很難說是哪一個，」她說道，「不過，我可以向妳保證，要是妳不立刻離開我家，我就會打電話報警。我沒在跟妳開玩笑，這裡不歡迎妳。」

「我可以理解妳為什麼生歐文的氣，真的。但是卡爾也許可以幫我找到他，這將是最快解決問題的方法。」

「除非妳來這裡的目的是要幫我們繳小孩的大學學費，否則我們對妳已經是無話可說。」

我不知道該對她怎麼說才好，但我知道一定得在她回到屋內之前講些什麼話。我剛才親眼見到了卡爾，也看到了他眼神裡的異狀，我覺得卡爾一定知道某些線索，那種感覺一直讓我揮之不去。

「派蒂，可以求求妳稍等一下嗎？」我說道，「我也根本不知道狀況，就和妳一樣。」

「妳先生是五十億美元詐欺案的幫兇，所以我不是很確定能否相信妳的話，」她說道，「但如果妳對我說的是真話，那麼妳就是全天下的第一大傻瓜，居然看不清妳先生的真面目。」

說到傻氣，她自己也難逃一劫，當初派蒂在懷孕的時候，也就是「傻瓜先生」此刻正在後院取悅的那個孩子，她的老公一直和同事上床，斷斷續續維持了好一段時間。也許，不管怎樣，當我們要釐清深愛我們之人——我們努力深愛之人的全貌，我們都成了傻子。

她問我：「難道妳真的以為我會相信妳不知情？」

我反問：「要是我知道的話，幹嘛要來這裡尋找答案？」

她側頭，仔細思量，也許這句話觸動了她，或者她發覺自己根本不在乎，但她的神情變得柔和多了。

「回家去陪貝莉吧，」她說道，「妳走吧，她需要妳。」

她開始往回走，然後，又轉頭看我。

「哦，妳會跟歐文講到話嗎？到時候妳跟他說一聲，叫他去死吧。」

丟下這句話之後，她關上了門。

前往工作室的時候，我腳步急快。

當我轉進里索街、經過列安．蘇利文住家的時候，一直低垂目光。我發現她與她先生正坐在自家前面的門廊、喝他們的午後檸檬水。但我假裝在講手機，並沒有像平常一樣停下來和他們打招呼，和他們一起喝一杯。

我的工作室就在他們家隔壁的某間工匠風小屋。佔地有兩千八百英尺，後院寬敞——是我在紐約時夢寐以求的空間，當時的我如果得處理格林街工作室空間塞不下的作品，就得搭捷運去朋友在布朗克斯的倉庫工作。

當我一走進去，關上大門之後，心情立刻開始放鬆下來。不過，我並沒有進入裡面，反而繞去我平常處理文書作業的後院小平台區，我在小桌前坐下來，打開歐文的筆記型電腦。我放下了葛拉迪．布拉德佛特，放下了派蒂的火氣，卡爾連正眼都不願瞧我一眼，更不可能提供我任何寶貴意見，這一點我也不管了。這一切多少讓我集中心緒，知道我必須要想辦法自己解決。而且，周邊都是我自己的物件以及我的作品，也讓我的情緒越來越平靜。能夠身處於我在索薩利托最愛的空間之中，就連駭入我丈夫的個人電腦，感覺也簡直像是稀鬆平常一樣。

我打開了歐文電腦的電源，輸入了他的第一組密碼，沒有跳出任何異常的提示。我點入他的相簿檔案夾，其實，裡面根本就是貝莉聖經。裡面有她從國小到初中的數百張照片，從五歲開始在索薩利托的每一場生日，這些照片我已經看過許多次了。對於我來不及參與的他們的生活片段，歐文總是津津樂道：小貝莉踢第一場足球賽，當時的她熱衷得不得了；小貝莉在二年級的時候參與第一次的學校話劇表演（《海上情緣》），她的表現令人驚豔。

我沒有找到太多貝莉幼年時期的照片，當時他們依然住在西雅圖，至少，在這個主檔案夾裡面是沒有。

所以我點開了一個比較小的子檔案夾，名稱是O.M。

這是奧莉薇亞．麥可斯的檔案夾，她是歐文的第一任妻子，貝莉的母親。

奧莉薇亞．麥可斯婚前的姓名是奧莉薇亞．尼爾森：高中生物老師，水上芭蕾選手，歐文在普林斯頓的同學。這個檔案裡也只有一些照片而已——歐文說奧莉薇亞痛恨被拍照。不過，他所擁有的那些照片看起來都很美，應該說她本來就是美女。她個子高瘦，一頭紅色長髮蓋住了一半的背脊，深邃的酒窩讓她看起來凍齡在十六歲。

我們一點都不像——乍看之下，她比較漂亮，比較耐人尋味。不過，要是我們交換彼此的某些細節，我們之間有某種相似性，也算是公允的說法。身高、長髮（我的是金色，她的是紅色），也許甚至連微笑的神韻也很神似。當歐文第一次拿她照片給我看的時候，我曾經提到了我們的相似性。但歐文說他看不出來。他不是為了要反駁我，只是表示如果我能夠親眼看到他的第一任妻子，那麼我就不會覺得我們這麼相像了。

我在想，這些照片是否也是為了在誤導奧莉薇亞與貝莉的長相並不是很相似——不過，我最喜歡的奧莉薇亞的那張照片卻成了例外。在那張照片當中，她身穿牛仔褲、白色直扣襯衫，坐在某個碼頭上面。她伸手貼臉，仰頭大笑。兩人外貌不同，但是那樣的微笑之中卻蘊涵了與她小孩符合的氣質——我自己覺得她這樣跟貝莉很像。這也把奧莉薇亞拉進了拼圖之中，成了某片找不到的碎塊，讓貝莉與歐文之外的某人產生了連結。

我伸手撫摸螢幕，想要詢問她，關於她的女兒、她的先生，我是不是疏忽了什麼細節？她一定比我清楚——我相信確是如此——這感覺像是獨一無二的傷痛。

我深吸一口氣，點開名為「工作坊」的那個檔案夾。裡面一共有五十五份檔案，全都是與程式碼和HTML程式有關。如果在這些真正的程式碼裡面還隱藏了某種程式碼，我當然找不出來，我默默記在心底，要找到一個能看懂它的人。

詭異的是，「工作坊」裡面有一個名叫「最新遺囑」的文件。我不喜歡看到它出現在哪裡，尤其現在出了這些事，不過，當我一打開，心情就釋然了。那是在我們結婚典禮過後沒多久所寫的遺囑，他以前就給我看過了，而且一切都沒變。或者，應該說幾乎都沒變。我在遺囑最後一頁的歐文簽名上方看到了一小段話。以前就有嗎？而我沒有注意到？裡面提到了他的遺產管理人，L．保羅，我從來沒聽過的人，沒有地址，沒有電話。

我在自己的筆記本裡寫下有關L．保羅的註記，就在這時候，我聽到後面有個女人在講話。

「發現了什麼有趣的事嗎？」

我轉身，看到有名年長女子站在我的後院邊緣，她身邊還站了一個人。她一身俐落海軍藍套裝，一頭灰髮往後緊梳，綁成馬尾。她身旁的那個男人就比較邋遢，沉重的眼瞼，皺巴巴的夏威夷衫，濃密的大鬍子，讓他看起來比她還老。不過，我覺得他年紀應該與我相仿。

我問道：「你們在這裡做什麼？」

「我們有按過前門的電鈴了，」那男人說道，「妳是漢娜．赫爾嗎？」

我回道：「我想要先聽你們好好解釋一下，為什麼非法入侵我的住宅？否則我不會回答你的問題。」

「我是聯邦調查局的特別探員傑洛米．歐馬奇，旁邊是我的同事，特別探員娜歐蜜．吳。」

「叫我娜歐蜜就好，可否與妳聊一下？」

我不假思索，立刻關上電腦，「其實，現在不太方便。」

她對我露出甜膩笑容，「只要幾分鐘就好，」她說道，「之後我們就不煩妳了。」

他們已經走上通往平台區的階梯，坐在小桌另一頭的椅子裡。

娜歐蜜把她的徽章從桌面推到我面前，歐馬奇也做出相同動作。

娜歐蜜說道：「希望我們沒有打斷了妳的要事。」

我回她：「我只希望你們不是一路跟蹤我到這裡來就好了。」

娜歐蜜打量我，對於我那種語氣的驚訝程度不只是一丁點而已，我氣壞了，根本不在乎。我不但生氣，而且還很擔心他們會要求拿走歐文的電腦，這樣一來，我就來不及釐清它要向我透露的訊息。

還有，我也想起了葛拉迪．布拉德佛特的警告：只要是妳覺得不該回答的問題，千萬不要回答。我開始有了戒心，必須要小心翼翼。

傑洛米．歐馬奇把手伸出來，取回了他自己的徽章。

「我想妳一定很清楚，我們正在調查妳先生工作的那間科技公司吧？」他說道，「我們希望妳可以提供一點線索，讓我們知道他現在人在哪裡好嗎？」

我把電腦放在我的大腿之間，好好保護它。

「我很想要幫忙，但我不知道我先生在哪裡，昨天之後就沒看到他人了。」

「不是很奇怪嗎？」娜歐蜜開口，她的語氣儼然像是才剛出事一樣。「一直沒見到他的人？」

「對啊，非常奇怪。」

「如果妳知道妳先生從昨天開始就再也沒有使用手機與任何的信用卡，完全沒有任何的書面紀錄？是不是會嚇一大跳？」

我沒有回答她。

歐馬奇問道：「妳知道可能是什麼原因嗎？」

我不喜歡他們看我的方式，彷彿他們已經認定我對他們隱瞞了什麼。雖然我根本不需要被提醒，但這又再次提醒了我，要是我真的知道內情就好了。

娜歐蜜從她的口袋裡取出筆記本，翻開了某一頁。

「我們知道妳一直與艾維特和蓓兒有生意往來，」她說道，「過去這五年當中，他們委託妳的工作費是十五萬五千美元？」

「我一時之間不能確定這數額是否正確。不過，沒錯，他們是客戶。」

她問道：「艾維特昨天被逮捕之後，妳有沒有和蓓兒講到話？」

我想到了我在她手機裡留下的語音訊息，一共有六通，全部都沒有回覆，我搖頭。

他問我：「她沒有打電話給妳嗎？」

「沒有。」

她側頭沉思，「確定嗎？」

「對，我很確定我跟誰講了話，沒有跟誰講到話。」

娜歐蜜傾身向前，靠近我，彷彿是我的朋友一樣，「我們只是想要確認妳對我們吐露了一切，妳的朋友蓓兒就完全不是這種態度。」

「妳這話什麼意思？」

「我們這樣說吧，她明明在北加州的不同機場買了四張飛往雪梨的機票，想要在偷偷摸摸的狀況下離開美國，這對於她所自稱的清白完全沒有幫助。這根本不是大聲嚷嚷我什麼都不知道，妳說是不是？」

我小心翼翼，不願做出任何反應。怎麼會這樣？艾維特被關起來，而蓓兒卻想盡辦法要逃往以前的住所？還有，為什麼在這樣的過程中都看不到歐文的蹤影？我真心相信一向聰明、經常能夠看透全局的歐文。在這種狀況下卻如此無知無覺嗎？

娜歐蜜問道：「蓓兒有沒有和妳討論過『工作坊』的事？」

「她從來沒有向我提過艾維特的工作，」我說道，「蓓兒沒有興趣。」「這一點與她的說法完全一致。」

「現在蓓兒在哪裡？」

「待在她聖海蓮娜的住所，而護照則交由她的律師保管。她的態度依然很一致，對於她先生的犯行感到驚愕不已，」他說了這段話之後，停頓了一會兒。「不過，根據我們的經驗，妻子通常知情。」

我說道：「你眼前的這個並沒有。」

娜歐蜜插嘴進來，彷彿我沒有回答他們一樣。「只要妳自己確定就好，」她說道，「必須要有人為歐文的女兒著想。」

「就是我。」

「好，」她說道，「很好。」

這話聽起來像是威脅。我聽得出來，她假意不想多說的到底是什麼，我聽出她的弦外之音，暗示他們可以帶走貝莉。葛拉迪不是已經向我保證過了嗎？他們不會帶走她？

「等到貝莉今天放學回家的時候，」歐馬奇說道，「我們也需要找她談一談。」

「你們不要找她，」我說道，「她對於她父親的下落一無所知，不要把她捲進來。」

歐馬奇擺出跟我一樣的語氣，「這恐怕由不得妳決定，」他繼續說道，「我們可以現在決定時間，不然就是等傍晚的時候我們去妳家。」

「我們已經聘請了法律顧問，」我說道，「如果你們想找她，必須先聯絡我們的律師。」

娜歐蜜問道：「妳的律師是哪位？」

「傑克・安德森，他在紐約。」我脫口而出之後，才驚覺自己搞得這麼複雜。

他說道：「好，請他聯絡我們。」

我點點頭，心想現在該怎麼拆除引信，我不希望破壞了葛拉迪在早上給出的承諾，可以讓貝莉維持現狀，那是最重要的事。

「好，我知道你們只是在盡本分而已，」我說道，「不過，我很累了，因為今天早上我已經跟法警局的人講過話了，現在幾乎已經是無可奉告。」

歐馬奇說道：「啊……啊，什麼？」

我看著他，還有笑容盡失的娜歐蜜。

「今天早上來找我的那名法警局執行官，」我說道，「我們已經全部講完了。」

他們互看彼此，歐馬奇問道：「他叫什麼名字？」

「那個法警局執行官嗎？」

「對，」他問道，「那個法警局執行官叫什麼名字？」

娜歐蜜癟嘴看著我，彷彿現場局勢發生了她沒有心理準備的變化。所以，這就是我決定不要吐實的原因。

「我不記得了。」

「妳不記得他的名字？」

我沒說話了。

「今天早上來妳家登門造訪的法警局執行官姓名，妳跟我說妳記不得了？」

「我昨天晚上沒睡好，所以有點頭昏腦脹。」

歐馬奇問道：「妳記得這名法警局執行官有沒有拿徽章給妳看？」

「有。」

納歐蜜問道：「妳知道美國法警局的徽章長什麼樣子？」

「我應該要知道嗎？」我反問她，「我也不知道聯邦調查局的徽章是什麼樣子，現在你們講的全是我不知道的事情。如果我們要繼續講下去，也許我應該先確定一下你們自稱的身分。」

「我們只是有點困惑，因為這個案子並不是美國法警局的管轄範圍，」她說道，「所以我們必須要確認今天早上和妳談話的人到底是誰。如果沒有我們的許可，他們根本不該來到這裡。他們是不是以什麼方式威脅歐文？因為妳必須要知道，要是歐文涉案程度輕微，他可以利用作證指控艾維特的方式自保。」

「沒錯，」歐馬奇說道，「他根本還不算是嫌犯。」

「是嗎？」

娜歐蜜回我：「他沒那個意思。」

「我沒那個意思，」歐馬奇繼續說道，「我的意思是，妳不需要與法警局執行官講話。」

「歐馬奇探員，說來好笑，他也是這麼說你們的。」

「他這麼說過？」

娜歐蜜又恢復冷靜，露出微笑。「我們就從頭開始，好嗎？」她說道，「我們都在同一條船上。不過，將來要是遇到有人突然出現在妳家門口，應該要讓律師代表妳發言才是。」

我配合她，自己也笑臉迎人。「娜歐蜜，很好，那麼就從現在開始吧。」

然後，我伸手指向大門，等待他們走出去。

別因為這樣怨恨我

確定聯邦調查局幹員離開之後，我離開自己的工作室。

我走回船塢區，歐文的電腦緊貼在我的胸前，我經過了小學門口，小朋友正好在放學。

我抬頭，發現有人在盯著我，好幾個爸爸（還有媽媽）都望向我的方向——不是卡爾與派蒂的那種反應——比較像是擔憂，參雜著憐憫。畢竟，這些人都愛歐文，都早已接納了他。光是在他們的新聞摘要中看到他的公司名字，並不足以會讓他們對他起疑。這就是小鎮的特色，大家會保護自己人，讓他們突然攻擊某個自己深愛的人，並非易事。

他們容納新成員也並非易事，就像我一樣。他們依然不確定是不是要把我當成一分子。我剛搬進索薩利托的時候，狀況更糟糕。那些好奇的目光一直在打量我，但原因卻與現在大不相同。他們會開口問問題，音量大到讓貝莉聽得一清二楚，回家之後再轉述。他們想要知道歐文決定要娶的這個外地人是誰，他們不明白索薩利托最有行情的單身漢為什麼會因為某個木藝製作師而決定脫單——不過，他們不是這麼稱呼我的。他們叫我木匠——不化妝，也不會穿時髦的鞋子。他們說，歐文會挑這樣的女人真是奇怪——面容健康青春，但年齡已經將近四十歲，很可能再也沒辦法為他生小孩，看來是個一直樂此不疲在玩木頭、不知道該如何建立自己家庭的女子。

他們似乎不了解我的特質，歐文打從一開始就明瞭這一點，我自己一個人生活不成問題。我外公一直訓練我要獨立自主。當我努力要適應別人的生活，尤其在這樣的過程中必須要放棄部分自我的時候，我就會出現問題。所以我就一直等下去，直到自己不需將就為止——等到一個可以不花任何氣力就可以感覺契合的人。或者，這過程應該說是游刃有餘吧，又或者更精確的說法是，與歐文在一起所需要的一切完全不像是在付出努力，而比較像是在精雕細琢。

回到家之後，我鎖上門，拿出我的手機，在我的聯絡人名單裡找尋某個名字：傑克。在這種時候，我萬萬不想與他聯絡，但我還是得做，打電話給另一個我認識的律師。

「我是安德森……」

他的語調把我拉回了葛林街，回到了洋蔥湯與星期天在「墨瑟廚房」享用的血腥瑪莉，回到了截然不同的生活。我瞬間回到了過往，因為我的前未婚夫一向以這種語氣應答電話。傑克．布拉德雷．安德森——密西根大學的法學博士與商管碩士，三鐵健將，廚藝一流。

我們已經兩年沒說話了，但他的問候方式依然沒變，不過，聽起來就是跩。他喜歡讓別人覺得他很跩，這正是他為什麼會這麼講話的原因。以他的工作來說，他覺得這樣很好——高傲、有威脅感。他是華爾街某間律師事務所的訴訟律師，一如預期成為最年輕的資深合夥人。他不是刑事律師，但他是優秀的律師，因為他會是第一個告知客戶狀況的人，我現在只希望傑克的傲慢風格能夠幫得上我的忙。

我開口：「嗨……」

他沒有問我是誰，即便過了這麼久之後，他知道我是誰。他也知道我打電話給他一定就是出事了。

「妳在哪裡？」他問道，「在紐約嗎？」

當我打電話告訴傑克我準備要結婚的時候，他說總有一天我會回去、準備與他復合，他深信不疑。顯然，他以為今天就是他所說的那一天。

「索薩利托，」我停頓了一會兒，不想說出口的那些話讓我好害怕。「傑克，我得靠你幫忙，我想我需要律師……」

「所以……妳是要離婚了嗎？」

我只能努力不掛電話，傑克就是嘴快。雖然我取消婚禮的時候他如釋重負，雖然他在四個月之後娶了別人（而且過沒多久就離婚），但他喜歡在我們關係之中扮演受害者的角色。傑克總是抱持相同的論調，都是因為我的過往，造成我太恐懼，不敢真正接納他——我覺得他會像我父母一樣離開我。他一直不明白，對於別人離開我，我並不害怕，讓我恐懼的是留在身邊的並非適合的人。

「傑克，我打給你是因為我先生的事，」我說道，「他有麻煩了。」

「他做了什麼？」

這已經是我期盼從他那裡聽到的最好回應，所以我接下來就把全部經過告訴了他，一開始是歐文工作的一些基本資料，針對「工作坊」的調查行動，還有歐文離奇消失，葛拉迪．布拉德佛特與聯邦調查局雙雙來訪、徹底詢問他的事，還有聯邦調查局根本不知道葛拉迪這個人。我向他仔細解釋大家都不知道歐文的下落，也不明白他接下來要做什麼——甚至貝莉與我也渾然不知。

他問道：「還有那女兒……她跟妳在一起嗎？」

「她叫貝莉，對，她跟我在一起，這應該是她逼不得已的選擇。」

「所以他也拋下了她？」

我沒有回話。

他問道：「他全名是什麼？」

我聽到他對著自己的電腦在打字，寫筆記，製作圖表，我們以前的客廳地板上總是遍布了那種圖表。現在，歐文成了當中的關鍵人物。

「首先，不要太擔心聯邦調查局不知道有法警局的人來找妳的事，他們可能都在騙妳。而且，不同執法單位互爭地盤的戰爭所在多有，尤其是調查案規模還不確定的時候。有沒有證券交易委員會那邊的人來找妳？」

「沒有。」

「之後就會有了。在我們釐清狀況之前，妳應該要把所有執法單位的人都推到我這裡來。妳什麼都別說，就叫他們直接打電話給我就是了。」

「感謝你的幫忙，謝謝。」

「不客氣。」他說道，「不過我得問一下……這件事帶給妳的衝擊有多大？」

「他是我先生，所以我會說很嚴重。」

「他們接下來會出示搜索票，」他說道，「他們還沒有這麼做，倒是讓我很詫異。所以，要是有任何會牽連到妳的物品，絕對不能留在屋內。」

「我跟這件事沒有任何牽連，」我說道，「我和這件事一點關係都沒有。」

我發覺自己的防衛心越來越重，而且更加焦慮，一想到有人拿著搜索票出現在我家——想到會被他們挖出來的那個帆布袋，目前它安然無恙，還藏匿在廚房水槽下方。

「傑克，我只是想要知道歐文的下落，為什麼他覺得唯一的方法就是逃離這裡。」

「重點應該就是不想坐牢吧。」

「不，不是這樣，他不會因此而逃跑。」

「所以妳的假設是？」

「他想要保護他的女兒……」

「為了要躲避什麼？」

「我不知道。也許他認為她父親被冤枉的話，會毀了她的一生，也許他躲到某個地方是為了證明自己的清白。」

「不太可能。不過……有可能是出了別的事。」

「像是什麼？」

他說道：「就像是他犯下了最嚴重的罪行。」

「傑克，你人還真好……」

「好，這種事我不會掩飾。如果歐文不是因為『工作坊』的事而逃亡，很可能是因為『工作坊』會披露他的什麼秘密而逃亡，問題在於可能會是什麼呢……」他停頓了一會兒，「我認識一個私家偵探，非常優秀，我會請他調查一下。不過，我要請妳發電郵給我，交代歐文的過往歷史，妳知道的一切，他在哪裡就學，哪裡長大，還有日期，所有都要給我。還有，他女兒在哪裡、何時出生。」

我聽到傑克開始咬筆。全世界沒有別人能夠參透他此刻正在做什麼，但我心中已經浮現了畫面，彷彿我就坐在那裡，盯著他那個破爛的筆蓋。明明已經不想要知道對方的一切，但過了這麼久之後依然一清二楚，實在是好可怕的事。

「還有幫我一個忙，手機放在身邊，萬一我要找妳的時候可以隨時找到人，但不認識的號碼就不要接。」

我想到了葛拉迪說過歐文已經丟掉了他的手機——那是我能夠認出他的唯一號碼。

「萬一是歐文找我怎麼辦？」

「歐文不會在這種時候打電話，」他說道，「妳也知道這一點。」

「我不知道。」

「我想妳很清楚。」

我沒回應，雖然我覺得傑克可能說的是對的，我也不會對他說出口，我不會以那樣的方式背叛歐文，或是貝莉。

「還有，妳必須要搞清楚他逃跑的原因，除了保護他小孩之外的更確切理由……」他說道，「而且越快越好，過沒多久之後，聯邦調查局就不會好聲好氣問話。」

一想到聯邦調查局問話態度已經如此不友善，我的頭開始天旋地轉。

他問道：「妳還在聽嗎？」

「嗯。」

「反正……保持冷靜就是了。其實妳的體悟超過了妳自己的想像，妳知道要怎麼熬過這一切。」

光是這段話就讓我想哭。還有他說話的方式——體貼，充滿自信——這是傑克表達真誠善意的形式。

「不過，」他說道，「以後就不要說某人無辜了，好嗎？如果妳必須說些什麼的話，就說他無罪。但說某人無辜，只會讓妳聽起來跟白痴一樣，尤其幾乎大家都有罪的時候更是如此。」

我想也是。

六個禮拜之前

「我們應該度個假，」歐文說道，「好久沒休息了。」

當時是午夜，我們躺在床上，他握住我的手，我依偎在他的胸前，他的心口。

「你應該跟我一起去奧斯汀啊，」我說道，「還是那不算度假？」

他反問我，「奧斯汀？」

「我告訴過你有一場木藝製作師討論會，可以把它轉化為一場小旅行。在德州的山地區待個兩天……」

「是在奧斯汀？妳沒告訴我在奧斯汀……」

然後，他點點頭，彷彿在思索，思索跟我一起去的事——不過，我感覺到他的心猶疑，體內有某個部分已經閉鎖起來。

我問道：「怎麼了？」

「沒事。」

不過，他放開我的手，開始玩弄他的婚戒，不斷在轉弄。那是我為他做的婚戒，與我的完全一模一樣：兩個窄版戒指，遠遠看起來就像是一般的閃亮白金戒。不過，我是以有拉絲鋼質感的厚重白橡木作為我們的婚戒材質，兼具了質樸與優雅。當時我動用自己最小的車床，我在工作的時候，歐文一直坐在地板上陪在我身邊。

「貝莉接下來也有一場沙加緬度的校外教學，」他說道，「我們可以接著前往新墨西哥州，只有我們兩個人就好，在白岩區閒晃迷路。」

「好棒，」我說道，「我已經好久沒去新墨西哥州了。」

「我也是。大學以後就沒去過了。當時我們一路開車開到陶斯，在山上待了一個禮拜。」

我問道：「你們一路從紐澤西開下去？」

他繼續心不在焉玩婚戒，「什麼？」

我問道：「你們從紐澤西開到墨西哥？」

這句話讓他愣住了，手指頭不再玩婚戒。「不是大學的時候。」

「歐文！你剛剛說你是在大學的時候去陶斯。」

「我不知道，反正是某個山區。也許是佛蒙特州，我只記得那裡的空氣很稀薄。」

我哈哈大笑，「你是怎麼了？」

「沒什麼，只是……」

我盯著他，想要努力領會他沒說出的話到底是什麼。

「只是讓我想到了自己人生的某段詭異時光。」

「大學嗎？」

「大學，還有大學畢業之後，」他搖搖頭，「困在我不記得的某個山區。」

「好吧……這應該算是你跟我說過最離奇的事了。」

「我知道。」

他坐起身，打開了燈。「靠，」他說道，「我真的需要好好休個假。」我回他：「那就這麼決定了。」

「好，一言為定。」

他又躺下來，把手擱在我的腹部，我可以感受到他又開始放鬆，他又回到我身邊了，所以我不想要逼他，不想要逼他說出剛才他差點就願意與我分享的過往。

「我們不需要現在聊當年，但我們先把話說明白好嗎？」我說道，「我大學的時候，幾乎都在某個翻唱瓊妮．密契爾歌曲的樂團彈吉他，還有參加詩歌朗誦比賽，當時交往的對象是哲學研究所的學生，他當時努力在寫一份宣言，內容是關於政府是如何企圖以電視控制某場革命。」

他回我：「我覺得很難說他大錯特錯。」

「也許沒有吧，不過，我要講的重點是，你講出過往的你，幾乎也不會改變任何一切，至少我們之間絕非如此。」

「嗯，」他低聲說道，「感謝老天。」

貝莉過得不好，其實是非常糟糕的一日

當貝莉放學回家的時候，臉色超難看。

我坐在長椅上喝紅酒，毯子蓋住雙腿。我拚命回溯這一天——不論是開始與結束都沒有歐文的一天，感覺好不真實，讓我感受到憤怒、悲傷、壓力沉重、孤單。

她在船塢區迂迴前行，頭一直低低的，到家的時候才抬頭。然後，她站在我面前，就站在長椅的正前方，雙眼迸出怒光。

「我明天不去了，」她說道，「我不去上學了。」

我端詳她的雙眼，她的恐懼。果然來了——我們成為彼此的鏡像——我萬萬不願走到的這一步。

「大家假裝沒在討論，」她說道，「有關我爸爸的事，還有我。那比直接在我面前講出來還糟糕，好像我聽不到他們整天在竊竊私語一樣。」

「他們說什麼？」

「妳想要聽哪個部分？」她說道，「化學課結束之後，布萊恩・帕杜拉詢問鮑比我爸爸是不是罪犯？或者是鮑比出拳扁他的嘴？」

「鮑比做出那種事？」

「對……」

我點點頭，鮑比的舉動讓我有點刮目相看。

她說道：「之後狀況就越來越糟。」

我在長椅上稍稍移動位置，挪出空間給她，她坐了下來，但卻靠近邊緣，彷彿隨時可能改變心意，起身走人。

「不如妳明天就蹺課吧？」

「真的嗎？」她一臉驚詫，「妳完全不反對？」

「反對有用嗎？」

「沒有。」

「我覺得妳明天就別去學校了。如果妳這一整天過得跟我一樣，那麼蹺課也是理所當然。」

她點點頭，開始咬指甲，對我說道：「謝謝。」

我真想要伸手過去、把她的手移開她的嘴邊，然後緊緊握住不放。我想要告訴她不會有事的，反正，一切都會慢慢好轉。不過，就算聽到這樣的話能夠讓她寬心，但如果是從我的嘴巴裡說出來，也無法讓她寬心。

「我沒有力氣煮東西，所以妳今晚唯一攝取營養的方式就是兩份的雙倍起司佐香菇與洋蔥披薩，目前它們正在路上，大約三十分鐘之內會送到我們面前。」

她差點笑出來，這給了我一個機會，讓我可以開口詢問我必須問她的那個問題，能夠幫助釐清我在與傑克通完電話之後，一直盤據心中的巨大謎團。

「貝莉，」我說道，「我一直在想妳先前問我的問題，關於妳爸爸給妳那張字條的意思。妳知道對我而言重要的是什麼……」

她嘆了一口氣，她顯然是太疲倦了，少了平常會一併出現的翻白眼動作。

「我知道，我爸爸愛我，妳講過了。」

「也許我弄錯了，」我說道，「有關他那段話的意涵，也許是另有所指。」

她一臉疑惑看著我，「妳在說什麼？」

「也許他這麼寫，是因為妳知道某件事，」我說道，「他希望妳能夠想起來的某件事。」

她問我：「我怎麼可能知道？」

「我不確定。」

「好，我們能把話說清楚，我覺得很好，」然後，她停頓了一會兒。「不過學校裡的每一個人似乎都同意妳的說法。」

「什麼意思？」

「大家都覺得我一定知道我爸爸為什麼會做出那種事，」她說道，「彷彿他在吃早餐的時候開口跟我說，他打算要偷五十億美金，然後人間蒸發。」

「我們不知道妳爸爸到底和那件事有沒有關係。」

「是沒錯，我們只知道他不在這裡。」

她說得對，歐文不在這裡。讓我想起早上葛拉迪．布拉德佛特對我脫口而出的話——當他企圖說服我要和他好好談一談、其實他站在我們這一邊的時候，不慎吐露的訊息。他講出了他的電話號碼，他分局辦公室的電話號碼，有　個我不認得的地區區號，五一二。我把手伸入屁股口袋，拿出那張佛列德咖啡廳的餐巾紙，上頭的兩個號碼，都是五一二開頭，沒有地址。

我拿起擱在茶桌上的手機，撥打那間辦公室的電話。開始鈴響，轉入自動化總機系統，告訴我這是美國法警局辦公室，讓我心跳飛快。

美國法警局的西德州分局，位於德州的奧斯汀。

葛拉迪．布拉德佛特遠從奧斯汀的辦公室過來這裡出勤，為什麼一個德州法警局的人會出現在我家門口？尤其，要是我採信歐馬奇與娜歐蜜的說法，執行官沒有權限可以管這起調查案吧？如果他真的擁有權限，那又是為什麼？歐文之前是做了什麼？讓布拉德福特想盡辦法要介入此事？德州與這一切又有什麼關係？

「貝莉，」我說道，「妳和妳爸爸曾經去過奧斯汀？」

「妳是說德州的奧斯汀嗎？沒有。」

「妳想一下，是否曾經中途待過奧斯汀然後去別的地方？也許在你們搬來索薩利托之前，你們還住在西雅圖的時候……」

「所以是我……大概四歲的時候？」

「我想是很久以前的事。」

她抬頭，開始絞盡腦汁搜尋早已遺忘許久、突然之間被告知頗為重要不能忘記的某一天或某一刻。她遍尋不著，似乎是生氣了，但我現在萬萬不想要激怒她。

她開口：「幹嘛要問我？」

「稍早有個美國法警局的人從奧斯汀來到這裡，」我說道，「我只是在想，也許他會來到這裡，是因為妳父親與那座城市具有某種關聯。」

「跟奧斯汀有關？」

我回她：「對。」

她陷入沉默，思索，找到了什麼。

「也許有吧，」她說道，「很久以前……我應該是去那裡參加某場婚禮，那時候我真的很小。我是說，我非常確定我當花童，因為他們叫我擺姿勢給大家拍照，我記得有人告訴我，我們在奧斯汀。」

「有多確定？」

「不是很確定，」她說道，「非常不確定。」

我想要縮小範圍，「好，那妳記得那場婚禮的哪些細節嗎？」

「我不知道……我只記得我們都待在那裡。」

我問道：「妳母親也是嗎？」

「應該吧。不過，我記得最清楚的那一段並沒有她。我爸爸和我離開教堂，散步，然後他帶我去了美式足球場，當時正在進行某場比賽。我從來沒有看過那樣的場景，超大的球場，到處都是亮光，一切都是橘色。」

「橘色？」

「橘色的燈，橘色的制服。我喜歡橘色，超愛加菲貓，所以嗯……我就是記得這些。我爸爸指著那些顏色，對我說道：『就跟加菲貓一樣。』」

「妳覺得自己去了教會？」

她回我：「對，某間教會，如果不是在德州，那就是在靠近德州的某個地方。」

「妳之後卻從來沒問過妳爸爸那場婚禮在哪裡舉行？從來沒問過細節？」

「沒有。我幹嘛要問？」

「有道理。」

「而且，要是我提起過往，就會惹他不高興。」

這句話嚇了我一跳，「妳為什麼會這麼想？」

「因為我幾乎想不起媽媽的事。」

我沉默不語。不過，歐文的確向我講過類似的話。他曾經在貝莉小時候帶她去找心理治療師，她的心靈似乎封鎖了自己的母親。治療師告訴歐文，這很正常，對於幼年喪親的孩子來說，也就是貝莉失去奧莉薇亞的那種年紀，這是某種舒緩被遺棄感的防衛機制。不過，歐文卻覺得問題的嚴重性不僅止於此，也不知道為什麼，他似乎因此很自責。

貝莉閉上雙眼，彷彿覺得想起她的母親太過沉重，彷彿在此刻想起她的父親也同樣太過沉重。她抹了一下眼角，但來不及了，我已經看到一顆淚珠滑落而下，她也知道我看到了。然後，我才恍然大悟，我碰觸到了貝莉的那個痛點。我要竭盡所能讓它消失，我要幫助她，我要竭盡所能讓她再次恢復正常狀態。

「我們可不可以講點其他的事？」然後，她對我揚手。「妳知道嗎？我改變心意了，我們可不可以什麼都不要講？我現在根本不想要講話。」

「貝莉……」

「不要跟我講話，」她說道，「可不可以讓我靜一靜？」

然後，她往後一靠，等她的披薩到來，等我離開，無論順序如何，都可以讓她遂願。

妳為什麼不願意回想？

我進入屋內，成全貝莉與她想要獨處的要求。我完全不願逼她，也不想喝令她進來。她困惑憤怒，不知道她父親是否是她心目中所想的那個人——不知道她是否依然能夠信賴她一向熟悉的那個人。沉穩、寬厚，是她的爸爸。她因為自己必須要質疑那一點而憤怒——對他感到憤怒，也對自己感到憤怒，這也符合了我的心境。

保護她。

但要躲避什麼？與歐文的「工作坊」的牽連有關嗎？他在那裡捅出的婁子？或者歐文希望貝莉不要受到什麼其他的傷害？我還看不出來的某種危險？我還不想看到的危險？

我在自己的臥室裡來回踱步。我不想要與貝莉作對，但我也急需抓住我能找出的所有線索。我如今只能想到這個辦法——重新思索（或是請她思索）我們對於歐文模糊淡然的記憶，將它們與過去這二十四小時並列在一起，共通之處在哪裡？

突然之間，立刻冒出了某個答案：奧斯汀。我還知道奧斯汀與歐文之間的另一段故事。就在我搬到索薩利托之前沒多久的事。我在奧斯汀有個工作機會，某位住在那裡的電影明星要重新裝潢她的豪宅，某座農場豪宅，位於坐擁奧斯汀湖的西湖大道。

她希望我可以幫她擺脫她前夫的氣息。她前夫喜歡現代化的一切，痛恨所有鄉村風的物品。她的室內裝潢師建議可以考慮我的木製品。不過，她也想要參與，也就是說，我得要去奧斯汀兩個禮拜，與她協商整個流程。

我找歐文跟我一起去，他完全不想討論。他當時大發雷霆，因為我想去別的地方，將會耽誤我搬到索薩利托的時點——這樣一來，就會拖延到我們早已事先規劃的真正共居生活。

前往加州也讓我感到焦慮——但焦慮程度比不上與這名要求越來越多的客戶一起工作，所以我婉拒了這個案子，但我注意到了他的詭異態度，歐文會有這種反應，不像是他的風格——要求苛刻、充滿控制欲。當我向他提到這一點的時候，他因為自己反應態度不佳向我道歉，他說這舉動只是讓他緊張罷了，貝莉對於我搬入她家裡會如何進行調適，讓他感到很焦慮。對於歐文來說，重點永遠是貝莉。任何會引發她混亂的改變，也會造成他的混亂。我懂得那種焦慮，所以我覺得就算了。

不過，我卻想起另一個有關奧斯汀的警訊。當我因為我的木藝製作師討論會找他跟我一起去奧斯汀的時候，他沒有對我打回票，但他卻轉移焦點，的確如此。也許這並非與貝莉有關，可能是與奧斯汀這地方有什麼關聯。

我拿起手機打電話給傑克，他是美式足球鐵桿球迷：大學校際賽、國家美式足球聯盟都不會放過，還會在早上八點在網路觀看經典賽。

他沒打招呼，劈頭直接嗆我：「我這裡很晚了。」

「跟我講一下奧斯汀美式足球場的事吧？」

他回我：「我可以告訴妳，它根本不是這個名字。」

「你熟不熟他們的美式足球隊？」

「長角牛啊？妳想要知道什麼？」

「他們的主色？」

「為什麼問這個？」

我等待答案。

他嘆氣，「橘色與白色。」

「你確定嗎？」

「對，亮橘色與白色，包括了制服、吉祥物、門柱、達陣區，整個球場也一樣。現在是半夜，其實已經過了十二點，我在睡覺，妳問這個幹什麼？」

看來我應該不能告訴他實話，這聽起來好瘋狂。跑來我家門口的法警局人員來自於那裡，貝莉記得去過那裡，也許吧。而且歐文一聽到我們要一起去那裡的提議，態度就變得詭異，而且還有兩次不同的時點，光是現在想到的就有兩次不同的時點。

我不想告訴他，現在奧斯汀是我唯一擁有的線索。

我想到了我的外公，要是他還在世，坐在我的身旁，我就可以全部告訴他，他不會覺得我瘋了，只會坐在那裡幫我釐清我需要採取什麼行動，他協助我了解自己的職責——他的表現之所以如此稱職——這就是關鍵因素。他教導我的第一課，木作並非只是把一塊木頭雕琢為自己想望的形狀，也包括了抽絲剝繭，看清楚木料的內蘊，以及木料之前的狀態。這是創造美麗事物的第一個步驟，成就獨一無二作品的第一個步驟。

要是歐文在這裡的話，也會明白那一點。我也可以把狀況告訴他。他會看著我，聳肩，妳有什麼好損失的呢？他會看著我，明瞭我已然做出的決定。

保護她。

「傑克？我等一下再打給你。」

「明天！」他說道，「明天再打電話給我！」

我掛了電話，回到外面。發現貝莉待在剛剛的地方，遠望水岸，她小口啜飲我的紅酒，彷彿那是她的一樣。

我問道：「妳在做什麼？」

酒杯幾乎都空了。我離開的時候明明是滿杯，現在幾乎快空了。她的嘴唇邊緣都是酒痕，嘴角還有紅色污漬。

「妳就不能讓我喝嗎？」她說道，「我只喝一點點。」

「我才不在乎酒的事。」

她問道：「那妳幹嘛那樣看我？」

「妳該去打包了。」

「為什麼？」

「我一直在思索妳說的話，有關那場婚禮還有奧斯汀的事，我想我們應該過去一趟。」

「到奧斯汀？」

我點點頭。

她看著我，很困惑。「真是瘋了。去奧斯汀能有什麼進展嗎？」

我很想對她說出誠實的答案。如果我想要引用外公的話，告訴她這樣一來可以抽絲剝繭，她聽得進去嗎？我很懷疑。要是我講出目前拼湊出的線索——最多只能算是證據薄弱的猜想吧——她一定會反抗，拒絕跟我同行。

所以，我講出她可能聽得進去的話，其實也是事實，她爸爸很可能會說出口的勸言。

我說道：「總比呆坐在這裡好吧。」

「那學校怎麼辦？」她問道，「直接蹺課嗎？」

「反正妳說妳明天不去學校，」我說道，「剛才妳不是這麼說的嗎？」

「嗯，」她回我，「是沒錯。」

我已經朝屋內的方向走去，準備出發。

「那就開始打包吧。」

第二部

每一種木材都有其獨特形式與色澤，
在木碗成型的那一刻才會顯露出來。

——菲利普・莫特洛普

讓奧斯汀永遠不思議

我們搭乘早晨六點五十五分的班機離開聖荷西。

距離歐文離家去上班、我最後一次知道他的消息，已經過了四十六個小時之久。

我把靠窗位給了貝莉，自己坐走道位置。乘客們走到後頭上廁所的時候，我一直被他們碰到。

貝莉靠在窗玻璃，盡可能離我越遠越好。她雙臂交疊，緊貼胸前。上半身只穿了一件佛利伍麥克樂團的背心，沒有運動衫，手臂從上到下都冒出了雞皮疙瘩。

我不知道她是覺得冷還是生氣，抑或兼而有之。我們以前從來沒有一起搭過飛機，所以我沒想到要提醒她在隨身行李裡面放件運動衫。反正，她也不會把我的忠告當一回事。

不過，突然之間，這感覺像是歐文最嚴重的失誤。在他人間蒸發之前，為什麼沒有留給我某個參考基準點？為什麼沒有留給我一套如何照顧她的規則？第一條規則：當她搭機的時候，要告訴她記得攜帶運動衫，告訴她要蓋住自己的手臂。

貝莉的目光緊黏窗戶，就是不想要與我四目相接。她不想講話，也好，我轉而開始做筆記，為目標擬定計畫。我們會在當地時間十二點三十分降落，也就是說，我們到達奧斯汀市中心、入住飯店的時候很可能將近兩點了。

要是我之前能夠多了解一點這座城市，那該有多好。不過，我只來過奧斯汀一次而已，在我大四的那一年。茱莉絲接下了她入行的第一個案子（對方付給她的總薪資是八十五美金，外加一個飯店房間），她邀我一起隨行。她為某個波士頓的美食部落格拍攝《奧斯汀紀事報》主辦的年度辣醬節，我們在奧斯汀的時候，幾乎都待在那個辣醬節現場，嘗試了百種不一樣的辣肋排、炸薯塊、煙燻蔬菜，以及墨西哥辣椒醬，嘴巴辣燙得要命，茱莉絲那次拍了六百張照片。

過沒多久之後，我們離開市中心，在東奧斯汀花園的會場地點外頭閒晃。我們發現了某座丘陵的山頂，賜予了我們市中心天際線的絕美景觀。樹木與摩天大樓的數量不相上下，清朗天空的面積超過了雲朵。也不知道為什麼，湖泊所帶來的愜意感，讓奧斯汀的感覺比較不像是城市，而是一座小鎮。

就在那個時候，茱莉絲與我決定在畢業以後要搬到奧斯汀。不像紐約那麼貴，遠比洛杉磯更加悠閒。在畢業的時候，我們其實並沒有把這件事放在心上，但是在那個當下，俯瞰整座城市，那是我們的真心感受，宛若在凝視我們的將來一樣。

我所想像的未來，當然不是眼前這幅景象。

我閉上雙眼，努力不要讓自己被它們所吞噬，也就是一直在我腦中縈繞、不斷進行恐怖循環的那些問題，我必須找出答案的問題：歐文在哪裡？他為什麼需要逃跑？當他已經恐懼到無法對我說出真相的時候，我又疏忽了什麼？

這是我搭乘這個航班的原因之一。我幻想只要離開那間屋子，就會出動宇宙的某個機制，讓歐文再次返家，自己講出答案。只要不再盯著煮水壺，水就會燒開了，難道這世界不是一直都這樣的嗎？當我們一降落奧斯汀，將會立刻出現歐文的簡訊，詢問我們在哪裡，還說他坐在空蕩蕩的廚房裡等我們，而不是我們在苦候著他。

「兩位需要喝點什麼？」

我抬頭，看到站在我們走道的空服員，擺放在她前方的是銀色的飲料餐車。貝莉並沒有從窗前轉頭，空服員只看得到她的紫色馬尾。

「正常的可樂，」她說道，「要加一堆冰塊。」

我聳肩，替貝莉沒禮貌的舉動打圓場，我對空服員說道：「請給我健怡可樂。」

空服員只是大笑，沒有不悅的情緒，她低聲問我：「十六歲吧？」

我點點頭。

「我自己也有十六歲的孩子，」她說道，「其實是雙胞胎。相信我，我懂。」

就在這個時候，貝莉轉頭。

她開口說道：「我不是她的小孩。」

這是真的。而且貝莉也可能會在哪天說出這種話，迫不及待要更正。不過，就在這個時候，聽起來的感覺很不一樣，而且那種刺痛我的方式，讓我無法保持神色自若。這牽涉到的不只是我的感覺而已，還有她脫口而出之後的惡果——在這個時候，她只剩下我了，痛恨我或否定我，其實一點也不好玩的難堪頓悟。

她想到了這一點，臉色為之緊繃。我繼續保持安靜，盯著我前方座位的電視螢幕，正在默默播放《六人行》的某一集，瑞秋與喬伊在某間飯店房間裡接吻。

我假裝沒有注意到貝莉的絕望，但我也沒有戴上耳機。這是我想到的最佳方案，可以給她一些喘息的空間，但同時也要讓她知道，如果她想要找我，我隨時在她身邊。

貝莉搓揉手臂上的雞皮疙瘩，沉默了好一會兒，終於，她喝了一小口可樂，然後露出鬼臉。

她說道：「我覺得她弄錯了我們的飲料。」

我轉頭看著她，「那是什麼？」

她舉起她那個裝滿冰塊的杯子，飲料滿到邊緣。「這是健怡可樂，」她說道，「空服員一定是把妳的給了我……」

當她把她的飲料遞給我的時候，我只能努力掩飾自己的驚訝之情。我沒有吭氣，直接把自己的飲料遞給貝莉，等她喝下第一口。

貝莉點點頭，彷彿鬆了一口氣，終於拿到了正確的飲料。不過，我們兩個都很清楚，空服員一開始就送上了正確的飲料。不過到了現在——貝莉出招，想要舒緩緊張關係——飲料就變成是送錯了。

如果這是貝莉主動向我示好，我一定會伸手相迎。

我喝了一小口可樂，「謝謝，」我說道，「我剛剛也覺得自己的味道怪怪的。」

「沒關係……」然後她又眺望窗外，「沒什麼大不了的。」

我們在機場上了一台優步，然後我開始仔細看手機新聞。有線電視新聞網、《紐約時報》，以及《華盛頓郵報》佈滿有關「工作坊」的新聞。許多最新新聞的重點都是證券交易委員會主席所主持的某場記者會，還有類似「工作坊」永久倒閉的點擊誘餌式新聞標題。

我點開《紐約時報》的最新報導，裡面提到證券交易委員會宣布，將會控告艾維特．湯普森犯下詐欺罪行，文中並引述聯邦調查局裡的某名消息人士說法，公司高層與一級主管幾乎篤定都會成為嫌犯。

沒有提到歐文的名字，至少，還沒有。

優步司機開入總統大道，準備前往飯店，它的位置在國會路大橋附近的瓢蟲湖。它遠離了這座城市最繁忙地帶——也就是大橋另一頭奧斯汀市區中心地帶的騷亂喧鬧。

我把手伸入包包，拿出我們飯店預訂紀錄的紙本資料，瀏覽所有的細節。茱蒂絲的全名，茱莉亞．亞歷珊卓拉．尼克斯，那個名字也回望著我。茱蒂絲建議為了保險起見，應該要用她的信用卡預訂房間。我的皮包裡有她的信用卡與身分證，為了防止有人跟蹤我們，這是額外的的保險措施。

當然，是有我們飛往奧斯汀的紀錄。茱蒂絲以她的信用卡幫我們買了機票，不過機票上有我們的真實姓名。要是有誰想要一路跟追我們到這個地方，顯然是有方法。不過，就算他們查到我們在奧斯汀，也未必知道我們的確定位置。接下來要是又有什麼葛拉迪或是娜歐蜜突然出現在我的門口，我就不會理會了。

這名司機——綁著印花頭巾的年輕人——頻頻透過後照鏡盯著貝莉。他沒有比她大幾歲，一直想要與她四目相接，引起她的注意。

他問道：「這是妳們第一次來奧斯汀嗎？」

她回他：「是啊。」

「目前覺得如何？」

她反問：「是要根據我們離開機場之後的這十四分鐘作答嗎？」

他哈哈大笑，彷彿她在跟他開玩笑，彷彿她歡迎他繼續聊下去。

「我在這裡長大，」他說道，「妳對這座城市有任何疑問，都可以問我，我知道的事甚至超過了妳們想知道的範圍。」

她回道：「感謝告知。」

我看得出來，貝莉已經完全沒在聽對方講話了，所以我趕緊鼓勵他繼續說下去，搞不好等一下會出現什麼有用資訊。

我開口：「你在這裡長大嗎？」

「在這裡出生，也在這裡長大，當這裡還是座小城的時候，我就住在這裡了。」他繼續說道，「就許多方面來說，它依然算是個小鎮，但現在多了好多人，也冒出許多更大型的建築。」

他上了高速公路，看到奧斯汀市中心映入眼簾，不禁讓我的心口一緊。我知道這是既定計畫，不過，向窗外眺望這座陌生的城市，似乎更顯得瘋狂。

他伸手指向窗外的某棟摩天大樓。

「那是弗羅斯特銀行塔，」他說道，「本來是奧斯汀最高的建築物，但我現在連它能否擠進前五名都不確定了。妳有聽過嗎？」

我回他：「應該是沒有。」

「嗯，它背後有個離奇的故事，」他說道，「要是你從特定角度盯著它，看起來就像貓頭鷹，真的很像貓頭鷹。從這裡可能很難看得出來。但要是妳能夠仔細看個清楚，就會發現它真的很離奇……」

我打開車窗，端詳那一棟弗羅斯特建物——頂端的層疊造型宛若耳朵，而兩扇巨窗就像是眼睛一樣，的確是與貓頭鷹有相似之處。

「這裡是德州大學的大學城，但建築師全都去念萊斯大學，而貓頭鷹是萊斯大學的吉祥物，所以這差不多像是對我們的吉祥物與長角牛罵髒話的意思，」他繼續說道，「我說，某些人認為這只是陰謀論，不過，妳仔細看看，那棟建物就像隻貓頭鷹，怎麼可能會是巧合呢？」

他轉進南國會路大橋，我看到遠方出現了我們的飯店。

他問道：「妳來這裡是不是要看德州大學的校園？」他發問的對象是貝莉，而且他又開始努力靠著後照鏡與她四目相接。

她回道：「其實不能這麼說。」

「所以……那妳們來這裡做什麼？」

她沒回答。她開了窗戶，希望對方知趣不要再問下去了。她做出這種動作，我不怪她，她完全提不起勁向陌生人解釋她為什麼在這裡，我不怪她——畢竟她待在一座自己必須要努力回想是否曾經來過的城市、找尋她失蹤父親的線索。

我回道：「我們只是喜歡奧斯汀而已。」

「很好，」他說道，「一場小旅行，我覺得這裡很適合。」

他把車停在飯店門口，還沒完全停妥，貝莉已經開了車門。

「等一下，等等！讓我把我的電話號碼給妳。要是妳們在市中心的時候，也許我可以帶妳們四處看看。」

貝莉回他：「沒什麼好看的。」

然後，她拉高包包背帶在肩上的位置，開始朝飯店門口走去。

我拿出後車廂裡面的行李，趕緊跟上去。

她開口：「那傢伙好煩。」

我本來想說對方只是想要表示友善，但她對於友善態度沒有興趣。既然我必須要挑選戰場，那麼我也做出了決定，不會挑選這一個。

我們進入飯店，我打量大廳：挑高的中庭，有酒吧，側邊有一間星巴克，總共有數百間客房。這就是我期盼的那種一般的飯店，很容易就會迷路的那一種。只不過，我似乎張望得太久了，因為某名飯店員工與我四目相接。

她身上有名牌，艾咪，鮑伯頭短髮造型。

我們排隊準備登記入住，但已經太遲了。她走過來，

「您好，」她開口說道，「我是艾咪，飯店服務員，歡迎來到奧斯汀！趁您在等候入住的時候，有沒有哪裡需要我服務的地方？」

我說道：「我們不需要幫忙。但不知道這裡拿得到校園地圖嗎？」

「德州大學奧斯汀分校嗎？」她說道，「當然有。我也可以幫您安排一場校園導覽。當您前往市區那一塊區域的時候，那裡還有一些絕對不容錯過的好咖啡，兩位愛喝咖啡嗎？」

貝莉瞪我，彷彿艾咪一直黏在這裡，嘰哩呱啦講個不停都是我的錯——也許她是對的。是我開口要地圖，卻沒有直接告訴聒噪的艾咪別來礙事。但我想要地圖，我希望手裡能夠握著什麼東西，這樣看起來比較像是我真的知道自己在做什麼。

「需要我安排交通車送兩位過去嗎？」

我們已經到了隊伍的前方，一位名叫史提夫的櫃檯人員拿著兩杯檸檬水。

「艾咪，妳好。」

「史提夫！我正打算要為這兩位小姐準備校園地圖，介紹好喝的平白咖啡。」

「太好了，」史提夫說道，「那就由我為兩位安排房間。是什麼風把兩位吹來這個世界的小小角落？不知道我該怎麼安排才能讓兩位覺得滿意呢？」

貝莉已經受不了，她放棄了，直接走人——史提夫是侵略性友善棺材的最後一根釘子。她朝電梯區走去，最後還瞪了我一眼，某種責怪的眼神，因為她實在受不了這樣的對話內容，她受不了自己離開了家，居然到了奧斯汀。我在飛機上努力積累的友好，看來現在已經是消失無蹤。

「好，尼克斯女士，您會住在八樓，擁有瓢蟲湖美景的房間，」他說道，「如果您想要在進房前先消解一下搭機的疲憊感，本飯店有相當出色的水療中心。或者，我可以幫您安排一頓晚午餐？」

我舉起雙手，擺出投降貌。

「房間鑰匙，」我說道，「給我房間鑰匙就好，」

我們上樓放了行李，沒有停下來吃東西。

兩點半的時候，我們離開飯店，回頭走向國會路大橋。我決定我們應該走路，我覺得走一段長路也許可以幫助喚醒貝莉腦中的某段記憶，如果真的有什麼記憶可以被喚醒的話。而這趟路程將會讓我們穿越奧斯汀的市中心，然後是校園，接下來是達雷爾·K·羅亞爾球場，這座城市唯一的美式足球場。

我們剛過橋，在我們面前開展的是市中心的景象——雖然明明是下午剛開始，但是生氣勃勃又忙碌。也不知道為什麼，感覺比較像是夜晚時分：有音樂在播放，酒吧營業中，花園餐廳裡滿滿都是人。

貝莉一直低著頭，雙眼盯著手機。如果她不專心的話，怎麼可能會認得出什麼線索？不過，當我們停在第五街的某個紅綠燈口的時候，不可前進的號誌在我們面前閃個不停，她猛然抬頭。

她這一抬頭，引發我的注意，我又仔細打量她。

我問道：「怎麼了？」

「沒事。」

她搖頭，但還是一直盯著看。

我沿循她的目光、發現了安東俱樂部的招牌，藍色的手寫體，底下還有一行：藍調之家，一對情侶依偎在大門前面玩自拍。

她指著那間俱樂部，「我非常確定我爸爸有一張約翰．李．胡克在那裡的錄音唱片。」

她一說出口，我就知道她說得沒錯。我還記得專輯封面：安東俱樂部的招牌在前方——順滑的手寫字體。然後，胡克對著麥克風歌唱，帽子加上太陽眼鏡，手裡拿著吉他。我還記得上個禮拜的某個夜晚——難道真的是上禮拜的事而已嗎？——貝莉在排演話劇，我們兩人自己待在家裡，歐文在撥弄他的吉他，我現在不記得歌詞了，但歐文唱歌時的神情——我記得。

「他真的有，」我說道，「妳沒說錯。」

她回我：「反正不重要。」

「我覺得我們現在還不能斷定它到底重不重要。」

她問我：「我們是不是該覺得振奮啊什麼的？」

振奮？三天前，我們一起窩在自家廚房，與現在這種現實情景天差地遠。貝莉在吃碗裡的玉米片，和她爸爸在討論週末的事，她希望歐文可以讓她和鮑比開車去賓州，他想要在蒙特利灣附近來一趟單車長旅。歐文說道：也許我們大家可以一起去。貝莉翻白眼，不過，我看得出來，其實她在認真思考這提議的可能性。尤其，當歐文說我們回家的時候可以前往卡梅爾之後。他想要在那裡稍作停留，在海灘附近找某間她喜歡的小餐廳吃蛤蠣巧達湯，那是他們搬到索薩利托不久之後、他曾經帶她去過的地方。

那是三天前的事。現在，我們兩個進入了歐文失蹤的全新現實狀態，我們花時間想要追查他人在何方，為什麼要這麼做。這是一種全新的現實狀態，讓我必須不斷追問自己，我堅持這些問題的答案並不會翻轉我對於歐文這個人的核心信念，會不會是我弄錯了？

我不求可以振奮精神，我只是要想努力講些平常的話，所以她不會知道我也憤怒異常。

燈號成為綠燈，我加快腳步過馬路。

貝莉問道：「我們要去哪裡？」

我回她：「更值得一探的其他地方。」

大約過了一個小時之後，我們到了聖哈辛托大道。球場映入眼簾。——即便相隔了好幾個街區，都可以感受到它的巨大，那種令人無法漠視的壓力。

我們在前往球場的途中，經過了卡文－克拉克運動中心。那裡似乎是學生的娛樂中心，有成群的鑲橘色建物、克拉克球場，還有一座大型跑道。

學生們在玩奪旗式美式足球，衝上階梯，斜靠在長椅上頭，讓這一塊校區產生了截然獨立感，但卻依然屬於這座城市的一部分，完全無縫接合。

我低垂目光，盯著校區地圖，開始朝最近的球場入口走去。

不過貝莉突然停下腳步，「我不想進去……」

我盯著她的雙眸。

「就算我曾經進過那座球場，那又怎樣？能夠給我們任何線索嗎？」

「貝莉……」

「我說真的，我們在這裡做什麼？」

要是我告訴她，昨晚我熬夜閱讀有關孩童記憶的書——還有我們如何遺忘，如何回想，一定會讓她回話回得結結巴巴。通常只要回到某個地方，然後讓自己以第一次體驗的方式恣意感受，那麼記憶就會復返，這就是我們來此的目的。我們依循她的直覺行事，我們要挖掘她以前待在這裡的記憶。在我發現葛拉迪．布拉德佛特來自這裡的那一個當下，我的直覺就告訴我，我們應該要過來一趟。

「除了『工作坊』的事情之外，妳爸爸還有其他的事沒有告訴我們，」我說道，「我想要知道究竟是什麼。」

她回我：「妳講得好空泛。」

我回她：「要是妳想起更多細節，那就不會那麼空泛了。」

「所以……那責任是在我身上嘍？」

「不，是在我的身上。如果當初是我搞錯了把妳帶到這裡來，我一定會率先承認。」

她默不作聲。

「好，能否請妳進來一下？可以嗎？」我說道，「我們都已經來到這裡了。」

「我有其他選擇嗎？」

「有啊，」我回道，「一定有，跟我在一起，妳一定有其他選項。」

我看得出來，她的臉龐有一抹詫異閃逝而過——她很驚訝我是認真的。我的態度的確如此，我們距離最接近的球場入口，二號大門，只剩下不到一百公尺的距離，但這就看貝莉自己了。如果她想要轉頭離開，我不會攔阻她。也許這樣一來，她就再也沒有繼續下去的壓力，因為那是她的選擇。

她走向大門，感覺像是一項成功事蹟。第二個成功事蹟：似乎有個球場旅行團正準備集合，我們可以跟在他們屁股後面，這樣一來就可以輕鬆過警衛那一關，就連在櫃檯負責的學生也懶得多看一眼。

「歡迎來到達雷爾・K・羅亞爾球場，」導遊說道，「我是艾略特，今天就由我帶各位四處逛逛，跟我來！」

他帶引旅遊團進入達陣區，讓大家欣賞一下這座史詩級的球場。這裡的座位可以容納超過十萬名球迷，球場的某一端有大大的**德州**字樣，而另一頭出現的則是**長角牛**。這裡空間超大——超級壯觀——應該像是會想得起來的地方，尤其如果是在小時候看過，有可能會留下印象。

艾略特開始向旅行團介紹比賽之夜的實況——每一次達陣之後就會施放加農砲，還有吉祥物貝佛是一隻活生生的公牛，有一群德州牛仔會帶牠繞行全場，平常負責照顧牠。

他結束了這一場高談闊論，開始帶引大家前往媒體區。我向貝莉示意該留步了，然後，我們前往座位區。

我挑了前排的位置坐下來，貝莉也跟著照做。我凝望球場，以眼角餘光偷瞄她入座，然後，她又稍微挺直了身體。

「我不確定是不是這裡，」她說道，「我不知道。但我記得我爸爸講過，總有一天我會跟他一樣熱愛美式足球，我還記得他告訴過我，不要怕那隻吉祥物。」

那段話聽起來不太對勁——不是吉祥物的那一部分，這聽起來完全就是歐文會說出口的話，問題是喜歡美式足球的哪一個部分。至少，從我們在一起之後，我幾乎沒看過他看完整場比賽。我們從來沒有耗整個週末下午看美式足球賽，也不看星期一晚上的賽事精華，這是與傑克分手之後、令人心情暢快的改變之一。

「但我一定是記錯了，」她說道，「我爸爸不喜歡美式足球隊嗎？我是說……我們連比賽都沒看過。」

「我也這麼想。不過也許他當時很愛美式足球，覺得可以讓妳成為粉絲。」

「在我兩三歲的時候？」

我聳肩，「也許他覺得他可以把妳打造成長角牛的球迷？」

貝莉轉身，面向球場，看來是想不起新的細節了。「我覺得真的是這樣。重點不是一般的美式足球，他深愛這支隊伍，」她停頓了一會兒，「或者也可能是別隊，反正是穿著他們的橘色制服……」

「反正把這裡當成了那個地方，把妳知道的事重述給我聽就是了，」我說道，「你們是在婚禮結束之後過來的嗎？是在晚上嗎？」

「不，是在下午。我身穿洋裝，小女孩印花洋裝，這一點我確定。也許我們是在婚禮結束之後過來，典禮的那一個部分。」

她停頓半晌。

「除非這一切都是我的幻想，但感覺也很有可能。」

我發覺她開始心生挫敗。貝莉很可能想到的是她其實可以回去索薩利托，我們本來就應該要留在那裡。我們的水上屋之家，少了歐文，一片空蕩蕩。只有我們兩人，待在他留給我們的可怕空間裡。

「我不知道該怎麼講才好，」她說道，「只要是看到球場，我的感覺可能都是如此。」

「但它看起來很熟悉？」

「對，滿有熟悉感的。」

然後，我突然想到了什麼，這念頭出現的速度飛快，我已經掌握後續的部分，最後要看她的答案進行定奪。

「妳是走過來的？」

她拋給我一個奇怪的眼神，「對啊，跟妳一起走過來的。」

「不，我的意思是，妳剛剛是不是說婚禮結束後走過來？跟妳爸爸一起過來的那一天？如果真的是這裡……」

她搖搖頭，彷彿那是個蠢問題，但她隨後睜大了雙眼。「對，我想是吧。要是我穿那件洋裝，那應該就是從教會直接走來這裡。」

我不知道這段對話是否創生出那段記憶，不過，突然之間她的態度變得更加篤定。

「絕對是這樣，」她說道，「我是說，我們是在婚禮之後來這裡看了一下比賽。我們是走過來的，這一點我很確定……」

「所以一定是在這附近。」

她問道：「是什麼？」

我低頭看地圖，發現了為我們標示的那些選項：有一間距離這裡並不遠的天主教教堂；還有兩間聖公會的分教會，甚至還有一間距離更近的猶太教會。全部都在步行可及的範圍之內，其中之一可能就是歐文帶貝莉來到這裡之前所在的地方。

「妳會不會正好想到那是什麼樣的典禮？比方說是哪一個教派？」

「妳是在開玩笑吧？」

我回她：「當然啊。」但其實不是。

誰需要導遊？

我把地圖上的教堂與教會全都圈起來，然後，我們穿過了球場的另一個出口，步下階梯，經過了向「長角牛樂隊」致敬的某座雕像，後方是德州大學的埃特－哈濱校友中心。

「等等，」貝莉說道，「等一下……」

我轉身，「什麼事？」

她抬頭望向那棟建物，還有前門的招牌：**德州校友之家**。

然後，她又轉身面向球場。「這個看起來很眼熟。」

「嗯，它看起來跟其他入口頗相像——」

「不，我覺得非常眼熟，」她說道，「這一塊校區看起來好熟悉，我來過這裡似乎不止一次，感覺就是很熟悉。」

她開始東張西望。

「讓我抓回自己的方向感，」她說道，「讓我想清楚為什麼有熟悉感。這不就是重點嗎？這裡應該有些什麼看起來很熟悉的事物？」

「好，」我說道，「妳慢慢來。」

我努力鼓勵她，但我其實不想停留在這裡。我想要在教堂與教會今天關門之前過去一趟，希望可以找人詢問線索。

我安靜不語，專注盯著手機，努力研究時間軸。如果貝莉真的發現了什麼重要線索，如果我們沒有走太多冤枉路，那麼，貝莉來到這裡一定是二〇〇八年的事——貝莉與歐文還住在西雅圖，而當時奧莉薇亞還在世。第二年，貝莉與歐文搬到了索薩利托。如果時點在更早之前，真有其事的話，她應該年紀太小記不得。

所以，就是二〇〇八年沒錯。如果貝莉說得沒錯，那麼她來到這裡的時候就是那一年。我在找尋美式橄欖球的賽程表，找尋主場賽程表，十二年前的資料。

不過，就在我點開歷史賽程表的時候，我的手機響了，來電者的名稱顯示為**隱藏號碼**。我把手機握在手中，不確定該怎麼辦。有可能是歐文，但我想起傑克的叮嚀，不要接聽不明電話，感覺風險很高。可能是別人來電，可能會引發別的麻煩。

貝莉指了一下我的手機，「妳要不要接？還是要一直盯著看？」

「我還沒有決定。」

但萬一是歐文呢？會不會有這個可能？我按下接聽鍵，但不發一語，等待來電者先開口。

「喂？漢娜？」

電話另一頭的女子音調高亢，口齒不清，而且語氣惱怒，我認得這個人的聲音。

「蓓兒……」

「喔真是搞得亂七八糟，」她說道，「真叫人受不了。妳還好嗎？歐文的女兒呢？」

蓓兒想要裝和善，但我發現到她的說法不是貝莉。她說的是歐文的女兒，因為她不記得貝莉叫什麼，對她而言，記得貝莉的名字從來就不是重要的事。

她說道：「妳知道嗎，他們並沒有做出這種事……」

他們。

我開口：「蓓兒，我一直在找妳。」

「我知道，我知道，妳一定心慌意亂吧，我也是。我被困在聖海蓮娜這裡，就像是犯人一樣。我家外頭有一堆狗仔隊紮營埋伏，我根本沒辦法離開這間屋子！我必須叫助理幫我送烤雞和法式酒館的巧克力舒芙蕾，我總算才有點東西果腹，」她問道，「妳在哪裡？」

我本想要避而不答，但沒這個需要。蓓兒並沒有在等我回應，她只是想要繼續講話而已。

「我說，這整起事件就是荒謬至極，」她說道，「艾維特是企業家，不是罪犯，而歐文是天才，但我想我不需要告訴妳這一點。我的意思是，天哪，艾維特到底有什麼動機要做這種事？掏光自己的公司？這次應該是，嗯？算是他的第八次創業了吧？晚年事業的起點是膨風公司價值？說謊？外加詐騙？或是他們隨便給他編派的什麼罪名？幫幫忙好嗎？我們的錢已經多到不知道該怎麼花了。」

她拚命反擊，措辭強硬，但卻改變不了她想要逃走的事實，她拒絕承認。艾維特先前的成功，以及伴隨而生的自傲，或可解釋現在的他為什麼不肯承認失敗。

她說道：「重點就是，這是一場設局。」

「蓓兒，設局的人是誰？」

「我怎麼知道啊？政府吧？不然就是競爭對手？搞不好是想要先搶佔這個市場的某個駭客。這是艾維特的理論，重點就是我們要想辦法反撲，艾維特努力工作了這麼久，不能被一場會計疏失所擊倒。」

然後，我聽出來了，當大家——派蒂、卡爾、娜歐蜜——與我講話的時候，一定也聽出了同樣的感覺。我聽出了那種瘋狂，她的話聽起來好瘋狂，也許當底線潰堤的時候，就會發生這樣的事吧，失去控制的能力——無法讓這世界的其他人相信妳的話合情合理。

「所以妳要說那是設局還是會計疏失？」我停頓了一會兒，「或者，妳是要說這是大家的錯，只有艾維特沒錯。」

「抱歉？」

她很生氣，我不在乎。我沒有時間理會她，現在我知道這段對話馬上要切入正題，她想要從我這裡要些什麼，我已經沒有剩下任何東西可以給她了。

我望向貝莉，她盯著我，雙眼裡都是問號：為什麼我的語氣越來越火大？對於她父親的事來說，這又代表了什麼意思？

我說道：「我得掛電話了。」

「等一下就好……」她在這時候開始直話直說，講出自己的真正需求。

她說道：「艾維特的律師找不到歐文，」她說道，「而我們只是想要確定，只是想要知道……他沒有跟執法單位講什麼吧？是不是？因為那種舉動很不聰明，對我們大家都沒好處。」

「如果艾維特沒有做錯事，那麼歐文的說法很重要嗎？」

她回我：「少天真了，事情才不是那樣。」

我幾乎可以看到蓓兒坐在廚房中島的畫面，坐在我為她特製的高腳椅上面，不可置信猛搖頭，從來沒取下的金黃色圓狀耳環不斷啪啪重撞她的高顴骨。

「是怎樣？」

「嗯……哄騙啊，強迫取供。歐文有那麼笨嗎？」她停頓了一會兒，「他是不是和警方講了什麼？」

我很想說，我只知道他沒有跟我講話，但我不想要告訴蓓兒這件事，我什麼都沒有告訴她，她和我，我們的位置不一樣。她並不擔心艾維特的安全，她並非真心懷疑政府的舉動是否出於惡意，或者艾維特是否有罪。

蓓兒知道她丈夫有罪，她只是想要推卸，使出千方百計，就是不要讓他為此付出代價。但我的不一樣，我的焦慮是千萬不要讓貝莉為此付出代價。

「艾維特的律師需要盡快詢問歐文，所以說法才能保持一致，」蓓兒說道，「妳可以幫我們這個忙，我們大家需要團結。」

我沒應答。

「漢娜？妳還在嗎？」

然後，我掛了電話。掛了電話之後，繼續滑手機研究過往的德州大學奧斯汀分校美式足球賽程表。

貝莉問道：「是誰？」

「打錯電話的人。」

她問我：「是不是妳這幾天打電話找的蓓兒？」

我抬頭看她。

她問道：「幹嘛要裝啊？」

她憤怒又害怕。顯然，我把場面搞得越來越糟糕，反而沒有好轉。

我說道：「貝莉，我只是想要保護妳，不要受到這次事件的某些傷害。」

「但妳沒辦法啊，」她說道，「就是這樣，沒有人可以保護我不受到這件事情的傷害，所以妳可以當那個告訴我實情的人嗎？」

突然之間，她出現了超齡的神情。雙眼堅定，噘嘴。保護她。這是歐文請我負責的唯一任務，不可能的任務。

我點點頭，凝望她的雙眸，她希望我告訴她實情，彷彿這件事很簡單一樣。也許，比起我想方設法要簡化一切，這種方式還比較簡單，

「那是蓓兒。她剛剛向我證實艾維特的確犯了罪，或者，至少他有隱匿的內情。而且，歐

文與外界斷聯、卻沒有幫忙艾維特掩蓋那些事，似乎讓她很驚訝。這一切不禁讓我開始懷疑妳爸爸到底在隱藏什麼，還有背後的原因。」我稍作停頓，繼續說下去：「所以我想要去找這些教堂與教會，看看他們對於他覺得自己別無選擇、只能拋下我們的背後原因，是否能夠提供任何線索。我想知道這是否只是與『工作坊』有關？還是我的推測屬實？」

「妳的推測是什麼？」

「他逃亡的原因更為複雜，」我說道，「而是與他相關，還有妳。」

她不發一語，雙手環胸，站在我面前。然後，突然之間，她放下了手，移動腳步，拉近了與我之間的距離。

「所以……當我剛剛請妳告訴我實話的時候，其實我的意思，嗯，就只是希望妳要誠實告訴我打電話的人是誰。」

「我是不是講太多了？」

「這是好事……」

這可能是她對我說過最中聽的話。

「嗯，我只是要努力傾聽妳所說的話。」

「謝謝妳。」

然後，她拿走我手中的地圖，自己開始仔細端詳。

她對我說道：「我們走吧。」

三個月前

現在是凌晨三點，歐文坐在飯店酒吧的吧檯前面，他喝的是長飲杯的波本，沒有加冰塊。

他發覺我在盯著他，他抬起頭來。

他問道：「妳到這裡來做什麼？」

我對他微笑，「我覺得這正是我要問你的問題……」

我們住在舊金山，渡輪大廈對面的某間精品旅館。有一場可怕的暴風雨，是索薩利托少見的強風驟雨，所以我們被強制疏散，必須離開我們的水上屋之家，因為可能會遇到洪汛。這場暴風雨逼我們必須要到金門大橋的另一頭找尋庇護——飯店裡到處都是其他水上屋的外宿戶，不過，看來這裡並沒有讓歐文找到什麼庇護感。

他聳肩，「本想下樓喝一杯，」他說道，「工作一下……」

我問道：「要做什麼？」

我張望四周，他並沒有帶他的筆電，也沒有看到紙張，吧檯上幾乎什麼都沒有，只有他的波本，還有另一個物品。

他問道：「要不要坐一下？」

我坐在他旁邊的高腳凳，雙手護身，把自己摟得更緊了一點。半夜寒氣讓我冷得要死，我一身背心與運動褲打扮，並不適合這樣的天氣。

他說道：「妳凍壞了。」

「我沒事。」

他脫掉他的帽兜運動衫，從我的頭頂套下去，開口說道：「等一下才會真的沒事了。」

我望著他，靜靜等待。我等他講出他到底下來這裡做什麼，是什麼讓他憂心忡忡到必須離開我們的房間，拋下躺在床上的我、躺在沙發床上頭的女兒。

「就工作有點壓力，如此而已。但沒有任何問題，沒有什麼我處理不了的狀況。」

他點點頭，彷彿字字屬實，但他似乎壓力很大，我似乎從來沒有看過他壓力這麼大。當我們準備打包來這裡的時候，我發現他待在貝莉的房間、把貝莉小時候的撲滿放入了他的帆布袋裡。被我看到的那一刻，他神色尷尬，他向我解釋，這是他最早送給她的禮物之一，他不希望撲滿受到任何損害。歐文把各式各樣具有感情意義的物品（貝莉的第一把髮梳、家庭相簿）也拿來打包，全部丟進了他的外宿袋裡面——這還不是最詭異的部分。詭異的是，酒吧吧檯上除了他的酒杯之外，另一個東西居然是貝莉的撲滿。

「所以，要是工作狀況在你的掌控之中，你幹嘛要在半夜的時候一個人坐在這裡，盯著你女兒的撲滿？」

「我在想要把它敲破，」他說道，「搞不好我們需要錢。」

我問道：「歐文，怎麼了？」

「妳知道貝莉今天晚上跟我說什麼嗎？就是我告訴她必須要疏散的那個時候？她說她想要去鮑比家人那裡，他們住在麗思酒店。後來，就吵得不可開交。」

「我那時候在哪裡？」

「妳在檢查自己工作室的鎖。」

我聳肩，盡量保持語氣溫柔。「她正在長大中。」

「我知道，這很正常，我懂，但是……當我告訴她不可以的時候，最詭異的事情發生了，」他說道，「我看著她跺腳，然後朝汽車奔去。我一直在想，她準備要離開我了。也許是一直當單親爸爸，只能努力讓我們勉強過日子，但我從來沒想過真相……或者我純粹就是不願多想罷了。」

「所以這就是你下樓，在半夜盯著她撲滿的原因嗎？」

「也許吧，或者搞不好只是因為那張床怪怪的，」他說道，「我睡不著。」

他拿起自己的波本，湊到嘴邊。

「在她小時候，我們剛來到索薩利托的時候，她很害怕，不敢走過船塢區。我想是因為在我們搬來的第二天，罕恩太太滑跤摔倒，貝莉親眼看到她摔下去，差一點就落水。」

我驚呼，「好可怕！」

「沒錯，嗯，在一開始的那兩三個月，她會叫我握住她的手，要陪她全程走過船塢區。從我們家的大門，一路走到停車場。當我們走路的時候，她會這麼問我，把拔，你會一直保護我的安全對吧？把拔，你不會讓我摔跤吧？從家門口走到停車的地方，總共要花我們六個半小時。」

我哈哈大笑。

「這讓我很抓狂。當我在第一百次必須牽她過去的時候，我真的覺得我有點瘋了，」他停頓了一會兒，「妳知道唯一比這還可怕的是什麼嗎？就是她不再需要我的那一天。」

我把手擱在他的手肘，緊貼不放，他對女兒的愛不禁讓我的心微微一震。

「將來總有那麼一天，我再也無法保護她的安全，無法讓她遠離災禍，」他說道，「就連對她說不可以也沒辦法了。」

「哦，這一點我也有共鳴，」我說道，「光是現在，我就無法對她說不可以了。」

他手中依然拿著波本酒，仔細端詳我，哈哈大笑。他是真的在開懷大笑

我的玩笑化解了他的悲傷，將其碎裂為細末。

他放下酒杯，面向我。「我坐在這裡，到底有多麼奇怪？一到十請給分。」

「是說在沒有撲滿的狀況下嗎？」我說道，「應該是兩分吧，或是三分……」

「如果加上了撲滿呢？是不是有超過六分？」

「應該有哦。」

他把撲滿放在無人的高腳凳上面，然後舉手向酒保示意。

「可否為我了不起的妻子準備她想要的特調？」他說道，「然後我要來杯咖啡。」

然後，他靠過來，與我互貼額頭。

他說道：「對不起。」

「不需要道歉。這很艱難，我懂，但這不會是明天發生的事，她不會明天就走人，」我說道，「而且她好愛你，她絕對不會決然離你而去。」

「我倒是不知道這一點。」

「但我很清楚。」

他繼續貼住我的額頭，「我只是希望不要在貝莉醒來的時候發現我們都不見了，」他說道，「如果妳向外看，其實可以看到麗思酒店。」

白色小教會

艾麗諾．麥克葛文，透過她的雙光眼鏡在打量貝莉。

「那我就先問個清楚，」她說道，「妳們想知道什麼？」

我們坐在艾麗諾的辦公室，它位於某間聖公會教會之內。這是一間很大的教會，是奧斯汀的最古老教會之一，已經有一百多年的歷史，而且距離那座美式足球場只有八百多公尺而已。不過，最重要的是，這是我們唯一走進來的教會——六大競爭者的最後一間——貝莉說她感覺很熟悉。

貝莉說道：「我們只是想要找尋二〇〇八年球季的時候在這裡舉行的婚禮清冊而已。」

艾麗諾年紀七十出頭，身高將近一百八十公分，她盯著我們，氣場懾人。

「其實並沒有聽起來那麼複雜，」我說道，「其實，我們需要的不過就是在二〇〇八年球季主場賽事的時候、這裡的牧師所主持的婚約禮拜清單。而且，在這些日子當中，週末以外的日期我們並不需要，我們只是要找長角牛主場比賽期間真的曾經在這裡舉辦過的婚禮，如此而已。」

「喔，十二年前的主場比賽時段，這樣叫做如此而已？」

我沒有理會她的語氣，繼續展開攻勢，希望她可以回心轉意。我說道：「其實我已經先做了一點功課。」

我動作輕柔，把那張清單推到她的面前。我已經事先做好了一張長角牛十二年前的賽程表，我請茱莉絲在《舊金山紀事報》運用他們的查詢工具進行核對，就是要確認我們沒有漏失任何一場比賽，所有細節無誤。

總共只有八個日期需要追查。小貝莉與歐文走入球場，發現自己曾經坐在裡面，總共也只有八個可能的日期而已。

艾麗諾盯著清單，但是卻動也不動，完全沒有打算要把它拿起來。

我張望這間辦公室，努力找尋有關她的各種線索——可能讓我說服她的蛛絲馬跡。她的辦公桌上佈滿了聖誕卡與保險桿貼紙，艾麗諾的家庭照整齊排放在壁爐的爐架上面，某面大型告示板上面貼滿了教友的照片與字條。這裡展現的是在這間教會、在這個空間之中的四十年人際關係奠基過程。她知道這個地方的一切，而我們只需要知道一丁點資料而已。

「我知道這聽起來工程浩大，」我說道，「不過，要是您能稍微看一下，就會發現我們已經下載了二〇〇八年球季賽程表。而我們要研究的日期還不到十個週末。我們已經為您準備好了，一切就緒。就算您這裡的牧師每個週末主持兩場婚約禮拜，總共也不會超過二十對新人。」

「好，」艾麗諾說道，「很抱歉，我就是無權給妳們那種資料。」

「我明白有相關政策，而且為什麼會有這樣的政策，」我說道，「但想必您也同意會有例外狀況。」

「當然，聽到妳丈夫失蹤，著實令人難過。看來妳因為他不見了而必須處理許多狀況。不過，這也不會改變我們的政策。」

「難道你們的政策就不能有例外嗎？」她的語氣太尖銳了，「我們當然不是什麼殺人魔啊，我們根本不在乎這些人是誰。」

我把手放在貝莉的大腿上，努力想要安撫她。

「我們可以坐在這裡研究這些人的名字，」我說道，「連列印資料或地址都不會帶走。」

艾麗諾的目光在我們之間來回游移，彷彿陷入了天人交戰，不知道要幫助我們抑或是趕我們出去。不過，看起來她比較想要把我們趕出去。我不能眼睜睜看著這種事情發生，正當我們有機會挖出什麼線索的時候，絕對不可以。要是我們能夠知道歐文與貝莉參加了哪一場婚禮，我們就能夠明白他們與奧斯汀的關聯，也許可以靠著這一點就能解釋葛拉迪出現在我家門口的目的，還有歐文如此決絕離開的原因。

「我真心覺得貝莉可能來過這間教會，」我說道，「要是能夠確定答案，就是幫了她一個大忙，對我們兩個都是。要是妳知道我們是怎麼度過了這個禮拜，少了她爸爸的狀況之下……我這樣說吧，讓我們知道結果，將會是一大善舉。」

我發現艾麗諾的雙眸中充滿了憐憫，突然之間，我覺得自己的懇求似乎有望把她推向願意幫忙的那一個方向。

「我很想要幫妳忙，真的。不過，親愛的，我無能為力。要是妳願意留下電話號碼，我可以詢問牧師，但我覺得他不會想提供我們教友的個人資料。」

貝莉說道：「我的天哪，喂，妳就不能行行好嗎？」

真的，她講出這種話很不妙。

艾麗諾起身，她的頭差一點點就撞到了天花板。「兩位，我現在得要離開了，」她說道，「今天傍晚有查經班的活動，我必須要進會議室準備，所以妳們要是不介意的話，那我就不送客了。」

「好，貝莉不是故意對您大小聲，但她父親失蹤了，我們只是想知道原因。這起事件讓我們一家人承受了莫大壓力，家人是我們的一切，我相信您明白這個道理。」

我伸手指向壁爐上方爐架的那一整排照片——她小孩與孫兒的聖誕節照片、丈夫在不知情狀況下被偷拍的畫面、他們的狗兒們，還有某座農場。還有兩三張艾麗諾與應該是她最愛孫兒的合照，這孩子挑染得很誇張，綠色髮絲。

「我相信只要是為全家人盡心盡力，您絕對一馬當先，」我說道，「我看得出您有那種特質。拜託，請您稍微想一想，如果坐在那一頭的人是我，而坐在這裡的人是您，您會希望我怎麼辦？因為，我會想要努力幫忙。」

艾麗諾陷入沉默，撫平她的洋裝。然後，奇蹟出現了，她往後一靠，將鼻梁上的雙光眼鏡推得更高了一點。

她開口說道：「讓我想想看我可以怎麼處理。」

貝莉微笑，鬆了一口氣。

「不能把名字帶走。」

「保證絕對不會離開您的辦公桌，」我說道，「我們只是想要知道是否有哪一個人可以幫助我們全家人，如此而已。」

艾麗諾點點頭，把我的清單拉到她面前，然後把它拿起來。她低頭，雙手捧著看，彷彿無法置信自己會做出這種事。她嘆了一大口氣，讓我們知道她的心情。

她面向自己的電腦，開始打字。

「謝謝，」貝莉開口，「真是謝謝妳。」

艾麗諾回她，「謝妳繼母就好。」

就在這個時候，神奇的事發生了。當對方這麼稱呼我的時候，貝莉並沒有顯現尷尬神色。她沒有謝我，連看我一眼都沒有，但她並沒有扭捏，感覺也多少算是道謝了。

不過，我沒有時間享受那種快意，因為我的電話發出了滋滋聲響。低頭一看，發現是卡爾的簡訊。

我在妳家外頭，可以讓我進去嗎？我一直在敲門……

我望著貝莉，摸了一下她的手。「是卡爾，」我說道，「我去看看他要幹什麼。」貝莉點頭，幾乎沒理我，她緊盯艾麗諾不放。我進入走廊，傳訊給他，我現在就會撥電話給他。

「嘿，」他一接起電話就劈頭問道，「我可以進去嗎？我帶著莎拉，我們剛剛在散步。」我的眼前浮現他站在我們家大門口的畫面，被裹在瑞典名牌嬰兒背帶裡的莎拉，頭戴派蒂最愛的大型蝴蝶結，卡爾利用帶女兒散步為藉口騙了派蒂——在她不知情的狀況下過來找我好好談一談。

「卡爾，我們不在家，」我說道，「怎麼了？」

「這真的不是可以靠電話講清楚的事，」他回我，「我比較希望當面談。如果等一下比較恰當，那我之後再過來。我會在五點十五分帶莎拉出來，讓她在吃晚餐之前呼吸一下新鮮空氣。」

他停頓了一會兒，不確定該怎麼辦。我知道他正在考慮是否要堅持等一下當面談，到了那個時候，他就比較容易擺脫自己需要擺脫的包袱。因為，這一點我非常篤定，自從我昨天發現了他臉上的那種神情——我早就非常確定他知道些什麼，而且是他不敢說出口的內情。

「好，昨天妳來我家時的狀況，我只是覺得非常不好意思，我完全沒有心理準備，而且派蒂已經很火大了，所以我欠妳一個道歉。這樣是不對的，尤其遇到……」

他陷入沉默，彷彿依然在努力思考是否要說出來。

「好，也許我應該要表達支持才是，我的意思是……我不知道歐文到底是怎麼跟妳說的，但他在工作上遇到棘手難題，與艾維特關係相當緊繃。」

我問道：「他跟你這麼說？」

「對，他沒有講太多細節，但他說為了要讓這套軟體正常運作，他承受了極大壓力。」他說道，「他就只跟我說這麼多。他說這套軟體並不像艾維特吹噓的那麼穩當，但他也只能硬著頭皮幹下去……」

聽到這句話，讓我愣住了。「你剛剛說『硬著頭皮幹下去』是什麼意思？」

「他說他不能就這麼一走了之，另尋他路。他說，他必須要解決問題。」

我問道：「他有沒有說為什麼？」

「這個部分他沒有多談。我向妳發誓，我也努力勸過他，沒有任何一份工作值得你必須承受那種程度的壓力……」

我回頭望向艾麗諾的辦公室，她依然緊盯她的電腦，貝莉在來回踱步。

「謝謝你讓我知道這些事。」

「等等……還有別的。」

我聽得出他的為難，聽得出就連該怎麼拼湊字句都很為難。

「我還有別的事要告訴妳。」

「卡爾，就直說吧。」

他說道：「我們並沒有投資『工作坊』，我是說派蒂和我……」

我回想起派蒂對我說的話——她痛罵歐文是騙子，還指控他偷走了他們的錢。

「我不懂。」

「我需要那筆錢另作他用，不能告訴派蒂的事，與卡拉有關……」

卡拉。在莎拉出生之前、與卡爾一直維持斷斷續續婚外情關係的女同事。

我問道：「到底是什麼？」

「細節還是不要多說比較好，但我覺得應該要讓妳知道這一點……」

到底是什麼狀況必須要讓他付出數十萬美金，我想應該會有各式各樣的故事版本——浮現眼前的那一個牽涉到另一個寶寶，被裹在另一件瑞典名牌嬰兒背帶裡面，也是他的小孩，屬於他們兩人的小孩。

但我沒有時間亂猜，而且我也不是特別在意。我所在乎的是歐文並沒有做出派蒂所指控的那些事。這簡直像是某種證據——接下來可以幫助我進行自我確認的某條線索——歐文依然是歐文。

他說道：「我想是搞砸了。」

「你覺得？」

「我說出了實話，至少可以給我一點鼓勵吧？」他說道，「我真的很不想要講出這些話。」

我想到了派蒂，自以為是的派蒂，對著她的讀書會成員、品酒小組成員、網球同好會的成員──對著女性社團裡願意聆聽她說話的那些人，講出歐文是騙子，將她老公餵給她的錯誤資訊告訴每一個人。

「不，卡爾，你萬萬不想要說出口的話，其實是等一下才會發生，你必須要向你妻子坦承一切。因為如果你自己不說，那我就會為你代勞。」

我在這時候掛了電話，心跳狂飆，我沒有給自己時間好好思考他剛才那些話的含義，因為貝莉向我招手，叫我趕緊回去。

我平撫心情，走回艾麗諾的辦公室，我說道：「抱歉。」

「沒關係，」艾麗諾說道，「我也才剛把資料整理好……」

貝莉想繞過辦公桌、走向艾麗諾，但艾麗諾卻伸手阻止她。

「讓我把這些紀錄印出來，」她說道，「妳們可以仔細看看。不過，我得要去處理那場聚會的事，所以妳們動作要快。」

我回她：「一定。」

不過，就在這個時候，艾麗諾卻停下打字的動作。她盯著螢幕，一臉困惑，她問道：「妳們要問的是二〇〇八年的球季？」

我點頭，「對，第一場主場比賽是九月的第一個週末。」

「我有在文件上看到這筆資料，」艾麗諾說道，「我要問的是，妳們確定年份嗎？」

「非常確定，」我說道，「為什麼這麼問？」

「二〇〇八年？」

貝莉很不爽，也只能努力壓抑怒火。「二〇〇八年，沒錯！」

「我們那一年為了重建工程而關閉了整個秋天，」她說道，「那是一項重大的翻修工程，先前發生了火災。我們在九月一日關閉，一直到隔年三月都沒有舉行任何的禮拜，也沒有婚禮。」

艾麗諾轉動電腦螢幕，讓我們自己端詳日曆——全部都是空白的方格，我的心陡然一沉。

「也許妳弄錯年份了吧？」艾麗諾對貝莉說道，「讓我幫妳查一下二〇〇九年。」

我伸手想阻止她，不需要查二〇〇九年了。歐文與貝莉是在二〇〇九年搬到索薩利托，關於這一點我有紀錄資料，而在二〇〇七年的時候，貝莉年紀太小，不可能記得什麼事情。在那段期間，她對於西雅圖完全沒有任何記憶，遑論在奧斯汀的某次週末之旅。如果我們願意誠實面對自己，其實就連二〇〇八年都算是勉強的答案。但要是她母親參加了那場婚禮——而且貝莉覺得應該是這樣沒錯——那麼唯一可能的時間就是二〇〇八年。

她說道：「嗯，一定是二〇〇八年。」

貝莉盯著空蕩蕩的螢幕，聲音開始顫抖。

「我曾經到過這裡，而且唯一的可能就是那段時間，我們已經仔細比對過了。就是那一年的秋天，要是我媽媽和我們在一起的話，想必就是那個時候。」

艾麗諾問道：「也許是二〇〇七年？」

「那時候我年紀太小，不可能記得任何細節。」

「如果是這樣的話，地點就不是在這了，」

「但說不通啊，」貝莉說道，「我是說，我認得出這個後殿，我有印象。」

「艾麗諾，」我說道，「在校園步行可達的範圍之內，是不是還有其他類似你們的教會？我們可能沒注意到、但卻會讓貝莉聯想到你們教會的地方？」

艾麗諾搖頭，「沒有，根本沒有與我們風格相近的教會。」

「也許是哪間已經關閉的教會？」

「我覺得沒有。不過，我可以詢問牧師與某些教友。要是我想起來什麼的話，我會打電話給妳，我保證。」

「那妳到底還記得什麼？」貝莉說道，「妳何不直說妳沒辦法幫忙我們？」

我開口：「貝莉，住口……」

「住口？明明是妳說如果我記得什麼的話，我們應該要追查下去，現在妳卻叫我住口？」她說道，「隨便啦，我已經受夠了。」

她立刻站起來，怒氣沖沖離開了艾麗諾的辦公室。

艾麗諾與我默默盯著貝莉走人，等到她出去之後，艾麗諾看了我一眼，目光和藹。

「沒關係，」她說道，「我知道她生氣的原因不是針對我。」

「其實，有這個可能，」我說道，「但這是因為她搞錯了對象。她想要對她父親發火，而他卻不在這裡，聽不到她的心聲，所以她轉而把怒氣發洩在別人身上。」

艾麗諾回我，「我了解。」

「感謝您撥空幫忙，」我說道，「要是妳想到任何事，就算感覺不是很重要，也麻煩妳打電話給我。」

我寫下我的手機號碼。

「沒問題。」

她點點頭，在我走向門口的時候，她把那張紙放入她的口袋裡。

她開口問道：「是誰把他的家庭逼到這種田地？」

我轉身，與她四目相接，我開口：「抱歉？」

她又問了一次，「是誰把他的家庭逼到這種田地？」

我很想告訴她，是我看過全世界最好的爸爸。

「某個別無選擇的人，」我說道，「就是這個人，把他的家庭逼到這種田地。」

艾麗諾回我：「我們一定會有其他選擇。」

我們一定會有其他選擇，葛拉迪也是這麼說。這句話到底是什麼意思？一邊是行正道，另一邊則是走上邪魔歪道，簡單、主觀。而如果你是大家提問的主角，那麼就表示你選錯了邊——彷彿這世界一分為二，一邊是從來沒有犯過嚴重錯誤的人，而另一邊的人曾經鑄下大錯。

我想到了剛剛打電話來的卡爾，他告訴我歐文飽受煎熬，我想到的是不論他現在身在何方，一定十分煎熬。

我覺得自己的火氣越來越大。

「我會謹記在心。」現在我的語氣跟貝莉一樣。

然後，我走出大門，跟上了她的腳步。

並非每個人都是好幫手

我們回到飯店，以客房餐點服務點了烤起司三明治與炸薯條。我打開電視，有線電視基本頻道正在播放某部浪漫喜劇——湯姆．漢克斯與梅格．萊恩拚命找尋彼此，費盡千辛萬苦——熟悉的劇情宛若鎮靜劑，讓我們兩人昏昏欲睡，貝莉倒在她床上睡著了。

我沒有睡，繼續看電影剩下的段落，等待我知道的那一刻到來。湯姆．漢克斯向梅格．萊恩保證，只要兩人活在世間，他會永遠愛她。然後，出現了片尾名單。我又回到了這座陌生城市裡的黑漆漆飯店房間，而且還出現了一陣可怕的恐慌：歐文不見了，沒有留下任何解釋，人間蒸發。

這就是悲劇可怕的一面，它並不會時時刻刻跟著妳。妳忘了它，但隨後又再次想起。然後，妳會看到它血淋淋的特質：現在，這已經成了妳不可或缺的一部分，只能與它和平共處。

我的心情太煩躁，無法入睡，所以我開始檢視白天寫下的筆記，想要建構出另外一套方式，利用那個婚禮週末激發貝莉的回憶。她和歐文來到奧斯汀，除了參加那場婚禮之外還做了什麼？有沒有可能他們待在這裡的時間其實更長？也許貝莉沒搞錯，也許這正是校園讓她覺得很熟悉的原因。她留在這裡的次數不只是那個週末而已？又是為什麼？

我的手機響了，打斷了我的思緒，我鬆了一口氣。我的這些問題沒有令人滿意的解答。

我拿起手機，來電者姓名是傑克。

他說道：「我找妳好幾個小時了，都找不到人。」

「抱歉，」我低聲說道，「今天好忙。」

「妳在哪裡？」

「奧斯汀。」

他問道：「德州嗎？」

我進入飯店走廊，小心翼翼輕掩客房的門，不想要吵醒貝莉。

「說來話長，不過，重點是貝莉記得自己小時候來過奧斯汀。我不確定，也許是我逼她想出自己待在這裡的記憶。不過，那項因素再加上葛拉迪．布拉德佛特出現在我家門口……我覺得我們應該要過來一趟。」

「所以……妳在追查線索？」

「顯然不是很順利，」我說道，「我們明天會搭飛機回家。」

我討厭聽到自己說出口的這些話。而且一想到要回到沒有歐文的家就覺得好可怕。我待在這裡，至少可以懷抱自己能把歐文帶回我身邊的幻想，貝莉與我同心協力，就可以達成目標。

「好，我得好好和妳談一談，」傑克說道，「但接下來的話不會讓妳很開心。」

「傑克，你一開始必須要講出一些能夠討我歡心的話，」我說道，「不然我馬上掛電話。」

「妳的朋友葛拉迪．布拉德佛特的確是執法人員，而且在圈內名聲很好，他是德州法警局倚重的要角之一，當嫌犯失蹤的時候，聯邦調查局經常會找他幫忙。要是他想要找到歐文，我想他辦得到。」

「這算什麼好消息？」

傑克說道：「我不確定到底有誰能夠找到他。」

「這話什麼意思？」

他回我：「根本沒有歐文．麥可斯這個人。」

我差點失聲大笑，這句話荒謬無比——不但荒謬，而且大錯特錯。

「傑克，我的意思並不是你在胡言亂語。但我可以向你保證，他確實存在，他女兒就睡在距離我四、五公尺之外的地方。」

「讓我換個講法吧，」他說道，「妳的歐文．麥可斯並不存在，除了相符的出生證明與社會安全號碼之外，歐文與他女兒的其他細節出現了問題。」

「你在說什麼？」

「我跟妳提到的那名偵探，他行事能力很優秀，他說沒有任何一個歐文．麥可斯符合妳先生的過往歷史。有好幾個歐文．麥可斯在麻州的紐頓長大，還有幾個去念了普林斯頓大學，但是，唯一一個有正式紀錄在歐文家鄉長大、而且就讀普林斯頓大學的歐文．麥可斯，現在是七十八歲，而且目前與他的伴侶里歐．賽維斯頓住在鱈魚角外的普洛溫斯鎮。」

我開始呼吸困難，我坐在走廊地毯上面，背貼牆面。我有感覺，腦內出現一陣重擊，胸腔裡也是，沒有任何一個歐文．麥可斯是妳的歐文．麥可斯。這些字句在我體內竄流，沒辦法找到歸屬。

他問道：「我還要繼續說下去嗎？」

「不用了，謝謝。」

「沒有任何一個歐文．麥可斯在華盛頓州的西雅圖置產或是擁有房產，在二〇〇六年，也沒有任何一個歐文．麥可斯為他的女兒貝莉在托兒所註冊就讀，在二〇〇九年之前，也沒有他的個人所得稅退稅紀錄……」

我愣住了，「那是他與貝莉搬到索薩利托的那一年。」

「沒錯，妳的歐文．麥可斯的過往紀錄就是從那一年開始出現。自此之後的資料就與妳告訴我的幾乎吻合。他們的家、貝莉的就學歷程、歐文的工作。此外，他買下某間水上屋，而不是真正的房產，當然也是聰明之舉，他根本沒有土地所有權，這比較像是租屋，追蹤難度比較高。」

我的雙手蓋住眼睛，想要阻斷腦中的暈眩感，盡量讓自己稍微回復鎮定。

「在他們到達索薩利托之前，我完全找不到任何資料可以佐證妳先生對妳所說出的一生。他以前使用的是另一個名字，不然就是雖然使用的是現在這個名字，但其他的一切都對妳撒謊，他對妳隱瞞了他的真實身分。」

一開始的時候，我不發一語，然後，我好不容易才說出了那個問題：「為什麼？」

他反問我：「歐文為什麼要改名？他的那些生活細節？」

我點點頭，彷彿他現在看得見我。

「我也問了那名偵探同一個問題，」傑克說道，「他說通常有兩個原因會改換身分，我想妳聽了都不會很開心。」

「真的嗎？」

「最普遍的理由，隨便妳信不信，另一個妻子，另一個小孩，或是小孩們，而他想要切割這種雙面人生。」

我說道：「傑克，不可能。」

「我就講一個我們現在的客戶吧，這名坐擁數十億美元資產的油業大亨，在北達科他州的農莊有一個妻子，而且還有另一名妻子住在舊金山太平洋高地的某棟豪宅，正好跟暢銷作家丹妮爾．斯蒂爾的住家在同一條街。他二十九年來都一直有兩個女人。其中一個生了五個小孩，另一個也生了五個小孩。而且她們都渾然不覺，以為他經常旅行是為了工作。她們誤以為自己老公很棒。我們之所以會知道他有兩個家庭，是因為我們幫他立遺囑……之後一定會是很有趣的遺產教材。」

我問道：「歐文會這麼做的另一個可能原因是什麼？」

「如果他沒有在其他地方偷養老婆的話？」

「對，如果是這樣呢？」

「某人製造假身分的另一個理由，也就是我們現在的假設理論，他牽扯到某種犯罪活動，」他說道，「他為了避免麻煩，直接跑路，重新展開新生，保護家人。不過，這名罪犯又惹上了麻煩，幾乎是全面出包，種下了敗因。」

「所以這意味歐文曾經牽扯了法律糾紛？他不只是因為『工作坊』的問題有罪，以前也曾經犯過罪？」

「這樣當然就可以解釋他為什麼跑路，」傑克說道，「他知道萬一『工作坊』東窗事發，他就會被曝光，他比較擔心的是沾惹到過往，而不是其他的事。」

「不過，依照那樣的邏輯，他並非罪犯，不也是有這樣的可能嗎？」我問道，「他改名換姓是為了要躲避某人？想要傷害他甚或是傷害貝莉的人？」

保護她。

「當然，是有這個可能，」他說道，「不過他為什麼不一開始就告訴妳？」

我沒有合適的答案，不過我需要別的方法——可以說明歐文為什麼不是我看到的歐文。

「我不知道，也許他是受保護的證人，」我說道，「這樣一來就可以解釋為什麼會出現葛拉迪・布拉德佛特。」

「我也想到了這一點。不過，你記得我的死黨艾力克斯嗎？他有個朋友是美國法警局很高層的人物，所以他幫我查了一下，歐文並不是受保護的證人。」

「他有告訴你嗎？」

「嗯。」

「是什麼樣的保護計畫?」

「不是多好。反正,他並不符合被保護證人的特徵,」他說道,「他的工作不像,而且也不會住在索薩利托這種高租金區域。被保護的證人是在愛達荷州的某個地方賣輪胎,而且,這都還算是幸運的了。真實狀況並不像妳在電影裡所看到的一樣。絕大部分的證人都是被直接丟在鳥不生蛋的地方,皮夾裡只有一點現金,還有新的身分證明,然後只聽到一句祝你好運。」

「那所以呢?」

「問我嗎?我選第二個。他以前犯了罪,逃亡了很長一段時間。也許是因為那一點而與『工作坊』有了牽扯,或者也可能完全沒有關聯,很難判斷。不過,他要是被逮捕的話,就會牽扯到過往,所以他為了自保而落跑。或者,可能就像妳所說的一樣,他逃跑是因為他覺得這是保護貝莉的最佳方案,不要害她與他的過往牽扯在一起。」

傑克講的話第一次打動了我,這也是我一直提醒自己的信念。如果歐文的過失只是與他自己有關,他一定會選擇留下來,跟我們在一起。他會坦然面對行刑隊,但要是有任何狀況害貝莉與他一起遭殃,那麼他就會做出別的選擇。

「傑克,就算你說得沒錯,就算我不知道我嫁的這個男人的全貌……我知道他必須拋下貝莉的唯一可能就是逼不得已,」我說道,「先別管我,要是他落跑了,並沒有打算要回來,那麼他會帶著她一起離開。她是他的一切,歐文沒那個本事離開她,然後就這麼人間蒸發。」

「兩天前，妳曾經想到過他這麼厲害嗎？捏造了整個人生？因為他真的幹了這種事。」

我盯著醜陋的飯店紫紅色玫瑰地毯，拚命想要在花紋之間找尋什麼慰藉。感覺不真實，一切都感覺好不真實。要怎麼去理解妳的丈夫一直在躲避以前的他，妳連真名都不知道的那個他？妳想要爭辯，一定是有人弄錯了真相，一定是有人搞錯了妳的狀況。在妳的故事當中，妳深愛熟悉的那個故事，這一切都不合理。無論是故事的開端，走向都不是如此，當然，更不是那個恐怕即將出現的結局。

「傑克，我要怎麼回去房內告訴貝莉？她父親根本不是她所想像的那個人？我不知道要如何啟齒。」

他出現異常沉默，「也許給她另一套說法。」

「像是什麼？」

「像是妳已經有了讓她遠避這一切的計畫，」他說道，「至少在釐清一切之前。」

「但我沒有。」

「不過，其實妳有，妳絕對擁有可以讓她遠避這一切的計畫。來紐約，跟我住在一起，妳們兩個一起來，至少在釐清一切之前。我有朋友在達爾頓學校的董事會，貝莉可以在那裡念完中學。」

我閉上雙眼。我怎麼又回到這種狀態？與傑克講電話？傑克居然是幫助我的那個人？當我們分手的時候，傑克曾經說過，他覺得我對他的態度一直心不在焉，我沒有和他爭論——我沒有辦法。因為我真的有點心不在焉，我覺得和傑克在一起的時候好像少了什麼，也就是我覺得和歐文在一起時的那種感覺。不過，要是傑克對於歐文的判斷為真，那麼歐文和我之間並沒有我所想像的那種情愫，也許，我們之前根本沒有任何與其近似的感覺。

「謝謝你的提議，現在聽起來還不賴……」

他幫我接口，「不過……」

「就你所告訴我的線索看來，我們之所以會淪落至此，都是因為歐文落跑，」我說道，「我不能也跟著落跑，除非我追查到真相。」

「漢娜，妳真的需要為貝莉著想，把她帶來這裡。」

我打開飯店房門，偷偷看了一下裡面，貝莉躺在她的床上熟睡，整個人宛若胎兒一樣蜷身，凌亂的紫色髮絲，宛若窩在枕上的一顆迪斯可球。

我掩門，又退回到飯店走廊。

我說道：「傑克，我一心想的全是貝莉。」

「不，還不算，」他說道，「不然妳也不會拚命去尋找那個人，就我看來，應該是要讓她避而遠之的那個人。」

「傑克，他是她爸爸。」

他嗆我，「也許該找哪個人提醒他這一點。」

我不發一語，透過玻璃牆面俯瞰底下的中庭。同一間公司的同事們（他們身上還有壓克力

會議名牌）窩在飯店酒吧，情侶們手牽手離開餐廳，

兩名疲憊的父母扛著入睡的孩子，還有數量足以開一整間店的樂高玩具。從如此遙遠的角度看過去，大家都看起來很快樂。不過，我當然不知道實際狀況。不過，就在那一瞬間，我真希望我也是他們其中的一員，而不是現在的我。躲在某間飯店的八樓走廊，努力面對她的婚姻與她的生活只是一場謊言。

我覺得我心中冒出怒火。自從我母親離開之後，我一直對於自己觀察細節，發覺某人最幽微之處的能力感到自豪。要是哪個人在三天前問我歐文的事，我會回答該知道的一切，我都一清二楚，反正就是重要的所有部分。不過，也許我一無所知，因為，我待在這裡，拚命想要搞清楚的是最基本的細節。

「抱歉，」傑克說道，「這話有點刺耳。」

「那種話只是有點刺耳？」

「好，我只是想要說，如果妳願意的話，這裡有個地方可以讓妳安身，」他說道，「妳們兩個都是，完全沒有其他附帶條件。但要是妳不打算接受我的提議，至少得要擬定另外一個計畫，以免到了最後害那女孩的生活潰不成形，還得拚命向她保證，妳很清楚自己在做些什麼。」

「傑克，要是其他人身處在這樣的狀況之中，又有誰知道自己該做些什麼？」我問道，「誰會遇到這種事？」

他回我：「顯然妳就是啊。」

「這種話還真是幫了大忙。」

「來紐約吧，」他說道，「我覺得這才算是幫得上忙。」

八個月前

貝莉開口：「我不想啦……」

我們站在柏克萊某間跳蚤市場外面，歐文與貝莉陷入罕見的僵持狀態。

他想要進去逛一逛，而貝莉現在一心只想要回家。

「當妳同意要來舊金山的時候，」歐文說道，「妳明明答應我的，所以就還是勉為其難接受一下吧？」

她回道：「我答應的是吃點心。」

「點心很好吃不是嗎？」他問道，「我還把我最後一份的叉燒包給了妳，其實，漢娜也把她的那一份給了妳，所以妳多吃了兩個叉燒包。」

她問道：「你的重點是什麼？」

「要不要展現運動家風範，和我們一起進去逛個半小時左右？」

她開始往前走，進入跳蚤市場，她領頭——絕對與我們保持三公尺以上的距離，所以絕對沒有人猜得到我們是三人組。

她已經不願與她的父親談判，顯然，也已經不想繼續慶祝我的生日。

歐文對我聳肩表示歉意，他開口說道：「歡迎來到四十歲。」

「哦，我不是四十歲，」我回他，「我是二十一歲。」

「哦，沒錯！」他微笑，「太好了，這表示我還有十九次的彌補機會。」

我牽起他的手，他與我十指緊扣。我開口問他：「為什麼我們不直接回家就好？」我說道，「早午餐真的很棒。如果她已經想要回家……」

「她沒問題。」

「歐文，我只是要說，這件事沒什麼大不了的。」

「對，她就認命接受，享受一場美好的跳蚤市場之旅，也沒什麼大不了的，再走個半小時她沒問題。」

他彎身親吻我，我們開始往裡面走，準備找尋貝莉。正當我們走進大門的時候，有名個頭高大的男子走出來，停下腳步，在歐文後頭呼喊。

他說道：「不會吧。」

他戴著棒球帽，身穿撐出整個大肚腩的同隊運動衫。他拿了一個燈罩——黃紫色相間，上頭還有標價。

他伸手擁抱歐文，燈罩還尷尬撞到了歐文的背。

「真不敢相信是你，」他說道，「多久沒見了？」

歐文退後，小心翼翼把手縮回來，不想弄壞燈罩。

「二十年？還是二十五年？為什麼舞會之王錯過了每一次的同學會？」

「老兄，我實在不想告訴你實情，但我覺得你認錯人了。」歐文說道，「我從來不是什麼舞會之王，問我太太就是了。」

歐文伸手朝我一指。

然後，這名陌生人朝我的方向微笑。「幸會，」他說道，「我是衛倫。」

我回道：「我是漢娜。」

然後，他又面向歐文。「等等，所以你是說你沒有念過羅斯福中學？一九九四年那一班？」

「不，我是在麻州念紐頓中學，」歐文說道，「但是年份你倒是說對了。」

「嘿，你跟我同學超像。我的意思是髮型變得很不一樣，而且他比你健壯。沒有冒犯的意思，我那個時候也比較壯。」

歐文聳肩，「大家年輕的時候都這樣，」

「但真的超像，」他搖頭，「不過，你不是他也好啦，那個人有點渣。」

歐文哈哈大笑，「好，那就再見了。」

衛倫回他：「再見。」

然後，他開始朝停車場走去，但又轉過頭來。

「你有沒有認識哪個人是念德州的羅斯福中學？」他問道，「像是表兄弟啊什麼的？」

歐文微笑，面容和善。「老弟，抱歉，」他說道，「很遺憾讓你失望了，但我和你說的那個人一點關係都沒有。」

抱歉，我們營業中

傑克的話在我腦中轟然作響。根本沒有歐文．麥可斯這個人。歐文不是歐文。關於他一生的最關鍵細節，他居然騙了我。關於他女兒一生的最關鍵細節，他也騙了她。怎麼可能？這感覺一點都不真實，那明明是我覺得很了解的男人，我真的很了解他。雖然證據顯示事實並非如此，但我依然深信不疑。而且，對於他（對我們）的這種信念，將會證明我是個忠貞不渝的伴侶，不然就是百分百的蠢蛋，希望不要最後的結果是同一件事。

畢竟，這是我自以為知曉的一切。二十八個月之前，有個身穿休閒外套與匡威運動鞋的男人走進了我的紐約市工作室。在我們前往劇院那一晚的路上，他帶我去第十大道的某間西班牙小館吃晚餐，然後，他對我娓娓道來他一生的故事。起點是麻州紐頓，紐頓中學的四年加上普林斯頓大學的四年，接下來與他的大學女友搬到了華盛頓州的西雅圖，然後與女兒搬到了加州的索薩利托。在我之前，他做過三份工作，拿到了兩個學位，還有一個妻子，因某場車禍而痛失的愛妻。那是一場時隔十多年之後、依然很難說出口的車禍，他的神情陰鬱憂傷。然後，話題轉到了他的女兒，他的故事的重點——他人生的重點——他那獨一無二的任性女兒。他之所以會與她搬到北加州的某個小鎮，純粹就是因為她在地圖上隨手一指。他是這麼說的，我們就試試看那裡吧。這是他可以送她的一點禮物。

這就是他的女兒自以為知道的一切。她的一生幾乎都待在加州的索薩利托，與從來不曾錯過任何一場足球賽或是學校話劇的父親住在水上屋裡面。星期天晚上由她挑餐廳吃晚餐，每個禮拜看一次電影。有許多次的舊金山博物館小旅行、許多鄰居的百樂餐聚會，還有年度的烤肉。她對於索薩利托之前的生活幾乎全忘了，只有模糊的簡略印象：有厲害魔術師的生日派對，德州奧斯汀某處的婚禮。貝莉靠著父親告訴她的話填補這些空白。她有什麼理由不從呢？這就是大家填補空白的方式——靠著深愛妳的人所說出的故事與回憶。

如果他們對妳撒謊，就像他的所作所為一樣，那麼，妳又是誰？他是誰？妳自以為認識的那個人，妳最愛的那個人，就這麼人間蒸發，宛若海市蜃樓，除非妳說服自己，重要的部分依然為真。愛是真的，他的愛是真的。因為，如若不然，那麼另一個選項就是一切都是騙局，那麼妳又該如何面對？如何面對這所有的點點滴滴？妳要如何將這些碎片縫綴在一起，才不會讓他全然消失？

這樣一來，他的女兒就不會覺得自己也快要全然消失了吧？

貝莉醒來了，就在半夜十二點剛過沒多久。

她搓揉雙眼，然後張望四周，找到了坐在破爛飯店辦公椅的我，我正緊盯著她。

「我是不是睡著了？」

「是啊。」

她問道：「現在幾點鐘？」

「很晚了，妳該回去繼續睡。」

她坐起來，對我說道：「妳這樣盯著我，我很難睡得著。」

「貝莉，妳可曾去過妳爸爸在波士頓的老家？」我問道，「他有沒有帶妳去看過他的房子？」

她一臉困惑看著我，「是說他從小生長的地方嗎？」

我點頭。

「沒有，他從來沒帶我去過波士頓，連他自己都很少回去。」

「妳從來沒見過妳的祖父母嗎？」我問道，「從來沒有與他們相處過嗎？」

「他們在我出生之前就過世了，」她說道，「妳也明明知道啊。怎麼了？」

要由誰為她來填補這段空白？這樣的大洞？我不知道要如何啟齒。

「妳餓了嗎？」我說道，「妳一定很餓，妳幾乎都沒碰晚餐，我餓死了。」

「怎麼會？妳自己吃下了我們兩人的晚餐。」

「穿衣服好嗎？」我說道，「穿上衣服好不好？」

她望著飯店的螢光燈電台時鐘，「現在是半夜十二點。」

我穿上毛衣，又把她的運動衫丟給她。她低頭看著攤在大腿上的衣服，帽兜底下露出了她的匡威球鞋。

她把運動衫從頭頂套下去，把帽兜一直往下拉，整顆紫色的頭冒了出來。

她問道：「可不可以讓我至少喝杯啤酒？」

「當然不可以。」

她回我：「我有可以買酒的假身分證明。」

「拜託趕快把衣服穿好。」

木蘭花餐館是奧斯汀歷史悠久的餐廳，著名的就是通宵不打烊餐飲服務，在這種時候——凌晨十二點四十五分——依然生意繁忙，可能就是這個原因，音樂震天價響，每一個包廂區都有客人。

我們點了兩杯大杯的咖啡，還點了一份薑餅口味的鬆餅。貝莉似乎很喜歡這份甜點，充滿辛香的鬆餅，溢落而下的奶油與椰糖，側邊有香蕉。

要是姑且放下一切，光是看著她大啖的模樣，就讓我覺得自己彷彿為她做了什麼好事。

我們坐在門邊的位置，紅色霓虹的抱歉我們營業中招牌不斷閃爍。我盯著它眨眼，想要找出合適的措辭，將傑克告訴我的事講給她聽。

我開口：「妳爸爸似乎本來的名字不是歐文．麥可斯。」

她抬頭看我，「妳在講什麼啊？」

我語氣溫柔，但並沒有歉然之意，向她娓娓道來。我讓她知道她父親更動的不只是他的姓名而已。還有他一生的細節——他一生的故事——顯然也是他變造之後的產物。他並非在麻州長大，不是普林斯頓的畢業生，也並沒有在二十二歲的時候搬到西雅圖。至少，從我們能夠證實的方式看來，他並沒有做出這些事。

「是誰告訴妳的？」

「以前在紐約的某個朋友，他和某名專精這領域的偵探通力合作。這名偵探認為妳父親改變身分之後沒多久，你們就搬到了索薩利托，他很確定。」

她低頭望著自己的盤子，表情困惑，彷彿聽到了錯誤的字詞——根本無法置信。

她不肯看我的眼睛，「他為什麼要這麼做？」

「貝莉，我猜他是要維護妳的安全，不要受到傷害。」

「被什麼傷害？像是他的所作所為嗎？因為我爸爸一定會第一個告訴妳，如果會逃跑，通常要躲避的就是自我。」

「我們還不確定。」

她回我：「對，我們現在唯一確定的就是他騙我們。」

我看得出來，她的內心在燃燒，被蒙在鼓裡、對她自己最基本的細節渾然不知而產生的怒火，合情合理的怒火。雖然他這麼做是為了她好，雖然他這麼做是因為別無選擇。反正，她得要決定這是否能夠被原諒，我們兩個都得做出定奪。

我說道：「他也對我撒謊。」

她抬起頭來。

「我只是要說，他也對我撒謊。」

她側頭，彷彿想要搞清楚她是否相信這句話？是否覺得我言符其實？她為什麼要相信呢？在這種時候，她為什麼還要相信任何人的話？不過，現在似乎重要的是竭盡一切努力向她保證——向她保證她可以信任我——而且我也不會欺瞞她，我覺得一切的關鍵就在於她是否願意相信那句話。

她看著我，模樣脆弱不堪，我實在難以開口，光是凝望她的雙眸而忍住不心碎就已經夠艱難的了。

就在這時候，我突然得到了體悟，長期以來，我對待她的方式大錯特錯——我努力與她溝通的方式錯了。我一直以為要是我夠和善、夠體貼，那麼她就會明白其實她可以倚賴我。不過，這種模式無法讓人體認到能夠倚賴某人。在眾人都太過疲倦而無法展現體貼、無法拚命努力的時刻，你才會有所領悟。在那個時候，要靠他們的所作所為，你才會學到這一點。

我現在要為她所做的事，正如同我外公所對我做出的舉動一樣，我會想盡辦法讓她安心。

「所以……不只是他，對嗎？」她說道，「如果他做出這種事，那麼我也不是他口中的那個人了，對不對？我的名字還有一切……在某個時間點也全部被換掉了。」

「沒錯，」我說道，「如果傑克說得沒錯，那麼，妳也曾經是另外一個人。」

「所有的細節也都不一樣，是嗎？」她停頓了一會兒，「就像是……我的生日？」

當她提出那個問題的時候語氣裡的那種心碎，我不禁為之語塞。

她追問：「就像是我的生日其實並非是真正的生日？」

「沒錯，很可能不是。」

她低頭，目光迴避我。「自己的生日是哪一天……應該是每個人都很清楚的那種事吧……」

我強忍淚水，緊緊抓住桌面，在這間快樂奧斯汀餐廳裡的那張小桌子——牆面上的畫作、明亮的色彩，處處與我的感受完全對立。我逼自己忍淚，拚命眨回去。十六歲的女孩，顯然除了我之外沒有別人相伴，她需要的是一個不哭的我，她需要我在身邊支持她。所以我整理心緒，給予她崩潰的空間，讓她成為沉澱事實的那個人。

她的雙手交疊在桌面，眼眶盈淚，看到她承受這樣的痛苦，我覺得自己快被擊潰了。

「貝莉，我知道這聽起來不可思議，」我說道，「但妳還是妳，無論妳周邊的生活細節為何，無論妳父親有沒有向妳吐露什麼，都不會改變妳是誰，都不會改變妳的本質。」

「可是，對於我以往的名字，曾經住過的地方，我怎麼可能完全沒有記憶？我應該要記得的不是嗎？」

「妳剛剛自己也說了，當初妳還只是個孩子。當妳剛擁有自我意識的時候，已經成了貝莉．麥可斯，這一切完全無法反映妳的真實面。」

她問我：「只反映了他的真實面嗎？」

我又想到了在柏克萊跳蚤市場遇到的那個人，喊歐文是舞會之王。還有歐文遇到對方的冷靜反應，完全不為所動。他的偽裝能力有那麼高超？如果真是如此，那又意味他這個人具有什麼特質？

「有沒有想起別人喊過妳父親別的名字？記得嗎？在搬到索薩利托之前？」

她反問：「是什麼綽號嗎？」

「不，比較像是……完全不同的另一個名字？」

「應該沒有，我不知道……」她把自己的咖啡推向桌面的另一頭，「真不敢相信會有這種事。」

「我知道。」

她的雙手開始捲弄頭髮，紫色髮絲與她的黑色指甲油夾纏在一起，她在努力回想，雙眼拚命眨啊眨個不停，

「我不知道有誰叫過他別的名字，」她說道，「我從來沒注意過這種事，我怎麼會想到呢？」

她往後一靠，已經不願再想她父親的事，不願回想過去，自己必須回憶這些事，已經讓她覺得精疲力竭。有誰能怪她呢？誰會願意坐在某間陌生的奧斯汀餐廳裡面想破頭，在妳的世界中最重要的人偽裝成什麼身分？

妳怎麼會沒有發現？還有他到底是誰？

「這樣吧，我們回去就是了，」我說道，「時間也晚了，我們回去飯店睞一下。」

我正打算起身，卻被貝莉阻止。「等一下……」

我又坐回去。

「兩個月前，鮑比曾經對我說過一件事，」她說道，「他要申請大學，想問我父親能否以普林斯頓校友的身分幫他寫推薦信。不過，當他查閱校友名單的時候，完全找不到歐文・麥可斯。工程學院沒有這樣的碩士生，一般的學院也沒有這號學生。然後，他申請到了芝加哥大學，就沒管這件事了。我一直沒想到要去問爸爸，我只是覺得鮑比不知道怎麼查校友資料庫系統啊什麼的。」她停頓了一會兒，「也許我當初該問爸爸才是。」

「貝莉，妳怎麼會猜得到呢？妳怎麼可能會想到他騙妳？」

「妳覺得他真的會告訴我實情嗎？」她說道，「某一天，他打算帶我去散步，讓我知道我自己到底是誰？說真的，關於我知道的自己生活的一切，他會向我透露這全是謊言？」

我在幽光之中盯著她，想起了我與歐文的對話，關於要去新墨西哥度假的那一段對話。他當時真的想要向我吐露一點口風嗎？如果當時我再稍微施壓，他會不會說出口？

我說道：「我不知道……」

我本來以為她會叫嚷這有多麼不公平，本來以為她會再度發飆，但她卻維持冷靜的態度。

她問道：「他如此懼怕的是什麼？」

我愣住了。因為這就是重點，宛若一切的關鍵。歐文逃跑，是因為他害怕某件事，他的一生都在躲避，而且，更重要的是，他花了一生的時間拚命要保護貝莉、以免她受其所傷。

我說道：「我想，要是我們能夠想出答案，就會知道他現在人在哪裡了。」

她回我：「嗯，超簡單……」

然後，她哈哈大笑，不過那大笑立刻變了，淚水盈滿眼眶。正當我以為她要說出自己想要離開這裡——回到飯店，回到索薩利托——她卻似乎找到了自己的重心，彷彿發現了類似堅決的意志。

她問道：「所以我們現在該怎麼辦？」

我們，我們現在該怎麼辦？看起來，我們在同一條船上，這也讓我覺得暖心，雖然它一路帶引我們到了南奧斯汀的整夜不打烊餐館，距離我們的家如此遙遠；雖然它帶引我們進入了我們根本不想涉足的領域，也就是我願意犧牲一切、絕對不要逼使貝莉陷入的那種情境。我們都想要找到歐文，無論他躲在哪裡——無論他現在人在何方。

「現在，」我說道，「我們來解決問題。」

兩人可以在那場賽局一較高下

我等到早上才打電話給他。等到我心覺平靜，確定自己該採取哪些行動之後，才終於打給他。

我收拾好自己所有的筆記，穿上無袖連身裙。悄悄掩上飯店房門，小心翼翼不想吵醒貝莉。然後，我下樓，穿過繁忙大廳，走到外頭，這樣一來，我可以沿著街道往前走，比較能夠控制他會聽到的背景聲。

外頭依然靜謐——雖然是早晨的尖峰時間，通勤族忙著穿越國會路大橋，前往辦公室，他們小孩的學校，準備展開他們幸福的日常生活——湖區依然一片寧和。

我把手伸入口袋，拿出那張佛列德咖啡店餐巾紙，上面有劃了兩條底線的葛拉迪手機號碼。

我開了手機，先按下*67之後，才開始輸入號碼，如果他真的這麼想要破解號碼，這麼想要知道我人在哪裡的話——希望這一招可以讓我的手機號碼隱藏得久一點。

他接了電話，「我是葛拉迪。」

我準備要開始撒謊。畢竟，現在也只能這麼做了。「我是漢娜，」我說道，「歐文聯絡我了。」

這句話直接取代了開口打招呼。

「什麼時候的事？」

「昨晚深夜，大約是凌晨兩點鐘。他說他不能講什麼，他說他不能多說，擔心有人在監聽他，追蹤他。他應該是找了公共電話什麼的，沒有顯示號碼，而且他講話速度急快。他想知道我與貝莉是否安好，很堅持他與『工作坊』的問題沒有任何瓜葛。他還說他覺得艾維特有預謀，但他不知道究竟到什麼樣的程度。」

我可以聽到葛拉迪在電話另一頭發出的聲響，窸窸窣窣。也許是在找筆記本，可以寫下他覺得我可能會提供給他的線索。

他說道：「跟我說他到底講了什麼……」

「他說他講電話不安全，但我應該要打電話給你，」我說道，「你會告訴我真相。」

窸窣聲沒了。「真相？關於什麼？」

「我不知道，葛拉迪。歐文的語氣似乎是你知道該怎麼回答。」

葛拉迪停頓了一會兒，「現在是加州的一大早，」他說道，「妳這麼早起來做什麼？」

「要是老公在半夜兩點打電話說自己惹了麻煩，有誰還能回去繼續睡？」

他回我：「我一向睡得很好，所以……」

「我得要知道出了什麼狀況，葛拉迪，這裡究竟發生了什麼事，」我說道，「為什麼一個德州奧斯汀的法警局執行官會千里迢迢跑到舊金山，找尋一個明明不是嫌犯的人？」

「那我也要知道妳為什麼要對我撒謊歐文打電話給妳？他明明沒有。」

我問道：「為什麼歐文．麥可斯在搬到索薩利托之前沒有任何的紀錄？」

他問道：「是誰說的？」

「某個朋友。」

「朋友？妳從妳朋友那裡聽到了一些錯誤的消息。」

我回他：「我可不這麼覺得。」

「好，妳有沒有提醒妳朋友，『工作坊』新軟體的主要功能之一就是改變妳的線上歷史紀錄？它可以幫忙抹消妳不想留下的痕跡，對吧？不會有知道妳身分的線上追蹤紀錄，包括了大學、房屋持有紀錄的資料庫——」

「我知道那套軟體怎麼運作。」

「所以妳怎麼會沒想到呢？也許有人刪除了歐文的紀錄，可能是哪個有這種能力的人所為？」

歐文，他的意思是歐文自己終結了過往紀錄。我問道：「他為什麼要這麼做？」

「也許他在測試自己的軟體，」他說道，「我不知道。我只是要說，妳的朋友可能有找到也可能沒找到歐文的過往紀錄，明明有一大堆的解釋方式，而妳卻在煞費苦心編故事。」

他想要殺得我猝不及防，我不會讓他得逞，我不會讓他為了他自己的計畫掌控說詞，我覺得越來越可疑。

「葛拉迪，他之前做了什麼？在這一切之前？進入『工作坊』之前？他為什麼要改變身分？為什麼要改名換姓？」

「我不知道妳在說什麼。」

「我覺得你心裡有數，」我說道，「我認為這就是你為了一個你沒有管轄權的案子，千里迢迢跑來舊金山的原因。」

他哈哈大笑，「我的管轄權當然可以讓我調查此案，無庸置疑，」他繼續說道，「我覺得這一點妳不需要這麼操煩，倒是應該更加擔心其他的事。」

「像是什麼？」

「比方說聯邦調查局的娜歐蜜．吳，一直威脅要把歐文視為正式嫌犯。」

我愣住了。我一直沒有講出她的名字，他卻知道她的姓名，他似乎知道一切。

「我們沒剩下多少時間了，她之後就會帶著搜索票、率隊出現在妳家門口。我一直拚命阻止她，不要讓這一刻到來，但我不能保證可以一直這樣下去。」

我的眼前浮現貝莉回家的時候，看到自己的房間被翻得亂七八糟的畫面——她的世界將崩解碎裂。

「葛拉迪，為什麼？」

「抱歉？」

「你為什麼要奮力阻止？」

他說道：「這是我的職責。」

他語氣篤定，但我才不信。因為我突然靈光乍現，葛拉迪不希望歐文遭遇這種下場的心情與我一樣急切，葛拉迪想要幫助歐文擺脫那種厄運。為什麼？如果葛拉迪只是在調查歐文，如果他只想要將歐文繩之以法，如果他只是想要結案，他不需要這麼在乎。不過，還有別的狀況——更加凶險的狀況，並非歐文牽涉單純詐騙案那麼簡單而已。對於那種超出我想像範圍的更可怕事物，我覺得好恐懼，保護她。

我說道：「歐文留了一袋錢給我們。」

他問道：「妳在說什麼？」

「其實是留給貝莉的。那是一大筆錢，要是有人帶著你一直恐嚇我的那種搜索票出現，我不希望這筆錢會被他們發現，我不希望這會成為對我不利或是將貝莉從我身邊帶走的理由。」

「實際狀況並不是這樣運作的。」

「對於實際狀況到底是怎麼運作，我還很陌生，所以現在我要告訴你有關錢的事，」我說道，「放在我家廚房水槽底下，我不想和它有任何瓜葛。」

他陷入沉默，「好，謝謝，我現在拿走比較好，千萬別等他們發現，」他說道，「我可以請我們舊金山辦公室的人過去拿。」

我眺望奧斯汀市中心瓢蟲湖的另外一頭，優雅的建築，讓晨光從葉縫之間傾落而下的樹林，葛拉迪應該已經在其中的某棟建物裡，準備迎接他的一天。突然之間，葛拉迪與我之間距離相近的程度，已經超過了我的預期。

「現在時機不恰當。」

「為什麼不恰當？」

我內心的所有聲音都在告訴我，向他說出實話，我們在奧斯汀。但我依然不確定他到底是朋友還是仇敵？抑或是兩者皆是？也許就像是歐文的結論一樣，每個人都多少算是兼而有之。

「在貝莉起床之前，我還有一些事得要完成，」我說道，「我一直在想……也許我應該帶貝莉去別的地方，等待這一切平息下來。」

「比方說哪裡？」

我想到了傑克的提議，想到了紐約。

「我不確定，」我說道，「但我們不需要待在索薩利托吧？我的意思是，不需要什麼法律因素而留在那裡，是不是？」

「其實不用，但這樣會搞得很不好看……」然後葛拉迪不說話了，彷彿聽到了什麼。

「等等，妳剛剛為什麼說『那裡？』」

「什麼？」

「妳剛說，『我們不需要留在那裡』。妳說的是妳家，索薩利托。如果妳待在家裡，應該會說『這裡』，我們不需要留在這裡。」

我不發一語。

「漢娜，我現在派一名同事去妳家。」

我回他：「那我來準備煮咖啡。」

他說道：「我沒在開玩笑。」

「我也這麼想。」

葛拉迪說道：「所以妳人在哪裡？」

要是葛拉迪想追蹤我的手機，我知道他辦得到，我猜他已經想要追查我的下落了。我眺望葛拉迪的家鄉，心想不知道對我的丈夫來說，這地方曾經是什麼景況？

我問道：「葛拉迪，你擔心我會去哪個地方？」

然後，就在他來不及回答之前，我掛了電話。

一年前

「你覺得你可以這樣嗎？想來的時候就隨便跑過來？」

我在開玩笑。不過，歐文突然來訪，完全沒有預告，在上班日的時候現身在我的工作室，還是讓我嚇了一跳。他很少這樣。白天在帕羅奧圖的辦公室，有時候前往舊金山市中心開會。他在工作日幾乎很少出現在家裡，只有貝莉需要他做些什麼的時候才會破例。

「要是我能夠想來的時候就隨時跑過來，那我一定會常常來這裡，」他說道，「我們現在要來做什麼？」

他搓揉雙手，能與我一起待在工作室甚是歡喜。他喜歡我的工作，喜歡參與其中。每次當我看到他這麼由衷投入，就是對我的小小叮嚀，能夠愛他，我何其幸運。

「你今天怎麼這麼晚回家？」我問道，「一切都還好嗎？」

他回我，「那要看狀況而定。」

他拉起我的面罩，吻了我打招呼。我身穿工作服——高領外套加上面罩——這樣的組合讓我看起來兼具了未來感與歷史感。

「我的椅子完工了嗎？」

我回吻他，雙臂垂靠在他的肩頭。

「還沒，」我說道，「而且這不是你的椅子。」

那是我為聖塔芭芭拉的某名客戶所做的溫莎椅，要放在她的室內設計辦公室，不過，當歐文一看到它——鑿痕明顯的深色榆木，加高的椅背環——他立刻決定我們一定要把它留下，他認定它就是為他量身訂做。

就在這個時候，他手機響了，他低頭看了一下來電者姓名，臉色一沉，按下拒絕接聽鍵。

我問道：「是誰？」

「艾維特，」他說道，「我等一下再回電。」

顯然他不想多說，不過，當我感受到他冒出的火氣，光是一通自己不肯接的電話就動怒的時候——我實在無法置之不理。

「他是怎麼了？」

「他最近有點無理取鬧，就這樣。」

「什麼事？」

「首次公開發行的事，」他說道，「沒什麼大不了。」

不過，他眼中有情緒在波動——混合了憤怒與痛苦。這是他鮮少展現的兩種心情，最近經常顯露的兩種心情。當然，還有他此刻站在我的工作室，而不是待在他自己的辦公室。

我在心中努力字斟句酌，想要幫忙，但不想傷害了他。畢竟我不需要在辦公室工作，不需面對必須回應老闆的政治問題——類似艾維特．湯普森那一種，我可能無法附和的人。不過，我還是拚命構思措辭——我看得出來，歐文的壓力指數不斷升高。這只是一份工作罷了，我覺得他找下一份工作永遠不成問題。

我還沒來得及開口，電話又響了，來電者姓名是艾維特。歐文低頭看手機，盯著它，似乎打算要接聽，手指在上方猶疑了一會兒，但最後還是再次按下拒絕接聽鍵，把它塞回口袋。

他搖頭，「我同樣的事不論講了幾遍，艾維特就是不聽，」他說道，「我們需要的就是讓它正常運作而已。」

「我外公老是這麼說，大多數的人聽不進去可以改善的方案，」我說道，「他們想聽的是比較容易的方案。」

「那麼他說該怎麼解決？」

「嗯，首先，就是改找其他人。」

他側頭打量我，「妳為什麼總知道該給我什麼忠告？」

我回他：「哦，其實都是我外公說的話，但當然……」

他握住我的手，臉上露出燦爛笑容，宛若什麼事都沒有發生一樣，至少，已經不像是他當初認為的那麼重要了。

「別再說這個了，」他說道，「讓我們看一下我的椅子。」

他把我拉到門口，進入後院，走向平台區，椅子正在那裡進行風乾——已經磨砂上漆。

「你知道你不可以留下那張椅子，」我說道，「這是某位客人的委託，她付了我們一大筆錢。」

「那就只能祝他好運了，」他說道，「現實佔有，九勝一敗。」

我露出微笑，「你懂那條規則啊？」

「已經足以了解。只要我坐在那張椅子裡，」他說道，「就沒有人可以奪走它。」

刪除所有歷史紀錄

早上十點鐘，飯店餐廳已經很熱鬧了，室內燈光朦朧。

我坐在吧檯喝柳橙汁，而我周邊的人幾乎都開始喝早晨雞尾酒——含羞草、血腥瑪莉、香檳，以及白色俄羅斯。

我盯著那一排電視，全都定頻在各式各樣的新聞台。已成定局的標題朝我逼近，大部分都在報導「工作坊」的消息。全國公共廣播電台播出艾維特．湯普森被上手銬的畫面，微軟全國廣播公司則是蓓兒接受《今日》專訪的預告片，她認為逮捕艾維特是司法遭到扭曲。有線電視新聞網的跑馬燈不斷發出警示，接下來還會起訴更多人。這儼然像是某種保證，與葛拉迪的保證一模一樣，不久之後，歐文會有更多麻煩。他在躲避的那場風暴馬上就要害他動彈不得。

只要一想到我的先生——有某個針對他、針對我們大家的危險撲襲而來，而他卻無力阻止，他離開我，是為了想要去阻止他的這一場災難。這念頭就會一直折磨著我，反覆無休。

我拿出筆記本，回溯剛才打電話給葛拉迪時的對話內容——我拚命追憶所有細節，想要從中琢磨出可能的重點。我一直想起他提到歐文可能刪除了他自己的線上歷史紀錄。感覺很離譜，但我還是盡量改弦易轍，讓自己接受那樣的假設，看看會發現什麼。

我得到了這樣的結論。有些事情就是無法遭到抹消，我們會將某些事情吐露給最親密的人，雖然自己可能並沒有發覺。

在並非出於刻意的狀況下，歐文曾經只向我透露了某些事。所以，我列了另一張清單。有關我知道歐文過往的一切。不是假的資料——什麼紐頓、普林斯頓，還有西雅圖。而是其他的真相——其實不能算真相：全都是在我們共處過程中我意外得知的細節，現在回想起來似乎是詭異的巧遇。比方說那個羅斯福中學的傢伙。我查了一下羅斯福中學，全美一共有八十六所，沒有一所靠近麻州。不過，一共有八所——在聖安東尼奧與達拉斯附近——全都散落在德州。

我先擱下了這個疑團，繼續思索，想到了與歐文在飯店的那一晚，放在酒吧上的那個撲滿。就在這個時候，我突然想到了有關那個撲滿的某個細節——想了好久才恍然大悟。我是真的想起來了嗎？還是因為宛若陷入絕望而浮現的某段記憶？我立刻傳簡訊給茱莉絲，請她幫我確認，然後又繼續回想下去。

我努力思索只有我知道的那些事：歐文在深夜告訴我的趣聞與故事，只有我們兩人獨處的時候。只有對自己挑選的那個人、自我生命的見證者，才會以那種方式娓娓道來。

那些故事，他根本連自己正在分享的時候都無知無覺的那些故事，不可能全部都是假的。我不信，除非等到我證明自己是錯的，否則我拒絕相信。

我開始逐一細數，歐文最了不起的那些事蹟：與他父親在美國東部沿岸的某趟船旅，當時的他只是個快滿十六歲的少年，這也是他與他父親共處數日的唯一體驗；還有，他高三的時候讓女友的狗兒到外頭玩耍，狗兒不見了，歐文的第一份工作被炒魷魚，就是因為那個下午沒去打工而忙著找狗；他偷偷在半夜和朋友去看電影《星際大戰》，等到他終於回家的時候，父母卻在凌晨兩點四十五分醒來。

他還講了一個有關他大學的故事，為什麼他會這麼熱愛電機與科技。歐文大一的那一年，快要十九歲，他選了一堂他喜歡的教授所開的數學課，他認為多虧這位教授才成就了他現在的事業。不過，當初這位教授告訴歐文，他從來沒遇過程度這麼糟糕的學生。他是不是有告訴我那個教授的名字？托比亞斯什麼的？是紐頓嗎？還是紐頓豪斯教授？記得他應該是有個綽號吧？

我衝上階梯，回到飯店房間，叫醒了貝莉——聽過這教授故事的次數應該超過我的人。

我掀開床被，坐在她床鋪的邊緣。

「我在睡覺。」

「不准睡了。」

她心不甘情不願坐起來，靠在床頭板。「怎樣？」

「妳記得妳爸爸的教授叫什麼名字嗎？他超愛的那一個，大一的老師？」

她回我：「我根本不知道妳在講什麼。」

我雖然不耐，也只能盡量忍住，拚命回憶當歐文以這故事作為訓誡的機會，而貝莉一聽到就翻白眼的那些場景。他以這段過往規勸貝莉，對自己重要的事要堅持下去，對於自己的規劃要說到做到。每當他想要說服她逆轉念頭的時候，就會使出這一招。

「貝莉，妳聽過這個故事。教導規範場論與全局分析超難課程的那位教授，妳爸爸對他總是津津樂道，曾經說過妳爸爸是有史以來程度最差學生的那一位教授，而且歐文還因此奮發圖強。」

貝莉開始點頭，慢慢想了起來。「妳是說把我爸爸期中考考卷釘在公布欄的那一個，對嗎？」她說道，「所以他永遠不會忘記突破自我的歷程。」

「沒錯，就是這一個！」

「有時候，妳的熱情需要付出努力，不能因為它有難度就放棄……」她擺出歐文的語氣，模仿他講話。「小朋友，有時候，就是得要再努力一點才能進步。」

「沒錯，對，就是他。我記得他的名字是托比亞斯，但我得要知道他的全名。拜託告訴我，妳還記得那名字。」

「貝莉，反正，可不可以回想一下？」

「他有時候講到教授時候是稱呼姓氏，從他姓氏演變的某個綽號，不過開頭是個J……對吧？」

「有可能，我不知道。」

「不對，我想不是……是『廚師』（Cock）……爸爸喊他『廚師』，所以姓氏應該是庫克爾，」她說道，「或者是庫克曼？」

我微笑，差點失聲大笑。她說得沒錯，一聽到她說出來我就知道了。真是幸好，我根本想不起來。

「是什麼這麼好笑？」她說道，「妳嚇死我了。」

「沒事，很好，我就是要知道這個，」我說道，「妳回去睡覺吧。」

我打開手機，把他的名字輸入搜尋引擎，會有多少個名叫托比亞斯・庫克曼教的是大學程度的數學課？而且專門研究規範場論與全局分析？

我找到了一個，教的是純粹數學，教學生涯擁有數十項榮譽與獎項的某位教授，從跳出來的那些照片看來，一臉壞脾氣的模樣就與歐文以前描述的一模一樣。佈滿皺紋的額頭，眉心間有一道垂直深痕，而且，也不知道為什麼，他在多張照片中總是穿著紅色牛仔靴。

托比亞斯・「廚師」・庫克曼教授。

他從來沒有在普林斯頓大學工作過。

不過，在過去這二十九年當中，他一直是德州大學奧斯汀分校的老師。

這是科學，難道不是嗎？

這一次我們搭計程車。

貝莉盯著自己的雙手，眼睛眨也沒眨一下，驚駭程度非同小可。我也天旋地轉，努力要讓自己穩住。當某名私家偵探查知妳先生的名字其實不一樣，他的人生細節也完全不一樣的時候是一回事；但萬一最後的結果是——如果歐文的確上過這位庫克曼教授的課——那就成了我們的第一個證據，真實的證據，歐文對於自己的人生真相撒謊，那就是另一回事了。這是確認我直覺無誤的第一個證據，他的過往，歐文的真正過往，不知是什麼原因，起點與終點都是在奧斯汀。我們越來越接近真相，感覺像是一場勝利，不過，當真相帶你進入的是你不想進入、沒有把握的地方的時候，就難以確定自己是否想要打贏這一場仗。

計程車停在自然科學院——與我自己以前就讀的文學院、校園，以及宿舍的總腹地相比，這一大群建物都雄偉多了，而且幅員更加遼闊。

我轉頭看著貝莉。她正在凝視這些建物——縈繞周邊與其中的閒適綠意。

我們雖然面臨艱難，但眼見這樣的景色，還是很難不留下深刻印象，尤其是當我們下了車，開始穿過這一片綠意，經過通往數學系的小橋的這段路程。

那棟建物是德州大學數學系、物理系，以及天文系的大本營，榮譽牆驕傲展示了這裡每年孕育出數百名全美科學與數學系的畢業生，而且這裡也是諾貝爾獎、沃爾夫獎、阿貝爾獎、杜林獎，以及菲爾茲獎等獎項得主的搖籃。

其中也包括了我們這位菲爾茲獎得主，庫克曼教授。

我們搭乘電扶梯上樓，前往他的辦公室，看到了庫克曼教授的巨大海報，同樣的皺紋，還有同樣的眉心垂直深痕。

這是海報上的宣傳字詞：德州科學家改變世界。上面還列出了庫克曼教授的某些研究領域以及獲獎獎項。菲爾茲獎得主，入圍沃爾夫獎決選名單。

我們到了他辦公室門口，貝莉準備好歐文的照片，這是我們兩人在德州所能找到的最古老照片——期盼庫克曼教授願意看個仔細。

那張照片是十年前拍的，在她第一次學校話劇演出之後、歐文緊摟著她。貝莉依然穿著戲服，而歐文則是一臉驕傲、伸出雙臂抱住她的肩頭。貝莉的臉幾乎要被他送的大把花束給蓋住了——非洲菊、康乃馨，以及百合，那花束比她的身體還龐大。貝莉的燦爛笑容從花朵縫隙之間露出來，

歐文盯著鏡頭，開心大笑。

看到這張照片，尤其是當我放大檢視歐文的時候，簡直逼得我無法細看。他的雙眸明亮生動，宛若人就在此，宛若他的人真的可以來到這裡。

我們走進去，發現辦公室外區的某張辦公桌那裡坐了一名研究生，我在這時候努力給了貝

莉一個加油的微笑。此女子戴著黑色細框眼鏡，專心盯著一疊厚厚的學生報告、批改分數。她沒有抬頭，也沒有放下手中的紅筆，但是卻清了一下喉嚨。

「有什麼需要我幫忙的地方嗎？」她那語氣彷彿像是萬萬不想講出這句話一樣。

我回她：「我們希望可以見一下庫克曼教授……」

「看得出來，」她問道，「為什麼？」

貝莉開口：「我爸爸以前是他的學生……」

「他在上課，」她說道，「而且，妳們需要先預約。」

「當然，不過貝莉是想要向妳解釋，她也想要成為德州大學的學生，就像她爸爸一樣。還有，註冊部的尼倫・席孟森建議她今天應該要去上庫克曼教授的課。」

她抬頭，「註冊部的誰？」

「尼倫啊？」我努力要讓她相信我剛剛編出的這名字確有其人，「他說要是『廚師』沒辦法說服貝莉來這裡就讀的話，也沒有其他人辦得到了，他覺得她今天應該要去上他的課。」

她挑眉，我講出教授的綽號堵住了她的嘴，讓她相信了我的說詞。

「好，現在課上了一半，要是妳們想要聽剩下的部分，我想我可以帶妳們過去……」

「太好了，」貝莉說道，「謝謝。」

她翻白眼，沒興趣搭理。「那就走吧。」

我們跟著她後頭，離開辦公室，下了好幾層樓梯，最後到達了某間大教室。

「妳們等一下走進去的時候，會進入教室的前門，」她說道，「千萬不要停下腳步，也不要盯著庫克曼教授。直接往前走階梯到教室的最後面，知道嗎？」

我點點頭，「沒問題。」

「只要妳們打斷他授課，他會請妳們離開，」她說道，「沒騙妳們。」

她開了門，我正打算要謝她，她卻把手指貼在唇上，叫我安靜。

「我剛剛是怎麼說的？」

然後，她就離開了，關上門之後，把我們留在裡面。

我們盯著關上的門，依照她的指示照做。走上階梯、前往教室後頭的時候，我的目光直視前方，兩旁是塞滿教室的八十多名學生。

我們到達後面，我伸手指向貼牆的某個位置，想要讓我們盡量保持低調。這時候，我們才轉身面對整間教室。

庫克曼教授站在前頭，面前是一座小型講台。現在親眼看到本人，他年約六十歲，雖然他穿上了似乎增高了好幾公分的紅色牛仔靴，但身高最多就是一米五多一點。

每一個人都緊盯著他，全神貫注。沒有人在跟鄰座講悄悄話，沒有人在查看電郵，也沒有人在發送簡訊。

當庫克曼教授轉身在大黑板寫東西的時候，貝莉朝我挨過來。

「尼倫．席孟森？」她低聲說道，「妳剛才瞎編的哦？」

我回她：「我們不就是坐在這了嗎？」

「是啊。」

「所以這很重要嗎？」

我本來以為我們講話夠小聲，但卻引來後座的某人回頭盯著我們。更糟糕的是，庫克曼教授不再寫黑板，也跟著轉頭。他怒氣沖沖盯著我們，全班的目光也飄了過來。

我一陣臉紅，趕緊低頭，他不發一語，但目光也沒有離開我們，足足有一分鐘之久，感覺比實際更漫長的一分鐘。

感謝老天，他的注意力終於回到了黑板，繼續講課。

我們默默觀察教室裡的其他人，不難看出大家聽庫克曼教授的課為什麼會這麼認真。雖然他是這種身材，但表現卻令人驚豔。他的講課風格宛若在表演，讓學生們看得目眩神迷。也許，也把他們嚇得一愣一愣的。他提問時只會叫那些沒舉手的學生，要是他們知道答案，庫克曼就別過頭去，完全沒有表示回應。要是學生不知道答案，他就會一直盯著這名令人惱怒的學生，直到對方渾身上下不自在為止，有點像是他剛才看我們的那種方式，到了這時候，他才會點其他的學生。

他在黑板上寫下最後一個等式之後，宣布下課，大家可以解散。全班學生蜂擁而出，我們也下階梯，走向他的位置，他站在他的書桌旁邊，正在收拾他的郵差包。

他好像沒看到我們一樣，繼續整理他的文件，不過，他開口了。

「妳們是習慣打擾別人上課嗎？」他問道，「或者我應該要把自己當成特例？」

「庫克曼教授，」我說道，「很抱歉，我們不是故意要讓你聽到我們講話。」

「妳覺得這樣講會比較好嗎？還是雪上加霜？」他問道，「妳們到底是誰？來我班上做什麼？」

「我是漢娜．赫爾，這是貝莉．麥可斯。」

他的目光在我們之間來回梭巡，想要尋索更多線索。「嗯。」

「我們在找你以前某個學生的資料，」我說道，「我們希望你願意幫忙。」

「我幹嘛要幫忙？」他說道，「尤其是打斷我上課的年輕女生？」

我回他：「能幫上這個忙的恐怕只有你了……」

他緊盯我的雙眸，彷彿這是他第一次仔細端詳我。我向貝莉伸手示意，她趕緊把自己的手機交給了庫克曼教授，螢幕出現的是她與她爸爸的合照。

他把手伸入襯衫口袋，取出眼鏡，專心盯著手機。

「這張照片裡站在妳旁邊的男人嗎？」他詢問貝莉，「他是我教過的學生？」

她點點頭，但依然不說話。

他側頭，細細觀察照片，彷彿在努力回想，我想辦法要喚起他的記憶。

「如果我們沒弄錯他的畢業年份，那麼他就是在二十六年前修過你的課，」我說道，「希望你也許還記得他的名字吧？」

「妳們知道他在二十六年前修過我的課？」他問道，「而妳們卻不知道他叫什麼名字？」

「我們知道他現在的名字，但我們不知他的真名，」我回他，「說來話長。」

「我有時間可以聽簡短版。」

「他是我爸爸……」

這是貝莉第一次開口，這句話讓他愣住了，他抬頭，與貝莉四目相接。

他問道：「妳們是怎麼追到他與我有關？」

我望向貝莉，想知道她是否打算要回答，不過，她又陷入沉默，而且臉色疲累，對十六歲的人而言也太過疲憊了。她抬頭看著我，向我示意，就讓我接手吧。

「我先生對於自己的人生……編造了一堆虛假細節，」我說道，「不過，他的確告訴我們有關你的故事，你對他所產生的影響力，他對你充滿開心回憶。」

他又低頭看照片，我覺得當他盯著歐文的時候，眼中閃動一抹亮光。我望向貝莉的時候，我知道她也覺得看到了同樣的光芒。但話說回來，這是我們在一廂情願罷了。

「他現在的名字是歐文・麥可斯，」我說道，「不過，當他以前是你學生的時候，使用的是另一個名字。」

他問道：「他為什麼要改名字？」

「這就是我們想搞清楚的事。」

「好，這些年來我教了許多學生，我應該是不認識他。」

「我們很確定他是在你任教的第二年修的課，不知道這一點是否能有所幫助。」

「也許妳的記憶力與眾不同，但就我的經驗來說，越久遠的事越記不住。」

我回道：「就我最近的經驗看來，其實差不多。」

他微笑，打量我。他可能看得出來我們正在承受的煎熬，因為他的語氣變得柔和多了。

「抱歉，沒辦法幫更多的忙……」他說道，「也許試試註冊組那裡吧，應該可以帶引妳們找到正確方向。」

貝莉問道：「那我們要問他們什麼？」

她拚命讓語氣保持平和，但我看得出來，她的怒火蠢蠢欲動。

他問道：「抱歉？」

「我只是要說，如果他們有歐文．麥可斯這個學生的檔案，但以前也是別的名字啊？」她繼續問道，「顯然早在許久之前人間蒸發的這個人，我們要怎麼問他們？」

「嗯，對，妳沒說錯，他們恐怕是沒有辦法依照那種條件幫忙……」他說道，「但這真的不是我的專長。」

他把貝莉的手機還給她。

他說道：「祝兩位好運了。」

然後，他把包包揹到肩上，準備走向出口。

貝莉盯著回到她掌間的手機，面色恐懼——恐懼又絕望——庫克曼教授即將走人，而歐文則逃往天涯。我們以為我們越來越接近，我們找到了歐文的教授，終於找到了他，但現在卻感覺歐文越來越遠。這應該算是我大聲叫住庫克曼教授、不願就這麼放他走的原因吧。

我說道：「我先生是你教過的程度最差的學生。」

庫克曼教授停下腳步，不但停下腳步，還轉身，再次面向我們。

「妳剛剛說什麼？」

「他老愛講當年他修你的課的時候有多麼生不如死，為了期中考拚命苦讀之後，你告訴他，你要把他的考卷裱框放在自己的辦公室，作為日後學生的借鏡。不是那種努力成功的示範，其實比較像是，至少我的程度不像他那麼糟。」

他安靜不語，我繼續講個不停，填補這一段空白。

「也許你每年都會這樣對待某個學生，尤其是自從你這麼早就留下了他的不及格證據，而且說真的，在那個時候有誰能比他差？但這一招對他很管用，他相信你。這件事並沒有讓他心生挫敗，卻讓他想要更加努力，向你證明他自己。」

他依然不講話。

貝莉拉住我的手臂，彷彿這是她的習慣動作一樣，她想要把我拉回去，讓他走人。

「他不知道，」她說道，「我們該走了。」

她的態度出奇平靜，也不知道為什麼，與我剛才認為她要失去機會的時候相比，我覺得她這種態度更令人傷感。

庫克曼教授雖然明明馬上就可以脫身，卻在這時候停下腳步。

他說道：「我真的有裱框。」

貝莉問他：「什麼？」

「他的考卷，我真的有裱框。」

他開始朝我們走來。

「那是我開始教書的第二年，比那些孩子沒大多少，我想要證明自己的權威。我太太最後叫我取下那份考卷，丟了。她說，不管是哪個學生，保存對方慘不忍睹的期中考考卷，實在是太惡劣的舉動了。一開始的時候，我並不這麼想，她比我敏銳多了。我把那東西裱框之後，放了好長一段時間，我的其他學生都嚇得半死，果真達到目的。」

我問道：「沒有人想要跟他比爛？」

「就連我告訴他們這學生之後的表現有多麼優秀，他們還是這麼想。」

他伸手向貝莉要手機，她交給了他，他努力回憶片段，我們都對他緊盯不放。

「妳的父親，」他問道，「是做了什麼事？」

這問題直接丟給貝莉。我本來以為她會簡單交代「工作坊」的狀況以及與艾維特．湯普森一起工作的事——然後說我們還不知道真相的其他部分。我們不知道他在這起詐騙案中的角色，或是他為什麼因此拋下我們在這裡努力拼湊真相，這些難以令人置信的真相。不過，她卻搖搖頭，對他講出了歐文最惡劣的行為。

她說道：「他對我撒謊。」

他點點頭，彷彿這句話就夠了。

庫克曼教授，名字為托比亞斯，綽號「廚師」，得到獎項肯定的數學家，我們的新朋友。

他說道：「跟我來。」

某些學生就是比其他的優秀

庫克曼教授帶我們回到他的辦公室，他煮了一壺咖啡，還有負責看管他辦公室的那名研究生雪兒，現在的態度也遠比之前殷勤。她打開了庫克工作台上的好幾台電腦，另一名研究生史考特也在此時開始整理庫克的檔案櫃——兩人的動作超級俐落。

雪柔忙著將歐文的某張照片下載到教授的筆記型電腦裡面，而史考特則在這時候取出了一個厚重的檔案，將櫃門砰一聲關上，然後又走回了辦公桌前。

「你這裡的考卷只保留到二〇〇一年，這裡是二〇〇一年到二〇〇二年的所有考卷。」

「那你幹嘛拿這些給我？」教授說道，「我要這些東西做什麼？」

史考特嚇得不敢說話，雪兒此時把庫克曼教授的筆記型電腦放在他的書桌桌面。

「現在去檔案室裡面找檔案櫃，」他說道，「然後打電話給註冊組要一九九五年課堂的學生名冊，一九九四年與一九九六年的也要，確保萬無一失。」

史考特與雪柔背負任務，離開辦公室，「廚師」面向自己的筆記型電腦，歐文的面孔佔據了整個螢幕。

「可否請教一下，」他問道，「妳父親惹了什麼麻煩？」

貝莉回道：「他在『工作坊』工作。」

「『工作坊』？」他問道，「艾維特．湯普森犯下的勾當？」

「沒錯，」我回道，「大部分的程式都由他負責。」

他面色困惑，「寫程式？真令人意外。如果妳父親跟我教的那個學生是同一個人，那麼，他比較有興趣的是數學理論，他想要在大學工作，期盼在學術界發展，其實，寫程式並非這領域的正常發展結果。」

我差點脫口而出，這可能就是他之所以走上這一行的原因。這是一種隱身法，躲藏在與自己有興趣的領域相近的某個領域，但兩者之間的相隔距離已經不會讓任何人起疑、在原有的領域發現他的蹤影。

教授問我：「警方已經宣布他是嫌犯了嗎？」

「沒有，」我回道，「警方沒有宣布。」

他問貝莉：「反正，我想妳關心的只是找到妳父親吧。」

她點點頭，「廚師」的注意力又回到我身上。

「又怎麼會扯出改名換姓？」

「這正是我們想要釐清的重點，」我說道，「他可能在『工作坊』之前就惹了麻煩，我們並不清楚。我們只知道他告訴我們的細節有矛盾，並不符合……」

「真相？」

我回道：「沒錯。」

然後，我面向貝莉，想要知道她面對狀況的反應。她回望我，彷彿在對我說，沒關係。其實倒不是說出了這種事她沒關係——不過，對於我要努力追查真相，應該是承受得住。

庫克曼教授盯著電腦螢幕，一開始的時候沒說話。「妳們完全沒印象，但我的確記得他，」他說道，「但我記得那時候他頭髮比較長，也胖多了，跟現在很不一樣。」

我問道：「但不能說是完全不像吧？」

「對，」他回我，「不能說是完全不像。」

我開始思量——努力想像符合庫克曼教授所描述的歐文行走江湖的模樣，努力想像以他人身分行走江湖的歐文。我端詳貝莉，在她的臉龐、在她皺眉面容中也看到了那種思緒，她懷抱著跟我一模一樣的心情。

庫克曼教授闔上筆記型電腦，在書桌前傾身，面向我們。

「好，我不敢說自己能夠想像遭逢這種狀況會是什麼感覺，不過，我可以這麼說，妳們姑且聽之，在我多年的教學生涯當中，我得到了某種領悟，每當我遇到這種時刻的時候、最能夠讓我得到平靜的一段話。源於愛因斯坦的某個理論，所以如果用德文講出來會更有張力。」

貝莉回他：「您還是用英文說好了……」

「愛因斯坦說過，有關真相的數學理論，它們並不可靠；而有關可靠的事物，它們與真相無關。」

貝莉側著頭，「教授，我還在等你講英文……」

他說道：「其實，這段話的意思就是我們根本什麼屁都不知道。」

貝莉笑了——雖然是淺笑，卻是真誠的笑容——這是她這幾天以來的第一次大笑，她在這一切爆發之後的第一次大笑。

我好感激庫克曼教授，差點跳過桌子去擁抱他。

我還來不及這麼做，史考特與雪兒已經回到了辦公室。

「這是一九九五年春季班的名單。在一九九四年的時候，你帶兩堂大四的研討課，而在九六年的時候你只教碩士班。九五年春季班的時候你教大學部，所以那學生一定是在這一班。」

雪兒得意洋洋，交出了那份名冊。

「該班共有七十三個學生，」她說道，「第一天本來有八十三個，但後來有十個退選，就折損率來看，這相當正常。我想，你應該不需要那十個退選學生的名字吧？」

他回道：「不需要。」

「我也這麼覺得，所以我就直接拿來給你了。」她的語氣儼然像是自己發現了比原子更小的物質。就我看來，的確是。

當庫克曼教授端詳名冊的時候，雪柔面向我們。「名單上沒有歐文，更沒有麥可斯。」

他說道：「不意外。」

庫克一直盯著那名冊，但是卻搖搖頭。

「抱歉我不記得他的名字，」他說道，「我當初把他的考卷裱框，一直掛在我辦公室上方，妳一定覺得我應該記得他的名字。」

我回他：「畢竟是多年前的事了……」

「不過，要是我能夠想起來的話，就可以幫上大忙，但這些名字實在沒辦法讓我回想起任何記憶。」

庫克曼教授把名單交給我，我充滿感恩立刻收下，以免他等一下反悔。

「七十三個名字當然比十億個名字更容易處理，這比不知從何著手的狀況好多了。」

庫克曼說道：「假設他是其中一個的話。」

「對，前提是這假設成立。」

我目光低垂，望著那份印出的名單，那七十三個名字也回盯著我——其中五十個是男性。

貝莉也在我背後凝望那份名單。我們必須找到可以盡速釐清的方法。現在，我抱持的希望濃厚多了，我們有起點可以著手，有一份等待篩選的名單，而歐文就在裡面，這一點我很篤定。

「我們感激萬分，」我說道，「謝謝。」

「不客氣，」他回我，「希望幫得上忙。」

我們起身準備離開，庫克曼也站起來。他今天沒有什麼特別的事。他現在已經栽了進來，想要挖出更多真相。他似乎想要知道歐文以前是哪一個學生，怎麼會走到這步田地——雖然也不知道他現在人到底在哪就是了。

我們準備要朝辦公室大門走去的時候，庫克曼攔下我們。

「我很想要告訴妳們……我不確定他現在怎麼了，但我可以告訴妳們，以前他是個很不錯的孩子，也很聰明。我的記憶開始變得混雜，但我記得早年的一些學生，也許是因為我們在一開始的時候都比較認真。但我真的記得他，我記得他是個非常好的孩子。」

我轉身面向他，聽到有關歐文的事，感覺像是我認識的那個歐文的二三事，我心存感激。

他微笑，聳肩。「那一場考得亂七八糟的期中考，也不能全算是他的錯。他只是太迷戀班上的某個女生，他不是唯一的一個，幾乎全班男生都喜歡她，她非常傑出。」

聽到這段話，我的心跳都停了。貝莉也轉頭望向庫克曼教授，我幾乎可以感受到她的反應，瞬間忘了呼吸。

歐文告訴我們有關奧莉薇亞、不斷津津樂道的少數故事之一，也是貝莉對母親僅存的少數回憶之一，就是她父親是在大學的時候愛上了奧莉薇亞。他說當時他們是大四生——她住在隔壁的公寓。那也是謊言嗎？為了避免追蹤到真正過往而改變的枝微末節？

貝莉問道：「她……算是他女朋友嗎？」

「很難說。畢竟我之所以記得她，是因為他辯稱他學業之所以慘不忍睹都是因為她，還寫了一封長信跟我據理力爭。我告訴他，要是他的課業沒有進步，那麼我要把那封信放在他的裱框期中考考卷旁邊。」

貝莉說道：「好丟臉。」

他說道：「顯然這一招也是奏效。」

我低頭看名單，掃視所有女學生的姓名，總共有二十三個。我找尋奧莉薇亞，但是並沒有。不過，話說回來，我得要找到的那個人可能並不叫做奧莉薇亞。

「我知道這要求是過分了，但您是否記得她的名字？那女學生的名字？」

他說道：「我只記得她是比妳先生優秀的學生。」

我說道：「不是大家都比他厲害嗎？」

庫克曼教授點點頭，「對，這樣說也沒錯。」

十四個月之前

歐文問道：「所以當個已婚女人的感覺怎麼樣？」

我反問：「當個已婚男人的感覺呢？」

我們坐在「法蘭西斯」裡面，卡斯楚區的某間氣氛怡人的餐廳，面前的農莊桌是我們小型婚宴的地點。當天一開始是我們在市政廳結婚，我身穿白色短洋裝，歐文戴了領帶，還穿上全新的匡威運動鞋。而最後則是剩下我們兩個，一直混到了午夜——我們喝完香檳，脫了鞋子，因為我們邀請的少數客人早已離開了。

茱莉絲有來，還有幾個歐文的朋友——卡爾與派蒂，還有貝莉。當然，一定有貝莉。她對我展現難得一見的寬容大度，她準時到達市政廳，而且還一直待在餐廳、等到我們切完蛋糕。她準備到她朋友柔莉家過夜之前，還給了我一個微笑。我希望這表示她至少對於當天還覺得開心。不過，我知道她還算開心的原因應該是歐文讓她喝香檳。

反正，我就當自己這一次勝出吧。

「當已婚男人的感覺超棒，」歐文說道，「但我不知道我們今晚該怎麼回家就是了。」

我哈哈大笑，「這問題不嚴重。」

「的確，」他說道，「就問題來說，這真的不嚴重。」

他伸手拿香檳，斟滿自己的酒杯，也斟滿了我的杯子。然後，他移開自己的椅子，坐在我後面，我貼住他，深吸一口氣。

他說道：「我們拖磨了好久才有第二次約會，當時妳讓我開車載妳去吃晚餐都不肯。」

「我倒是不知道，」我說道，「其實那時候我就已經喜歡上你了。」

「妳展現感情的方式真獨特，那一晚過後，我連是否還有機會見到妳都不確定。」

「哦，你當時問了我一堆問題。」

「我有很多事情想知道。」

「全部集中在一個晚上？」

他聳肩，「我覺得我必須要從那些有緣無分的男人們身上記取教訓……」他繼續說道，「我覺得那是我不要成為其中一員的最佳機會。」

我把手往後一伸，撫摸他的臉頰——起初是用我的手背，然後改為掌心。

我說道：「你跟他們天差地遠。」

「我想這應該是別人對我說過最棒的一句話了。」

我回他：「我講的是真話。」

這的確是真的。歐文與他們天差地遠，打從第一天開始，我們在工作坊的第一次相遇，感覺就是如此，但現在不只是感覺而已，他早就證明了自己與他們天差地遠。不只是因為與他的相處輕鬆自在（但真的一直如此）或是與他在一起之後、產生了以往談戀愛時從未體會的深刻感。也不只是因為我們對彼此的了解是那種與某人相處已久的幽微默契、或者其實根本尋覓不到的那種方式——只要一個眼神，就可以看出對方需要什麼：應該要離開這場派對了，應該要來牽我的手了，應該要給我呼吸的空間了。

那是這一切的一小部分，也是比這一切更為龐大的某種感覺。當你在苦等一生的那個人的身上發現它的時候，該怎麼解釋呢？你會將它稱之為命定嗎？這樣的稱呼似乎太懶惰，其實那比較像是找到了家——妳暗自期盼的某個地方，某個想像之地，但自己從來沒有遇過的那種境界。

家。當妳不確定自己是否能夠擁有它的時候，它出現了。

這就是他對我的意義，他就是這樣的人。

歐文拉起我的手掌、湊到他嘴邊，握住不放。「好……妳要不要回答我的問題？成為已婚女子，」他說道，「感覺怎麼樣？」

我聳肩，「還不確定，」我回他，「現在論定太早了。」

他哈哈大笑，「好，妳講得很對。」

我喝了一小口香檳之後也跟著大笑。我忍不住，覺得好幸福，我就是……真的好幸福。

他說道：「這樣一來，妳還有一些時間可以做出定奪。」

我問道：「像是我們的下半輩子嗎？」

他回我：「我希望可以比那更長久……」

如果妳嫁給了畢業舞會之王……

七十三個名字，有五十個是男性。

其中一個有可能是歐文。

我們腳步急快，穿越校園，前往研究圖書總館，雪兒告訴我們那裡很可能就是收藏年鑑的地方。如果我們能夠親自翻閱歐文就讀德州大學期間的年鑑，那麼很可能就會成為盡速釐清這份名單的關鍵。這些年鑑不只提供了學生姓名，而且也有照片。如果歐文在校的時候，除了數學考不及格之外還做了其他的事，那麼應該也很有機會從中挖出他年輕時的照片。

我們進入了佩里．卡斯塔涅達圖書館，這地方超大——書籍、地圖、卡片、電腦室足足佔滿了六層樓——然後前往研究圖書館櫃檯。圖書館員告訴我們必須申請才能借出置於後方的年鑑資料，不過，我們可以利用圖書館電腦查詢檔案。

我們到了二樓的電腦室，幾乎沒什麼人，然後，我們坐在角落的兩台電腦前面。我點選了歐文的大一與大二的年鑑，而貝莉則負責大三與大四的年鑑，我們肩並肩，根據庫克曼教授那一班的名冊，依照姓氏字母順序逐一尋找。我們的一號候選人：約翰．阿博特，來自馬里蘭州巴爾的摩。我是在滑雪俱樂部的某張粗粒照片發現了他。照片中的他與歐文不是很像——粗框眼鏡，落腮鬍——不過，光是憑據那一張照片，很難就把他完全排除在外。我們在谷歌搜尋他的名字，出現了太多的資料，不過，當我與滑雪俱樂部照片進行交叉比對的時候，我發現約翰·阿博特（巴爾的摩人，德州大學奧斯汀分校的畢業生），現在與他的伴侶及兩名小孩住在亞斯本。

至於名冊接下來的那幾名男學生，排除他們的可能性就容易多了：其中一個是一百五十二公分，而且是一頭紅色捲髮，另一個一百九十三公分，是住在巴黎的專業舞者；而下一個目前住在檀香山，準備要參選參議員。

當我們進行到E的時候，我的手機響了，來電者顯示的姓名是家。在那一瞬間，我覺得是歐文。歐文回到家裡，打電話告訴我們，他已經解決了一切，我們必須要立刻回家。所以，他才能夠向我們解釋那些不合理的情節。他到底去了哪裡？在我認識他之前的身分為何？為什麼丟下這一切就跑了？

不過，打電話來的人不是歐文，而是茱莉絲。

茱莉絲要回覆我之前在酒店酒吧所傳的那封簡訊，我請她幫忙去我家一趟，找出那只撲滿。

我接起電話，她劈頭說道：「我在貝莉的房間。」

我問道：「有沒有人在外頭？」

「應該沒有。我沒有在停車場看到奇怪的人，船塢區也沒有人。」

「可否請妳在我家的時候拉上百葉窗？」

她回我：「已經拉好了。」

我瞄了一下貝莉，希望她忙著查年鑑而沒注意到我。但我發現到她在打量我，等著要知道這通電話的重點，也許抱存著一線希望，這通電話可以讓她回到她父親的身邊。

「妳說得沒錯，」茱莉絲告訴我，「側邊的確有寫『保羅小姐』。」

當然，她沒有說那是什麼。她沒說她跑去我們家找撲滿——貝莉的撲滿——但就算她大聲說出來也沒什麼大不了。

我之前沒想到。歐文遺囑最後一頁下方的那一行小字，列出了遺產管理人，L・保羅。那也是貝莉房間裡那只藍色撲滿側邊的名字——保羅小姐——黑色字體，就在蝴蝶結下面。當我們疏散的時候，歐文隨身攜帶的同一只藍色撲滿，我在半夜酒吧吧檯看到放在他身邊的那一個。當時我為了他的多愁善感而哽咽，但我大錯特錯，他之所以會帶著那只撲滿，是因為那是他必須要好好保護的物品。

「不過有個小麻煩，」茱蒂絲說道，「我沒辦法打開。」

「妳說打不開是什麼意思？」我說道，「用鎚子敲開就是了。」

「不，妳有所不知，這個撲滿裡面還有一個保險箱，」她說道，「是不鏽鋼製品，我打算找一個會破解保險箱的人，有沒有什麼想法？」

我回道：「一時之間想不出來。」

「好，我來處理，」茱蒂絲回我，「不過，妳有沒有看妳的新聞摘要？他們已經起訴了喬丹・馬佛里克。」

喬丹是「工作坊」的營運長，艾維特的二號副手，也是歐文在公司的營運部門搭檔。他剛離婚，有時會待在我們家，我邀請茱莉絲過來一起吃晚餐，希望他們可以看對眼。結果並沒有，她覺得他很無聊。我覺得可能是還有比無聊更糟糕的缺點吧——或者我當初可能就是沒看出他的這一面。

「我要向妳鄭重聲明，」她說道，「不要再幫我作媒了。」

我回她：「知道了。」

要是換作其他時刻，這段插曲鐵定會慫恿我開玩笑詢問她，她的同事麥克斯是否就是她對撮合不感興趣的另一個原因。不過，在這種時候，我只會想到麥克斯對於歐文的事有內線消息，他是有可能幫忙我們的人。

「除了喬丹之外，麥克斯還有沒有聽到其他消息？」我問道，「有沒有聽說歐文的任何風聲？」

貝莉側頭面向我。

「沒有什麼特別的消息，」她說道，「不過，他在聯邦調查局的消息人士透露，那套軟體剛好可以用了。」

我問道：「這是什麼意思？」

其實我可以猜到那是什麼意思。表示歐文很可能本來覺得自己已經脫離困局，以為自己被迫生出的應變計畫可以再次延後；表示當茱蒂絲打電話給歐文，通知他們即將發動奇襲的時候，他不敢置信。不敢相信馬上就要安全過關的時候，卻得立刻面臨被抓的下場。

「麥克斯正在傳訊給我，」茱莉絲說道，「等我找到破解保險箱的人，我再打電話給妳好嗎？」

「我猜妳萬萬沒想到會說出麥克斯在傳訊給妳吧。」

她哈哈大笑，「真的呢。」

我向她道別，然後面向貝莉。「是茱莉絲，」我說道，「我請她去家裡找東西。」

她點點頭，沒有問我是否有她父親的消息，她知道如果我有什麼線索的話一定會告訴她。

我問道：「有任何進展嗎？」

「我現在查到了H，」，她說道，「還沒找到。」

「已經到了H，進展神速。」

「對，除非他不在名單裡面。」

我的手機又響了。本以為是茱莉絲再次來電，但卻是我不認識的號碼——開頭五一二的區域碼，來自德州。

她問道：「是誰？」

我搖搖頭表示我不知道。然後，我接了電話，另一頭的女子已經老早就開口，我正好聽到她下半段的話，顯然她以為我一直有在聽。

「練習賽，」她說道，「我們也應該把它們算進來才是。」

「請問是哪位？」

「我是艾麗諾．麥克葛文，」她說道，「聖公會教會。關於妳繼女參加的那場婚禮，我想我找到了答案。蘇菲是我們的某位老教友，她有個兒子在德州大學奧斯汀分校踢美式足球，她從來不曾錯過任何一場比賽。剛才她在這裡，幫我準備新成員早餐，我突然想到，也許我可以詢問她，不知道我是否有什麼疏漏。她說在那一年的夏天，長角牛有一系列的隊內練習賽。」

我的呼吸哽在喉嚨裡，「是在球場裡舉行嗎？」我問道，「就像是球季的正規賽一樣？」

「就像是球季的正規賽一樣。通常也會塞滿了觀眾，大家會進場，就像是真正的比賽一樣，」她說道，「我不是什麼橄欖球球迷，所以一開始的時候也沒想到。」

我說道：「妳會想到要問她，真是太厲害了。」

「哦，應該吧。接下來的這一個部分就是真的厲害了。我交叉比對了我們的開放時間與正規賽日期，我們在二〇〇八年球季最後一場練習賽的時候，正好有場婚禮。很可能是妳繼女參加的那一場，妳手邊有筆嗎？妳應該要把這筆資料寫下來。」

艾麗諾很自豪，她的確當之無愧。她可能找出了與歐文的某種關聯——歐文畢業了那麼久之後、那個週末在奧斯汀做些什麼，還有為什麼貝莉會和他在一起。

我說道：「我準備好了……」

「那是雷耶斯與史密斯的婚禮，」她說道，「我這裡有婚禮的全部資料，婚約禮拜是在中午舉行，婚宴是在另外的地點，但沒有標提到是在哪裡。」

「艾麗諾，太棒了，真不知道該怎麼感謝妳才好。」

「不客氣。」

我把手伸到貝莉面前，拿起庫克曼教授的學生清冊，有了，雖然沒有雷耶斯，但是有一個史密斯。

凱瑟琳，凱瑟琳．史密斯。我伸手指向她的名字，貝莉立刻在年鑑索引迅速輸入這個名字，凱瑟琳．史密斯出來了，史密斯，凱瑟琳，她名字資料筆數足足有十頁。

也許他們曾經是朋友——或者她曾經是歐文的女友，庫克曼教授記得的那一位。然後，歐文到這裡參加凱瑟琳的婚禮，他帶家人回到這裡幫忙老友慶祝。也許要是我能夠找到她的話，她就可以向我們透露歐文以往身分的線索。

「艾麗諾，新娘的名字是凱瑟琳吧？」

「不，不是凱瑟琳，我看看。新娘的名字是安德莉亞，」艾麗諾說道，「還有……對，找到了，安德莉亞．雷耶斯與查理．史密斯。」

居然不是凱瑟琳本人，我覺得好洩氣。不過，也許她是查理的什麼親戚吧，這樣依然算是有連結。我還來不及複述給貝莉聽，她已經點入以辯論社與社長凱瑟琳．「凱特」．史密斯為主的某個頁面。

照片出來了。

那是整間辯論社的團體照。他們坐在某間老派小酒吧的吧檯凳，那裡比較像是雞尾酒俱樂部，而不是傳統的酒吧：木椽、一大片磚牆，波本酒瓶宛若禮物一字排開。吧檯上面有一排燈籠，照亮它們後頭上方的那些深色酒瓶。

那張照片下方的圖說：辯論社社長凱瑟琳．史密斯在她家族經營的酒吧：永不禁酒，與社員歡慶贏得全國冠軍，由左至右是……

「不會吧！」貝莉驚呼，「婚宴的地點，很可能就是那間酒吧！」

「妳在說什麼？」

「我本來什麼都沒說，不過，昨晚我們在木蘭花餐館的時候，妳問了我那些問題，我記得自己參加婚宴的地點是某間酒吧，」她說道，「或者，比較可能的是某間比較小的餐廳。但我覺得時間已經很晚了，我只是隨便亂想……什麼都好……所以我就覺得算了，連提都沒有提。不過，照片裡的這間酒吧，『永不禁酒』，看起來就像是那間酒吧。」

我蓋住手機的送話口，低頭望著貝莉，她興奮指著那張照片，神情簡直是不可思議。她特別點了一下角落的留聲機，某種詭異證據。

「不騙妳，」她說道，「就是那間酒吧，我認得。」

「那種酒吧有百萬間之多。」

「我知道，但我記得奧斯汀的有兩件事，」她說道，「酒吧是其中一個。」就在這時候，貝莉放大照片，辯論社社員的臉不再那麼模糊，凱瑟琳的臉龐線條也越來越分明，我們都安靜不語，酒吧再也不重要了，其實，歐文也不重要了。

重要的是那張面孔。

那照片與我所認知的貝莉母親——更重要的是，貝莉知道那是她母親的奧莉薇亞——並不相符。有一頭紅髮與小女孩雀斑的奧莉薇亞，長得有點像我的奧莉薇亞。

不過，回望著我們的女子——名叫凱瑟琳．「凱特」．史密斯的女子——與貝莉神似，簡直就跟貝莉一模一樣。同樣的深色髮色，同樣的豐滿雙頰，還有，最明顯的就是完全相同的灼灼眸光——那種眼神是批判，而不是甜美。

這名回望著我們的女子——說她是貝莉也不為過。

貝莉突然關掉了螢幕，彷彿不忍細看。凱特臉孔的照片與她自己的面容完全吻合。她盯著我，想知道我接下來會採取什麼行動。

她問道：「妳認識她嗎？」

「不認識，」我說道，「妳呢？」

「不，我不認識，」她說道，「不認識！」

「喂？」艾麗諾問我，「妳還在線上嗎？」

雖然我的手蓋住話筒，但貝莉還是可以聽到電話另一頭的聲音，對方的扯嗓提問，害她更加緊張。她雙肩縮在一起，雙手猛扯髮絲、貼緊耳後。

我接下來的舉動其實沒什麼好誇耀的，但是我掛了艾麗諾的電話。

然後，我面向貝莉。

「我們現在就要過去，」貝莉說道，「我得去這間酒吧……這間『永不禁酒』……」

她已經站起來，開始收自己的東西。

「貝莉，」我說道，「我知道妳很激動，我懂，我也是。」

我們並沒有說出來，並沒有大聲嚷嚷講出凱瑟琳·史密斯可能會是誰——這是貝莉的期盼，也是她的擔憂。

「我們先好好把事情講清楚，」我說道，「我覺得我們釐清一切的最好機會，就是繼續追查那份名冊。最多只剩下四十六個人，就可以找出答案，知道妳父親以前是誰。」

「我們可能找得出來，但也可能找不出來。」

「貝莉……」

她搖頭，不肯坐回去。

「我換另一種方式講好了，」她開口，「我現在要去那間酒吧，妳可以跟我一起來，或者妳讓我自己一個人過去。」

她站在那裡等待。她並沒有衝出去，只是等在那裡看我打算怎麼辦，彷彿我真的有什麼選擇一樣。

「當然，我跟妳一起去。」

然後，我站起來，我們一起走向門口。

永不禁酒

在我們搭計程車前往「永不禁酒」酒吧途中，貝莉頻頻拉扯下唇——這應該算是她最近突然冒出來的緊張習慣，她的眼珠子亂飄，日光狂亂恐懼。

我聽得見她不敢大聲詢問我的問題，我不想逼她，但我也沒辦法呆坐眼睜睜看著她飽受煎熬，所以我拚命以手機查詢凱瑟琳．「凱特」．史密斯，還有查理．史密斯——我想要挖出些什麼告訴她，提供她新的線索，希望能夠舒緩她的心情。

不過，資料多到不行。史密斯是個普通至極的姓氏，就算加上了附加搜查條件（德州大學奧斯汀分校、奧斯汀人、辯論冠軍）也一樣，一共有數百筆資料與圖檔——都不是那個在圖書館與我們相會的凱瑟琳。

就在這個時候，我靈機一動，我在搜尋引擎填入安德莉亞．雷耶斯的姓名，加上了查理．史密斯，終於找到了一些似乎可以幫助我們的線索。

正確的查理．史密斯臉書大頭照出現了。他是德州大學奧斯汀分校二〇〇二年的藝術史畢業生，接下來念了兩學期的建築研究所，然後在奧斯汀市中心的某間景觀建築公司當實習生。

自此之後，沒有工作經歷。

二〇〇九年之後，也沒有狀態或照片更新。

不過，是有提到他的妻子是安德莉亞・雷耶斯。

貝莉開口：「到了。」

她指向車窗外的某道藍門，周邊佈滿藤蔓。很可能會因此錯過——某塊金色匾額寫有「永不禁酒」字樣。它靜靜座落在西六街的斜對角，旁邊是一家咖啡店，另一邊是小巷。

我們下了計程車，就在我轉身付司機車錢的時候，看到了瓢蟲湖的另一頭，我們所下榻的那間飯店。我感受到一種想要中斷一切、返回那裡的詭異驅力。

然後，貝莉走過去，準備要打開那道藍色大門。

當她拉開的時候，我出現了從所未有的狀況，就把它稱之為母性直覺吧，我還沒有會意過來，卻發現自己已經抓住了她的手臂。

她開口：「怎樣啦？」

「妳在這裡等我。」

「什麼？」她說道，「別鬧了。」

我的腦袋在迅速翻攪，那些感覺不太可能成真的心底話。要是我們走進去，看到了她呢？這個凱瑟琳・史密斯？要是妳父親當初把妳從她身邊帶走呢？萬一她想要把妳從我身邊搶走呢？不過，話說回來，我的第一個念頭卻是這些都是有可能成真的狀況。

「我不希望妳進去，」我說道，「要是妳不在裡面，他們比較可能會回答我的提問。」

「漢娜，那種理由編得還不夠漂亮……」

「好，那這個怎麼樣？」我說道，「我們不知道現在這是誰的酒吧，我們不知道這些人是誰，是否是危險分子。我們只知道這越來越像是妳父親當初可能帶妳逃離的地方，我們都了解他，如果他這麼做，那就表示他想要保護妳、不要受到某種事物的危害，他可能是想要保護妳避開某人。除非我找出真相，否則妳不能進去。」

她不發一語。一臉不開心盯著我，但一直沒說話。

我伸手指向隔壁的咖啡店，看起來很安靜，過了午後的繁忙時段，幾乎沒人。

「進去就是了，給自己點個派，好嗎？」

她回我：「我真的不想吃派……」

「那就喝杯咖啡，繼續研究庫克曼教授的名冊，看看是否能找出哪個人研究一下，我們還有一長串沒查完。」

「我不喜歡這樣的計畫。」

我從我的郵差包裡取出了那份名單，拿在手上準備交給她。「等到一切釐清之後，我等一下會回來找妳。」

「釐清什麼？妳何不就直接說出來？」她問我，「妳怎麼不直接說妳覺得是誰在裡面？」

「貝莉，應該跟妳還沒有準備好說出口是一樣的原因。」

這句話總算讓她聽進去了，她點點頭表示同意。

然後，她抽走了我手中的名單，轉頭前往咖啡店，她對我說道：「不要在裡面待太久好嗎？」

她打開了咖啡店的大門，進去的時候，一團紫髮飛飄。

我吐氣，如釋重負，打開「永不禁酒」的藍門。眼見螺旋梯，我拾級而上，進入燭光搖曳的走廊，前方是第二道藍門，也沒有鎖。

我開了門，進入某間小型雞尾酒俱樂部。裡面有楓木木椽，還有暗色桃花心木吧檯，小型酒吧桌的旁邊放置天鵝絨情人雙座。這看起來不像是大學城酒吧，隱蔽的大門，私密的空間，感覺比較像是非法營業的酒吧——謹慎、性感又幽僻。

吧檯後面沒有站人。唯一顯現有人出沒的證據是雞尾酒桌面放置了點亮的茶燭，老舊留聲機在播放比莉・哈樂黛的歌曲。

我走向吧檯，端詳後面的櫃架，塞滿了深色烈酒、高濃度苦啤——還有一層櫃架專門放置銀色粗框照，還有幾份加框的剪報。凱特・史密斯出現在好幾張照片之中，通常旁邊是同一名男子，身材瘦長，深色頭髮。不是歐文，除了歐文以外的某人。我在吧檯前傾身，想要看清楚某張剪報到底寫什麼。裡面有一張凱特身穿晚禮服的照片，而那名身材瘦長男子則是晚宴服打扮。某一對年紀較長的夫婦分站兩側。我開始細讀照片下方的人名。梅麗迪絲・史密斯、凱特・史密斯、查理・史密斯……

然後，我聽到了腳步聲。「嗨，妳好。」

我轉身，看到了查理・史密斯，也就是照片中的那名瘦長男子。他身穿俐落的直扣式襯衫，抱著一盒香檳。他看起來比那些豪華相框裡的模樣蒼老多了，也沒那麼瘦。原本的深色頭髮現在多了銀霜，皮膚出現皺紋，但絕對是他。不知道他是貝莉的什麼人，貝莉又是凱特的什麼人。

「我們還沒有開門，」他說道，「通常要到快六點的時候才開始營業……」

我指向自己剛才進來的方向，「抱歉，門沒鎖，」我回他，「我不是故意自己鑽進來的。」

「沒關係，妳可以坐在吧檯，看一下雞尾酒的酒單，」他說道，「我還有幾件事得先處理。」

「沒問題。」

他把香檳放在吧檯上頭，展露友善笑容。我也勉強擠出笑容回應。這個陌生人和貝莉有相同的髮色，與他身處同一空間並不容易——而且還有他的笑容，當他對我一笑的時候，也是她的笑顏，還加上跟她一模一樣的上揚角度，以及一模一樣的耀眼酒窩。

我上了某張高腳凳，他則進入吧檯後方，開始從盒中取出香檳。

「可否讓我速速請教一個問題？我剛來奧斯汀，覺得自己有點迷路，我在找尋校園，能否從這裡走過去？」

「如果妳有四十五分鐘左右的時間，當然可以。如果妳很急的話，直接叫優步應該會比較容易一點，」他問道，「妳是要去哪一個系所？」

我想到了剛剛找到他的過往資料，我回他：「建築系。」

他問道：「真的嗎？」

我不是好演員，所以佯裝隨口說出這樣的謊言著實辛苦，但奏效了。他突然很有興趣，一如我的期盼。查理．史密斯：將近四十歲，差點就成為了建築師，娶了安德莉亞．雷耶斯，在娶了安德莉亞的那場婚禮當中，貝莉與歐文也是賓客。

「我曾經在建築系修了一些課。」

「世界真小，」我四處張望，不想讓自己心跳飆速，同時努力鎮定情緒。「這地方是你設計的嗎？真漂亮。」

「這我真的不能居功。我接手的時候稍微重新設計了一下，但基本架構還是一樣。」

他已經放好了香檳，在吧檯傾身向前。

他問道：「妳是建築師嗎？」

「我從事景觀設計，準備在找教職，」我說道，「只是接替某位請產假教授的臨時缺額，不過，他們希望我過來跟一些老師共進晚餐，所以我覺得有希望。」

「要不要來點烈酒壯膽？」他說道，「妳想喝什麼？」

我回他：「由莊家作主吧……」

「那種說法很危險，」他說道，「尤其我時間不多的時候。」

查理轉身，仔細端詳他的各種籌碼，他伸手拿了一瓶所剩無多的波本酒瓶。我看著他準備馬丁尼杯，加上冰塊、苦啤，以及糖，然後，他緩緩倒出醇厚的波本，然後以一小片橘子皮作為最後的裝點。

他把酒推到我面前，「本店的特調，」他說道，「老派波本。」

我說道：「實在太美了，不忍心喝下去。」

「我外公習慣自己釀苦啤，現在我也是，幾乎都是自己來，我的功力不怎麼樣，但它能讓成果變得大不相同。」

我喝了一小口，滑順冰涼又強勁，直衝腦門。

「所以這是你家族的酒吧？」

「對，我外公是一開始的老闆，」他說道，「他想要找個地方和好友玩撲克牌。」

他伸手指向角落的某個絲絨座，上面放有「預訂席」的牌子。上頭掛了好幾張黑白照片——還包括了一群人全坐在那個包廂的某張精采合照。

「他在吧檯後方服務了五十年之久，後來才換我接手。」

「哇，」我驚呼，「真了不起，那麼你父親呢？」

他反問：「關於他的什麼？」

我這才發現異狀——提到他父親的時候，他渾身不自在。

「我只是在想，為什麼你們中間跳了一個世代……」我問道，「他沒興趣嗎？」

他放鬆神色，看來我的問題對他而言無傷大雅。

「不，其實不關他的事。這地方是我外公的，我母親完全不感興趣……」他聳肩，「我的妻子，或者現在應該說是前妻，正好發現她懷了我們的雙胞胎，所以我們的學生生涯就必須結束了。」

我勉強一笑，不想對他有小孩，而且還是兩個的事實多做反應。我絞盡腦汁想要把對話圍繞在他的妻子，以及那一場婚禮。導引到我需要的那個方向，導向凱特。

「也許這就是你看起來很眼熟的原因，」我說道，「這樣講有點不可思議，但我覺得我們在很久以前見過面。」

他側頭，微笑。「有嗎？」

「不，我的意思是……我覺得我來過這裡，就在這間酒吧，那時候我在念大學。」

「所以……應該是『永不戒酒』看起來眼熟了？」

「對，我覺得那樣的說法更精確，」我說道，「我當時與我的閨蜜為了辣醬比賽待在市中心，她為某家地方報當攝影……」

我想我能夠盡量擠出事實是好事吧。

「我非常確定我們是在那個週末來到這裡，這裡跟奧斯汀周邊的多數酒吧不太一樣。」

「是很有可能……舉行節慶的地點距離這裡不遠。」他轉身，從他的櫃架拿出一瓶「松奇」牌的紫紅辣醬，「這是二〇一九的優勝產品之一，我都拿它來做火爆版的血腥瑪麗……」

「你那語氣像是把它當成了某種使命。」

他回我：「這不會給膽小者喝，我保證。」

他哈哈大笑，我準備好自己接下來要發動的攻勢。

「如果這地方我沒記錯的話，當晚在這裡工作的酒保是個超級體貼的女孩，給了我們各式各樣的吃食地點情報。我記得她，深色長髮，其實，她長得跟你很像。」

他回我：「妳記得的還滿多的。」

「可能是因為得到了一點幫助。」

我指向擺放許多銀框照片的那層櫃架，指著凱特回視我的那一張照片。

我說道：「也許那就是她。」

他沿著我的目光，望向凱特的照片，他搖搖頭。「不，不可能。」

他開始用力擦拭吧檯，整個人緊繃到不行。要不是因為我需要他幫助我找到答案，知道凱特．史密斯是誰——我應該就在這個時候收手——我一定會在這個時候收手。

我說道：「怪了，我發誓一定是她，你們是不是有親戚關係？」

他抬頭看著我，眼神從閃避轉為惱怒。「妳問太多問題了。」

「我知道，抱歉，你不需要回答，」我說道，「這是我的壞習慣。」

「問太多問題？」

「覺得大家想回答。」

他的神情轉趨柔和，「沒事，沒關係，」他說道，「她是我姊姊。這有點敏感，因為她已經不在我們身邊了。」

他的姊姊。他說那是他姊姊，而且他說「她已經不在我們身邊了」。這句話讓我心中的某一塊也為之碎裂。如果這是貝莉的母親，那麼貝莉就失去她了。貝莉在一生中都覺得自己失去了母親，但這將是一種截然不同的方式，貝莉才剛找到她，就等於立刻失去了她。所以，我接下來說出口的是真心話。

「很遺憾，」我說道，「真的很令人遺憾。」

我不想再逼問他有關凱特的事，不是現在。等到我離開這裡之後，可以去查找死亡證明，找別人探問其他細節。

我準備要起身，但查理卻開始掃視櫃架，終於找到了某張照片，那是查理與某名深髮女子以及兩個小男孩的照片，這兩個小男生都身穿德州遊騎兵隊的運動衫。

「也許是我的妻子，安德莉亞，」他說道，「我是說妳遇到的那個人，她在這裡工作多年，我還是學生的時候，她當班的次數比我多。」

他把相框交給我，我仔細端詳那張照片，凝視回望著我的美滿一家人，凝視現在已成了他前妻的女子，對著鏡頭綻露美麗笑容。

「很可能是她，」我說道，「真奇妙啊，是不是？我不知道我把飯店房間鑰匙放哪裡了，但是我覺得我記得她的臉龐，我覺得我想起來了。」

我依然拿著那張照片。

「你的兒子們長得好可愛。」

「謝謝，他們很乖。不過我需要在這裡放一些新照片了，這張照片裡的他們是五歲，」他說道，「現在他們十一歲，過沒多久之後就會到了可以投票的年紀。」

十一歲。我愣住了，十一年，幾乎就與他和安德莉亞的婚期完全吻合，安德莉亞應該是在婚禮之前或之後沒多久懷孕。

「不過，自從離婚之後，他們現在會小小耍我一下。他們覺得我一定會迫不及待滿足他們的所有需求，這樣才能成為很酷的爸爸……」他哈哈大笑，「他們勝出超過了正常次數。」

我回道：「應該沒關係吧。」

「嗯，」他聳肩，「妳有小孩嗎？」

「還沒有，」我說道，「我還在尋覓那個人。」

我沒想到自己說出這麼真懇的答案。查理對我微笑，也許在懷疑我的目的是某種暗示。我知道現在就是那一刻了，我最需要知道答案的那個問題，應該要在這時候提出來。

我支支吾吾，心想該怎麼講出口。

「我應該要走了，不過要是今天提早結束的話，我一定回來。」

「當然，」他說道，「要回來，我們一起慶祝。」

我回他：「或是借酒澆愁。」

他微笑，「也是可以。」

我起身，彷彿準備要離開，我的心臟簡直快要跳出胸膛。

「嗯……接下來這是個怪問題，不知道在我離開之前可不可以問你？我想你認識一堆當地人吧。」

「不只是一堆而已，」他說道，「妳需要知道什麼？」

「我一直在找這個人。我和我的閨蜜當初在這裡的時候遇到了他……好久以前的事了。他以前住在奧斯汀，而且很可能還是住在這裡，我朋友超喜歡他。」

他看著我，滿臉好奇。「嗯……」

「反正，她正在辦離婚，過程難堪，他一直在她心中徘徊不去。這樣說很荒唐，但既然我回到了這裡，我覺得我應該要努力找到他，算是為她做的好事吧。他們以前有聯絡，不過是幾百年前的事了，但現在實在很難找到聯絡方式，所以……」

「妳有名字嗎？」他說道，「我記名字不太行。」

我問道：「臉呢？」

「我認臉很厲害。」

我把手伸入口袋，拿出了我的手機，找出了歐文的照片，我們給庫克曼教授看的同一張照片——貝莉手機裡的那張，請她傳給我的那一張。貝莉的臉被花擋住了，歐文露出幸福微笑。

查理低頭看著那張照片。

然後，一切發生得好快。他摔我的手機，撞到吧檯桌面的時候發出哐啷聲響，他整個人翻過吧檯，湊到我面前，他沒有碰我，但他與我的距離十分接近，隨時出手不成問題。

「妳覺得這很好笑？」他問道，「妳是誰？」

我搖頭，覺得好恐懼。

「是誰派妳來的？」

「沒有。」

我背貼牆壁，他越靠越近，整張臉幾乎挨到我面前，肩膀快要碰到我的肩頭。

「妳一手摧毀我的家，現在成了這個模樣，」他說道，「到底是誰派妳來的？」

「放開她！」

我望向門口，看到貝莉站在那裡，一手拿著那個班級名冊，另一手拿著咖啡杯。

她看起來好害怕，但更明顯的情緒是生氣，彷彿如有需要的話，她會拿高腳凳朝他丟過去一樣。

查理的表情宛若見到鬼。

他驚呼：「我靠。」

他緩緩離開我身邊，我深呼吸，又做了一次，心跳慢慢變緩下來。

我們陷入詭異的僵持狀態。我緩緩離開牆面，貝莉與查理緊盯彼此不放，我們三人之間的距離不過就是六十公分而已，但沒有人移動，沒有人往哪個人的方向前進或是後退。突然之間，查理淚流滿面。

「克莉絲汀？」

聽到他呼喚她的那種語氣，雖然明明是我不認得的名字，也不禁讓我屏息。

「我不是克莉絲汀。」

貝莉搖頭，她的聲音也跟著激動起來。

我把手伸向地板，撿起手機，螢幕碎裂，但還能用，依然能夠正常使用。我可以打電話給九一一，找人幫忙，我慢慢往後退，接近貝莉。

保護她。

查理舉高雙手，做出投降狀，我已經站到貝莉身邊，藍門就在我們後面，打開之後就是階梯與外頭的世界。

「好，很抱歉，如果妳們願意坐下來，我可以解釋，」他說道，「一分鐘就好，妳們可以吧？坐下來，如果妳們肯聽我講的話，我可以告訴妳們原委。」

他指向某張我們三人都能夠入座的桌子，然後，他離開我們身邊，彷彿要給我們選擇一樣。我看得出來，他的這番話是真心誠意——因為他的眼神。眸光流露的是哀愁，而不是怒火。

不過，他的皮膚依然是亮紅色，我不信任我看到的怒火，還有恐懼。無論原因究竟為何，我不能讓貝莉置身在這種情境之中，除非我搞清楚他到底與此事有什麼關聯，他與貝莉之間可能有什麼關聯。

所以我面向貝莉，抓住她後腰的襯衫，狠狠把她拉向門口。

「走！」我喊道，「現在就走！」

然後，彷彿我們早已有了共識，一起衝下階梯，然後進入奧斯汀的街區，拋下了查理·史密斯。

許願要小心

我們立刻走向國會路。

我想要回到大橋另一頭的飯店房間，我需要找到一個隱密的地方，讓我們可以整理思緒，讓我可以想出離開奧斯汀的最快方式。

「剛剛那裡是出了什麼事？」貝莉問道，「他是要傷害妳嗎？」

「我不知道，」我說道，「我覺得應該不會。」

我把手放在她的後腰，帶引她穿越下班後的人潮——情侶、一群群的大學生、一口氣遛十多隻狗的遛狗人。我刻意走側邊，希望這樣可以增加查理跟蹤我們的難度——萬一他真的想要跟蹤我們的話——這男人一看到歐文的照片就怒火中燒，整個人因此失控。

「快一點，貝莉。」

「我已經盡量快了，」她嗆我，「妳是要我怎樣？這裡擠死了啦。」

她沒說錯。我們越來越靠近大橋，人群不但沒有疏散，反而越來越多，大家都擠在狹窄的人行步道大聲喧鬧。

我轉身，想要確定查理到底有沒有跟來。就在這時候，我看到他了——距離我們有好幾個街區。查理速度急快，但還沒有看到我們，他在左右張望。

國會路大橋就在眼前，我抓住貝莉的手肘，走向橋面步道。不過，看不出人流有移動跡象，就算有也十分緩慢，整個人行道塞滿了人。混雜在人群中容易多了，這一點是好事，但大家似乎都停下腳步。

橋上的人幾乎都站著不動，許多人正在俯瞰橋下的湖面。

貝莉問道：「這些人是不是忘了要怎麼走路？」

有個身穿夏威夷衫、帶著巨大相機的男子——我猜應該是觀光客吧——轉身過來，對我們微笑。他似乎以為貝莉的問題是針對他而來。

他說道：「我們在等待蝙蝠。」

貝莉問道：「蝙蝠？」

「對，蝙蝠，每天差不多在這個時候，牠們就會傾巢而出。」

就在這時候，我們聽到有人叫喊：「**牠們來了！**」

然後，在一陣明亮的鎂光燈閃動之下，一批又一批的數百隻蝙蝠不斷從橋下飛往空中，蝙蝠移動的陣式宛若緞帶——某種數量驚人、展現和諧之美的群獸畫面，大家發出讚嘆。

要是查理依然在我們後面，我也看不到他的人。他消失了，或者，應該是我們消失了，我們成了在美麗奧斯汀夜晚觀察蝙蝠飛舞的兩名歡喜觀眾。

我抬頭望天，到處都是蝙蝠，牠們移動的方式宛若在群舞，牠們逐漸消失在夜空中，大家紛紛鼓掌喝采。

身穿夏威夷衫的男子將他的相機對準天空，在牠們飛離之前拚命拍照。

我從他身旁悄悄走過去，向貝莉示意要趕緊離開。「我們得走了，」我說道，「不然等一下就被卡在這裡了。」

貝莉加快腳步。我們過橋，兩人的速度已經是在慢跑。一直等到我們往下轉進飯店的長型車道，直到飯店門口，門房為我們扶住大門的那一刻，我們才停下腳步。

「等一下，」貝莉說道，「我們得要喘口氣。」

她雙手扶住膝蓋，大口呼吸。我很想要開口勸她不要。就差這麼一點點，我們就可以進入飯店安全的那一側；就差這麼一點點，我們就可以進入自己小房間的隱私空間。

我望向門房，他正在與另一名同事閒聊。我想要與他們目光相接，希望他們注意我們，彷彿這樣一來他們就會保障我們的安全。

「要是我告訴妳，我記得他呢？」

「妳記得嗎？」

「我記得有人叫我那個名字，」她說道，「克莉絲汀。一聽到他這麼叫我，我突然就想起來了。怎麼可能會忘了那種事呢？到底怎麼會這樣？」

我回她：「要是沒有人幫助我們回想，我們會忘了各式各樣的事物。」

貝莉安靜下來，其實是默不作聲。然後，她說出來了，我們兩人一直迴避大聲說出的那句話。

「妳覺得凱特是我媽媽，對嗎？」

講到媽媽的時候，她還停頓了一下，彷彿那個字詞著了火。

「我是這麼覺得，我可能判斷錯誤，但我真的這麼覺得。」

「我爸爸為什麼要對我媽媽的身分撒謊？」

她與我四目相接。我沒有想要回答她的意思，我找不出給她的適切答案。

她說道：「我只是不確定我在這裡該相信誰……」

「我，」我回她，「只有我。」

她咬住下唇，彷彿她相信我的話，或者，至少她開始慢慢相信——在這種時刻，已經超過了我的期盼。因為我們不能直接告訴別人可以信任妳，必須要拿出行動證明他們可以信任妳，而我以前一直沒有足夠的時間。

門房盯著我們，我不確定他們是不是在聽，但他們在看我們沒錯，我感覺得出來，我知道我要讓貝莉離開奧斯汀的迫切性，立刻動身。

我開口：「跟我來……」

她沒有抗議。我們走過門房旁邊，進入飯店大廳，前往電梯區。

不過，就在我們進入電梯的時候，某個男人也跟了進來——我覺得以奇怪目光在打量貝莉的某個年輕人身穿灰色毛衣背心，耳朵打滿了耳洞。

我覺得他在跟蹤我們，我知道這是我偏執狂發作，我很清楚。如果他死盯著貝莉，很可能是因為她長得漂亮。

但我絕對不會冒險。所以我帶著她離開了電梯，朝後梯方向走去，心跳狂飆不已。

我開門，指向樓梯，我開口：「從這邊走。」

「我們要去哪裡？」她問道，「我們的房間在八樓。」

「妳要慶幸我們不是住在二十樓。」

八個月前

「在飛機起飛之前，」我問道，「還有沒有其他應該要讓我知道的事？」

「我們現在討論的是隱喻還是現實狀況？比方說，這架飛機的真正機械構造？因為我剛到西雅圖的時候，真的在波音工作過一小段時間。」

我們搭乘從紐約到舊金山的班機，我搭乘的是單程機票。「工作坊」招待我們兩人搭乘頭等艙，因為歐文為了籌備「工作坊」首次公開發行事宜而來到紐約，在那個禮拜，歐文處理完公務之後繼續留了下來，為的是他當初前來紐約最初的理由——幫我搬家離開紐約。

我們花了最後幾天的時間在我的公寓、工作室進行打包。等到我們降落之後，我會搬入他家，他與貝莉的家，也將會是我的家，然後，過沒多久之後，我將會成為他的妻子。

「我要問的是你還沒告訴我的事，有關你自己的事。」

「趁這時候還可以下飛機？我們還沒有開始滑行，時間也許還夠哦……」

他捏了捏我的手，想要舒緩氣氛，但我依然提心吊膽，突然間變得緊張兮兮。

他問道：「妳想要知道什麼？」

「跟我講奧莉薇亞的事。」

「我已經跟妳講一堆了。」

「其實沒有。我覺得我只知道基本背景而已，大學女友、老師，出生於喬治亞州，也在那裡長大。」

其他的我就沒多說了……因為某場車禍，他失去了她，自此之後，他就不曾與任何人認真交往過。

「既然我馬上要進入貝莉的生活之中，必須要認真以待，我想要知道更多有關她母親的事。」

他側頭，似乎在思索要如何啟齒。

「從貝莉還是小嬰兒的時候嗎？我們有一次全家飛到洛杉磯旅行。在那個週末，有一隻老虎逃出了洛杉磯動物園，是隻幼虎，在動物園只待了一年左右，他不只逃出了籠外，而是逃離整個園區。最後，牠跑到了洛斯費利茲某個家庭的後院，牠在那裡並沒有傷害任何人，就是窩在某棵樹底下睡午覺。奧莉薇亞對這個故事很著迷，應該就是因為這個緣故，所以她找到了後續的另一段故事。」

我微笑，「是什麼？」

「被那隻老虎蜷臥後院的那一家人，其實在幾個禮拜之前曾經去過那間動物園，他們的兩個小兒子當中有一個超級喜歡那隻老虎。必須離開的時候，那小男孩大哭，不明白為什麼無法帶那隻老虎回家。妳要怎麼解釋老虎最後會出現在這個小男孩的家裡？某種巧合嗎？動物學家們的判定是如此。不過，奧莉薇亞認為這是證據，有時候，我們就是會以自己的方式，找到最渴望你的那個地方。」

「我喜歡那個故事。」

「妳一定會愛她的，」然後，他微笑，望向飛機窗外。「不愛上她……是絕對不可能的事。」

我捏了捏他的肩膀，「謝謝。」

他轉頭面向我，「妳覺得舒坦一點了嗎？」

「其實沒有。」

他哈哈大笑，「妳還想要知道什麼？」

我努力回想剛才的提問——與奧莉薇亞無關，甚至也與貝莉無關，至少，不能算是完全切題。

我說道：「我覺得……我覺得我需要你大聲說出來。」

「說什麼？」

「我們目前做的是正確無誤的事。」

這已經是我絞盡腦汁之後最接近的答案——最能夠表達我真正焦慮的說法。自從我失去了外公之後，對於成為某個家庭的一分子，我一直很不習慣。但我和外公的關係感覺上也不能真的算是家庭，那比較像是雙人組，在這個世界奮力向前，只有我和他而已。我最後一次見到母親是在他喪禮的時候，現在我們的唯一溝通形式，就是她會在我生日（或是我生日附近的某個日期）的時候打電話。

接下來就不太一樣了，這將是我第一次成為某個真正家庭的一員。對於該如何表現合宜舉止，要如何依賴歐文，如何向貝莉展現她可以依賴我，讓我充滿了不確定感。

「我們目前做的是正確無誤的事，」歐文說道，「對於我所在乎的一切，我們做的是最好的事。我向妳發誓，這就是我的感受。」

我點點頭，心情平靜了下來。因為我相信他，而且我沒那麼緊張，至少對他不會。我知道我對他的想望有多麼強烈——我有多麼渴望和他在一起。雖然我還不知道他的全部，但我知道他是好人，我是對其他的一切感到緊張不安。

他靠過來，雙唇貼住我的額頭。「我不是那種會告訴妳必須在某個時候相信某人的混蛋。」

「所以你會是那種嘴巴不說，但其實等於把它說出來的混蛋？」

飛機開始後退，我們跟著震晃，然後，它轉頭，緩緩前往跑道。

他回我：「有可能……」

「我知道我可以信任你，」我說道，「真的，我對你的信任超過了任何一個人。」

他緊緊扣住我的手指。

「是隱喻還是現實狀況？」

我低頭看著我們的手指，就這麼緊扣在一起，此時正好起飛，我盯著我們的手，找到了安適感。

我回道：「希望都是。」

好律師

我們一回到旅館房間，我就立刻扣上門閂。

我四處張望房間，我們的物品散落一地，行李箱是打開的狀態。

「開始打包，」我說道，「把所有東西扔進行李箱就是了，我們要在五分鐘之內離開這裡。」

「我們要去哪裡？」

「租車，然後開車回家。」

她問道：「為什麼要開車？」

剩下的部分，我不想多說。我連去機場都不願意了，雖然不知道那些人是誰，我擔心他們會在那裡守株待兔找我們。我不知道她爸爸做了什麼，但我知道他是誰，只要有哪個人對他的反應跟查理一樣，那麼對方就不是我們能夠信任的人，必須要躲得遠遠的。

「我們為什麼要現在離開？我們越來越接近……」她停頓了一會兒，「除非我們找出真相，不然我不想離開。」

「我們一定會的，我向妳保證，但不是在這裡，」我說道，「不是在這種妳可能身陷危險的地方。」

她本想要跟我繼續吵下去，但我已經揚手阻止她。我很少直接對她下令該怎麼做，所以我知道現在這樣可能會讓我們的關係急轉直下。不過，還是一樣，她還是必須要聽我的話，因為我們得走人，我們早就該走了。

「貝莉，」我說道，「我們別無選擇，我們遇到大麻煩了。」

貝莉一臉驚詫望著我，也許她是因為我講出實話，完全不修飾而感到意外；也許她只是想要說服我，我堅持要回家是錯誤的決定。從她的表情，我無從判斷是哪一種，不過，她點點頭，不再和我爭執，所以我就當自己這次勝出吧。

「好，」她說道，「我會打包。」

我說道：「謝謝。」

「嗯……」

她開始收拾自己的衣服，我進入廁所，關上門，凝望自己在鏡中的疲倦面容。我的眼睛冒出了血絲與黑眼圈，皮膚蒼白。

我朝臉潑水，逼自己做了幾次深呼吸，努力讓心跳速度變得徐緩——拚命讓那些在心中亂鑽的瘋狂思緒變得徐緩，但其中一個還是拚命冒出來，我是因為什麼而讓我們陷入這種狀況？

我知道什麼？我需要知道什麼？

我把手伸入口袋，拿出手機，碎裂螢幕劃破手指，細碎玻璃屑卡入了我的肌膚。我滑了一下聯絡人名單，找到傑克，發送訊息。

請盡快幫我找到以下這些人的資料。凱瑟琳．「凱特」．史密斯，那是她的娘家姓名。弟弟是查理．史密斯，住在德州奧斯汀。比對女兒出生日期，符合貝莉的年紀，名字是「克莉絲汀」。也麻煩找出結婚證明與死亡證明。之後別打我手機，沒辦法找到人。

我把手機放在腳底下，準備把它踩爛。雖然這是歐文可以找到我們的唯一方式，但這也是別人可以找到我們的途徑。要是我的懷疑成真，我可不希望遇到那樣的結果。我要在不出事的狀況下離開奧斯汀，我想要遠離查理．史密斯，還有任何可能與他同一陣線的人。

不過，有件事一直折磨著我，我想要在切斷我們與這個世界的關聯之前，努力回想到底是什麼事？

是什麼讓我心煩？是什麼讓我覺得非找到不可？不是凱瑟琳．史密斯，也不是查理．史密斯，而是別的。

我拿起手機，又開始搜尋凱瑟琳．史密斯，這名字實在太常見了，谷歌跳出的連結也有數千筆。有些狀似能夠找到正確的那個凱瑟琳，實則不然：有位在德州大學奧斯汀分校畢業的藝術史教授；在奧斯汀湖出生與長大的某位主廚；還有一名女演員，與我在酒吧那些照片裡發現的凱特頗為神似。我點入女演員的連結，找到一張她身穿晚禮服的照片。

我拚命回想我在「永不禁酒」那裡留下深刻印象的那個線索，突然靈光乍現。

我剛到酒吧時注意到的那份剪報。

那份剪報裡有一張凱特身穿晚禮服的照片。身穿晚禮服的凱特、晚宴服打扮的查理，還有那對年紀較長的夫婦分站他們兩側，梅麗迪絲．史密斯以及尼可拉斯．貝爾。新聞標題是：尼可拉斯．貝爾接受德州星獎。剪報下方也有他的名字。

尼可拉斯．貝爾，梅麗迪絲．史密斯的先生。她還有出現在其他的照片之中，但是他並沒有。為什麼除了那張剪報之外，完全沒有出現在其他那些少數照片之中？為什麼他的名字感覺如此熟悉？

我搜尋他的名字，恍然大悟。

故事的起點由此開始。

某名出身德州艾爾帕索、年輕英俊美國總統學者獎得主，在他所就讀的那所高中當中，他是少數能夠念大學的小孩之一，更何況還是德州大學奧斯汀分校，甚至是法學院。

他出身寒微，不過，金錢並不是他成為律師的動機。雖然他度過了經常不知道下一餐的著落在哪裡的童年時代，但是他卻拒絕了所有紐約與舊金山事務所的工作機會，反而成為了奧斯汀市的公設辯護人。他當時二十六歲，年輕，充滿理想性格，剛與高中的青梅竹馬成婚，她是一名社工，渴望生下漂亮的寶寶，但（當時）對於豪宅完全沒有興趣。

他名叫尼可拉斯，但很快就贏得了「好律師」的稱號，處理沒有人想要碰的那些案子，幫助那些連個公平機會都沒有的被告。

大家依然不清楚尼可拉斯是怎麼從那種人變成了壞律師。

大家依然不清楚他是怎麼變成了北美某大犯罪集團最信任的顧問。

這個幫派組織的根據地在紐約與南佛羅里達，首領們住在類似費雪島以及南灘的面海區之類的地方。他們玩高爾夫球，身穿布里奧尼名牌西裝，告訴鄰居他們從事的是證券業。這就是新的統治圈子的運作方式。手法低調，有效率，殘忍。他們底下的戰將鎮守好幾項核心業務的堡壘——勒索、高利貸、毒品——同時也進入了更複雜的收入來源領域，比方像是國際線上博弈以及華爾街的經紀詐騙。

不過，最讓他們聲名大噪的是，他們早在競爭對手發現奧施康定[3]的契機之前已經建立了他們的奧施康定龐大營運體系。當這些競爭者依然靠傳統的非法毒品（海洛因、古柯鹼）作為主要獲利來源的時候，這個黑道幫派早已成為北美最大的奧施康定販毒集團。

這就是尼可拉斯與他們搭上線的過程。幫派裡的某名年輕分子在德州大學奧斯汀分校裡面散布奧施康定，尼可拉斯使出渾身解數，讓他免去牢獄之災。

然後，在接下來的那三十年當中，尼可拉斯幾乎都在為這個幫派組織奮戰——他的貢獻是十八起謀殺案、二十八起毒品走私起訴案、六十一起勒索與詐騙案的無罪開釋或是無效審判。

他證明了自己的珍貴價值，而且在這樣的過程中累積了大量財富。不過，由於緝毒局與聯邦調查局與他對戰的時候一直打輸官司，他也成了他們的目標。他依然無所懼，他只不過就是一名認真的律師，他們完全追查不出任何問題。

但後來出了問題。他的成年女兒下班後走路回家，那是她熱愛的工作。她是德州最高法院的書記官——從法學院畢業已有一年多，也是新手媽媽。她辛苦奔忙了一週，走路回家的時候，被某台車撞倒。

不過，當日天氣晴朗，而且是星期五下午。每逢這個時間，尼可拉斯總是待在他女兒家中、看顧他的外孫女，就只有爺孫兩人。這是他一週當中最鍾愛的時光——等待外孫女上完音樂課，然後帶她去那個有好玩鞦韆的公園，距離女兒身亡只相隔一個街區的公園。所以，發現她屍身的人是他，親眼目睹的人是他。

他的客戶們宣稱他們與這起意外毫無關聯，不過，他才剛剛打輸了一起他們的重大案件。而且，這似乎是真話，他們有行規，不會去追殺別人的家人。但明明有人動手，是報復、是警告，還有謠傳指出是企圖獲得他專屬服務的其他幫派出手。

不過，這些細節對於他女兒的先生來說都不重要了，他只怪罪他的岳父。事件發生在星期五下午，讓他深信他岳父的雇主反正一定有牽連。總之，他怪罪岳父與那種一看就有問題的人有深切糾葛——當然會為家人帶來這樣的悲劇。

這位「好律師」也不希望女兒遇害，他一直是個好爸爸，而且女兒之死讓他傷心欲絕，但

❸ 一種鴉片類止痛藥。

他的女婿憤怒不已，已經不在乎了。而且他的女婿知道狀況，他知道這位「好律師」非常信任他，認為他絕對不會向他人透露任何秘密。

因此，這女婿能夠成為指控岳父的污點證人，成為害岳父入獄的某起案件的頭號證人，當局也趁機對該幫派發動大規模奇襲——在那一次的行動當中，一共有十八名成員遭到牽連，這位「好律師」也在他們之後跟著入獄。

這個女婿與他的小女兒——對於自己的母親以及外公僅有淡薄記憶的她——在審判過後沒多久就人間蒸發，從此再也沒有任何消息。

這名律師的全名是丹尼爾·尼可拉斯·貝爾，也就是D·尼可拉斯·貝爾，而他女婿當時的名字是伊森·揚恩。

伊森女兒的名字是克莉絲汀。

我把手機丟到地上，準備把它弄個碎爛。我大腳狠狠一踢，這輩子從來沒有這麼使勁踢東西，整個動作迅速一氣呵成。

然後，我打開了浴室門。打開門找貝莉，然後抓起我們的所有物品，準備要離開奧斯汀。不是五分鐘之後，不是五秒鐘之後，而是現在。

「貝莉，我們現在得要離開，」我說道，「只要帶有妳已經打包好的東西就夠了，我們立刻出發。」

但飯店房間空蕩蕩，貝莉已經消失。

她的人不見了。

「貝莉？」

我心跳狂飆，打算拿手機打電話給她，傳訊給她。然後我想起來我剛剛踢爛了手機，我沒有手機。

所以我衝入走廊，除了房務車之外，什麼都沒有。我從它旁邊跑過去，奔向電梯區、樓梯，她不在那裡，那裡根本沒有人。我搭電梯到了飯店大廳，希望她是去了飯店酒吧吃點心。我衝向飯店餐廳，每一間都找，還進了星巴克，也沒看到人，每一間都沒有貝莉的蹤影。

妳做出了一百個決定，從頭到尾都是妳在做決定。她所遇到的一切，不能夠由妳沒有仔細考慮的那個選擇做出最後定奪：進入飯店房間，上緊門閂。

妳以為妳安全了，然後妳衝進浴室，相信一個十六歲的人會乖乖坐在床上，待在房間裡，妳以為那就是她渴望的去處？

不過，她嚇壞了；不過，她附和了妳；不過，她也告訴妳了，她不想離開奧斯汀。

所以妳為什麼會相信她會願意離開，而且完全不跟妳辯駁？

妳為什麼會以為她會乖乖聽妳的話？

我又衝回電梯裡，衝進走廊，一想到浴室地板上的碎爛手機，害我沒有辦法傳訊給她，無法打開定位追蹤她，就讓我好氣惱自己。

「貝莉！聽到的話拜託趕快應一聲啊！」

我進入客房，又開始四處尋找——彷彿她躲在這個十六坪房間的某處。反正，我找了衣櫃，也看了床底下，期盼可以看到她整個人縮成一團在哭泣。她需要獨處，雖然可憐，但很安全。如果我一看到她在那裡，當下一定就是這種反應！可憐，安全。

房門開了，我暫時鬆了一口氣。那是我從所未有的如釋重負感，我以為貝莉回來了，以為剛剛在飯店瘋狂的尋找過程當中，我只是與她錯身而過——原來，她真的是到了樓下拿冰桶或是買汽水；她到外頭打電話給鮑比；她弄到了菸，在外頭吞雲吐霧。任何可能性都有，也可能全都發生了。

不過，站在那裡的不是貝莉。

而是葛拉迪．布拉德佛特。

葛拉迪身穿他的褪色牛仔褲，反戴棒球帽，還有那件愚蠢的防風外套。

他怒氣沖沖狠狠瞪了我一眼，雙臂交疊胸前，開口說道：「好，妳現在果然搞砸了一切。」

第三部

朽木不可雕也。

——孔子

當我們年輕時

奧斯汀市中心的法警局辦公室位於某條小巷，它的窗戶正凝視著其他建物，還有馬路對面的停車場。到了夜晚時分，這些建築幾乎都是全黑的關閉狀態，停車場簡直是一片空曠。不過，葛拉迪的辦公室——還有他同僚的辦公室——依然燈火通明，一片忙亂。

葛拉迪說道：「讓我們再一次還原事發過程。」

他坐在他辦公桌的邊緣，而我則在來回踱步。我可以感受到他在指責我，但這就多餘了。現在厲聲指責我的莫過於我自己。貝莉失蹤了，她失蹤了，不知身在何方，只有她一個人。

「這樣有助找到貝莉嗎？」我問道，「除非你逮捕我，不然我要到外頭去找她。」

但葛拉迪立刻跳下來，阻擋了我的去路。

「我們有八名幹員在找她，」他說道，「妳現在得要再次還原事發經過，如果妳真心想要幫助我們找到她，這是唯一可行之道。」

我回瞪他，但眼神已經軟化，我知道他說得沒錯。

我走回窗邊，凝望窗外，彷彿我真能做些什麼——彷彿我可以在下方街道的某處發現貝莉。我不知道——在奧斯汀深夜時分走動的各式各樣的人當中——自己究竟在看誰。銀亮月色，是唯一的光源，這種狀況讓貝莉漫遊在人群之中的那個畫面更顯得心驚。

我問道：「萬一是他帶走了她呢？」

他問道：「尼可拉斯嗎？」

我點點頭，開始覺得天旋地轉。我拚命思索自己目前所知有關他的一切——他有多麼危險，歐文千方百計就是要躲開他、拚命要讓他的女兒遠離尼可拉斯的世界，而我卻把她帶回來。

保護她。

葛拉迪回我：「不太可能……」

「但為什麼不可能？」

「我想既然妳把她帶到了奧斯汀，沒有任何事是絕對不可能的。」

我想要安慰自己，葛拉迪現在顯然是不想安慰我。我說道：「他不可能這麼快找到我們……」

「對，應該是不可能。」

我問道：「那你是怎麼找到我們的？」

「好，妳今天早上打的那通電話越幫越忙，然後，我接到妳律師的電話，一個名叫傑克・安德森的傢伙，住在紐約。他告訴我，妳人在奧斯汀，而且他聯絡不上妳。然後妳對外斷聯，他很擔心妳。」

我轉身看著他。

他問道：「妳到底來奧斯汀做什麼？」

「一開始是你跑來我家，」我說道，「我覺得很可疑。」

「歐文從來沒跟我說過妳是偵探。」

「歐文從來沒有跟我提過這些事，就這樣。」

要是葛拉迪早就告訴我是怎麼一回事，要是有任何人向我透露有關歐文與他過往的真相，那麼我就不會過來這裡了，一直叨唸這件事似乎是不智之舉，葛拉迪氣得要命，根本不在乎。但我還是忍不住。如果要指責誰，也不該怪罪到我頭上。

「在過去這七十二個小時當中，我發現我的先生並不是我以為的那個人，我該怎麼辦才好？」

「依照我的指示行事，」他說道，「保持低調，為自己找個律師，由我來完成我的任務。」

「到底是什麼？」

「早在十多年前，歐文就做出決定，必須要讓他的女兒脫離那種除非改名換姓，否則無法保護她的生活方式。他要給她一個全新的起點，我協助他完成了這一切。」

「但是傑克告訴我的是……我以為歐文不是被保護的證人。」

「如果說歐文從頭到尾都不在證人保護計畫之中，那麼傑克就沒說錯，不過狀況並非完全如此。」

我一臉困惑望著他，「這到底是怎麼一回事？」

「歐文本來要在他同意作證之後加入『證人保護計畫』，但他一直覺得不安全，覺得有太多破綻，有太多他無法信任的人。然後，在審理的過程當中，出了一點小紕漏。」

「你說的小紕漏是什麼意思？」

「紐約辦公室有人洩露我們掩護歐文與貝莉的新身分一事，」他說道，「自此之後，歐文就希望政府完全不要介入。」

我回道：「真可怕。」

「這並不尋常，但我的確能夠理解他為什麼想要另闢蹊徑，為什麼和貝莉一起消失。沒有人知道他們去了哪裡，法警局的其他人也都不知道，我們確保不會有任何的蛛絲馬跡可以挖出他的下落。」

葛拉迪飛越了半個美國照料歐文——照料他的家人，幫助歐文脫離困境。

我說道：「你的意思是，只有你除外。」

「他信任我，」他說道，「也許因為我當時還是新人，也許我贏得了他的信任。關於這一點，妳得要親自問他原因。」

我回他：「在這種時候，我根本沒辦法問他什麼事。」

葛拉迪走到窗前，貼靠玻璃。也許是因為我在緊盯尋索他的眼神，但我真的看到了他的雙眸裡有某種波動，宛若憐憫之情。

「歐文跟我聊得不多，」他說道，「大部分的時候，他就是過自己的生活而已。他最後一次跟我聯絡的時候，他說要娶妳。」
「他怎麼說？」
「他說妳是扭轉一切的人，」他回我，「還說他從來沒有這樣愛過一個人。」
聽到這段話，我閉上雙眼，我感同身受，我也有相同的深沉感動。
「其實，我拚命想要說服他不要和妳攪和下去，」葛拉迪說道，「我告訴他，這種感受遲早會消失。」
「哦，還真是謝謝你。」
「他不肯聽我的話，不願就此放棄，」他說道，「不過，當我告訴他，千萬不能對妳講出他的過往的時候，他應該是採納了我的建議。那對妳來說太危險了，如果他真心要和妳在一起的話，必須要隱匿自己的過往。」
我想到了我們兩人躺在床上、歐文陷入天人交戰不知是否該說出實情的場景——歐文想要把他的過往真相全部告訴我，也許是因為葛拉迪的警告打斷了他的念頭，也許就是因為葛拉迪的警告，害歐文與我無法站在一起面對問題。
「你是要用這種方式告訴我，我應該怪你而不是怪他？」我說道，「因為我很樂意知道他的過往。」
「我是要用這種方式告訴妳，我們大家都有我們不能分享的秘密，」他說道，「就像是妳的律師朋友傑克？他說你們兩個曾經訂過婚。」

「那並不是秘密，」我說道，「有關傑克的事，歐文都很清楚。」

他問我：「如果他知道你把傑克拉進來，他會作何感想？」

我很想說，我別無選擇了。但我知道和葛拉迪爭辯下去只是一種蠢行，他刻意逼我落入守勢，彷彿這樣一來，對我進行刺探就容易多了——嚴格來說他想要挖掘的不是秘密，而是我的意志。除了聆聽他認為我們現在該怎麼辦之外，我打算採取其他行動的意志。

我問道：「葛拉迪，歐文為什麼要逃跑？」

他回我：「不得不如此。」

「什麼意思？」

「妳在這個禮拜的新聞當中，看到了多少張艾維特的照片？媒體也會全面跟追歐文，接下來到處都是他的照片，然後，他們就會再次找上他，尼可拉斯的老闆們。雖然他看起來跟以前的長相不太一樣，但也沒有到天差地遠的程度，他不能冒那種曝光的風險，他要在那件事爆發之前趕緊脫身，」他說道，「不然他就會摧毀了貝莉的人生。」

我仔細沉澱，開始有了另一種方式的領悟，為什麼他沒有時間告訴我——為什麼除了逃跑之外，沒有時間採行其他的舉動。

「他知道他一定會遭到逮捕，」他說道，「一落入警方之手，就必須採指紋，就像喬丹・馬佛里克今天下午的遭遇一樣，他的真實身分就會曝光，一切就玩完了。」

「所以他們認為歐文有罪？」我問道，「娜歐蜜啊、聯邦調查局啊什麼的？」

「不，他們覺得他擁有他們需要的答案，這是不一樣的事，」他說道，「不過，如果妳問我，歐文是不是這場騙局中的主要參與者？我會說不太可能。」

「那比較可能的狀況是？」

「艾維特知道歐文有問題。」

我盯著他的雙眸。

「倒不是什麼細節，歐文絕對不可能告訴他，但他知道自己雇用了一個來路不明的員工。沒有推薦人可以詢問，與科技界也沒有任何關聯。歐文當時說，艾維特只想要找到最好的工程師，但我覺得艾維特另有所圖，他希望可以找到一個自己可以控制的人，如果最後需要這種關係派上用場的話，結果還真的是如此。」

「你覺得歐文知道『工作坊』有狀況但是卻無力阻止？」我說道，「他繼續待在那裡，希望可以修補錯誤，讓軟體可以正常運作，以免自己成為準心目標？」

「是的。」

我說道：「你猜測的內容很詳盡……」

「我非常了解妳先生，」他說道，「而且他提防了很久，他知道要是『工作坊』醜聞波及到他，他就必須再次消失。貝莉必須從頭開始，當然，這一次就必須有人把過往告訴她，若說這舉動不太妥當都還算是客氣了……」他停頓了一會兒，「遑論假設妳選擇要跟他們一起消失的話，妳必須要放棄的一切。」

「假設我選擇要跟他們走？」

「對，其實妳不能以木藝製作師的身分遁世，就連傢俱設計師也不行，不管妳怎麼自稱都一樣。妳必須要放棄一切，妳的工作、妳的生活，我相信他不願意妳變成那樣。」

我突然想起來——在剛開始跟歐文交往的某次約會當中，他問過我，如果我不當木藝製作師的話會做什麼？我告訴他，我入行很可能是因為我外公——或者是因為我與木藝之間會產生絕無僅有的恆定感——不過，我從頭到尾就只想做這個工作，其實我從沒有考慮做其他的事。

「他覺得我不會選擇跟他們一起離開，對嗎？」這句話不像是問他，比較像是問我自己。

「現在那就不重要了，我一直在想辦法消弭事端，把妳那些聯邦調查局的朋友隔絕在外……」他說道，「除非你們可以得到正式的保護，不然我能夠持續施壓的日子也不多了。」

「意思就是『證人保護計畫』？」

「對，就是『證人保護計畫』。」

我不發一語，想要了解它的沉重感。我根本無法揣摩成為被保護的人會怎樣？那會是什麼光景？要說有什麼類似的體驗，也就只有在電影裡看過——哈里遜·福特在電影《證人》當中與阿米許人（Amish）的互動；電影《貴客光臨》裡的史蒂夫·馬汀為了想吃美味的義大利麵而悄悄溜出城。這兩個人都憂鬱失落，然後，我又想到了傑克所說的話，真實狀況根本不像電影裡描繪的那麼美好。

「所以貝莉的人生必須重來？」我說道，「新的身分？新的名字？一切都得要重來？」

「對，我會為她準備全新的人生起點，」他說道，「也會為她爸爸準備一切，讓他脫離現在的遭遇。」

我努力消化那些話的意思，貝莉就再也不是貝莉了。她所努力的一切——她的學業、她的成績、她的劇場表演，還有她的自我——全部都會被抹消殆盡。她還能夠演出音樂劇嗎？或者這也會害他們露餡，別人能夠藉此找到歐文。愛荷華某間學校的新學生是音樂劇的主角，葛拉迪會不會說這是他們能夠追查到他們父女的另一種方式？她不能維持自己過往的興趣，必須要學擊劍或是曲棍球，抑或是得受他們的全面監控。無論是哪一種擺脫過往的方式，都意味著他們會要求貝莉不能繼續當貝莉——就在她逐漸要成為獨特自我的時刻。當你在十六歲的時候必須放棄人生——感覺像是某種沉重的課題，這與妳只是個小小孩的時候是截然不同的課題，對於四十歲的人來說也是截然不同的課題。

不過，話說回來，我知道她會願意付出那種代價與她的父親團聚，如果那表示我們大家可以在一起的話，我們兩人都會樂意付出那樣的代價，一次又一次也無妨。

我想要在那種思緒中找尋慰藉，不過，卻有別的事讓我惴惴不安——葛拉迪一直在迴避，感覺就是不對勁的某件事——我還沒有辦法掌握究竟是什麼。

「妳必須要搞清楚，」他說道，「尼可拉斯．貝爾個性卑劣。就連歐文也曾有一小段時間不願接受有人會卑劣至此，很可能是因為凱特對她父親很忠誠，而歐文對凱特很忠誠，對查理亦然，歐文和他也十分親近。他們相信他們的父親是好人，只是往來的某些客戶有問題罷了，他們也讓歐文相信了這樣的說法，他們讓歐文相信尼可拉斯是刑事辯護律師，一直在履行職責，他自己並沒有從事非法活動。他們讓歐文相信他是個好爸爸，是個好先生。他們沒說錯，只不過他還有其他的身分。」

「像是什麼？」

「比方說是謀殺案的共犯，也牽涉勒索與販毒。」他說道，「比方說出手幫忙摧毀許多人的生活，態度堅持不懈，比方說協助破壞許多人的全部世界。」

我心中大驚，只能努力維持不動聲色。

「尼可拉斯所服務的那些人個性兇殘，」他繼續說道，「而且無情，他們會使用什麼手段引歐文出面，真的很難說。」

「他們會抓貝莉？」我問道，「你是這個意思嗎？他們會為了要讓歐文出來而抓貝莉？」

「我的意思是，除非我們盡快安置她，不然是有這個可能。」

葛拉迪暗示貝莉有危險，獨自在奧斯汀街頭閒晃的貝莉，很可能已經陷入危境之中。

「重點是尼可拉斯不會阻止他們，」他說道，「就算他有意願，也無力阻止他們，所以歐文才得斷得乾乾淨淨。他知道尼可拉斯的雙手也染黑，而且歐文運用那種資料重創了那個犯罪集團，妳明白嗎？」

我說道：「也許你應該要說慢一點。」

「尼可拉斯並不是一直那麼齷齪下流，但他不知從什麼時候開始當傳訊兵，替入獄的幫派分子帶話給外頭的領導人。沒有辦法透過別的方式、只能以律師當中間人傳達的那種訊息，誰該受到處罰、誰該死的那種訊息。在知情的狀況下，妳可以想像嗎？為人傳遞會引發某人及其妻子喪命、留下兩名稚子的格殺令？」

「歐文又牽涉了哪一個部分？」

「歐文幫助尼可拉斯設計了一套加密系統，到了最後，尼可拉斯可以讓他送出這些訊息，需要紀錄的時候、將這些訊息全部記錄下來，」他說道，「凱特遇害之後，歐文駭入那套系統，把一切都交給了我們，所有的電郵，所有的通訊往來紀錄……尼克拉斯因為共謀罪入獄六年多，因為我們可以從那些檔案中取得直接證據。當初以那種方式背叛了尼可拉斯．貝爾，就別想回到當初了。」

就在這個時候，我心頭一驚——這就是讓我一直深感不安、葛拉迪一直沒說清楚的那一個部分。

我問道：「所以他那時候為什麼不來找你？」

「抱歉？」

「為什麼歐文不直接找你？」我問道，「如果這是結局圓滿的唯一方式，如果真正保護貝莉安全的唯一方式是加入證人保護計畫，對歐文來說是加入證人保護計畫，那麼，『工作坊』東窗事發的時候，為什麼歐文不來找你？為什麼他沒有跑到你那裡，請你幫忙把我們安置到別的地方？」

「妳必須自己去問歐文。」

「我在問你，」我說道，「葛拉迪？上次你們出紕漏的時候發生了什麼事？你們是在一開始就快刀斬亂麻？還是貝莉的生命曾經受到了威脅？」

「那與現在的事有什麼關係？」

我說道：「息息相關。如果當年的事讓我先生認為你無法保障貝莉現在的安全，那麼與現在發生的狀況息息相關。」

「底線就是，歐文與貝莉想要過著安全生活，『證人保護計畫』是最佳選擇，」他說道，「就這樣。」

他說出這句話的時候，完全沒有歉意，但我看得出來，我的問題讓他坐立難安，因為他無法狡賴。如果歐文真確定葛拉迪可以保護貝莉的安全，那麼他就可以讓我們大家都安全無虞，此刻就會和我們在一起了，根本不是像現在一樣下落不明。

「好，我們不要轉移焦點，」他說道，「妳現在要做的是幫我找出貝莉離開飯店房間的原因。」

我說道：「我不知道為什麼。」

「猜猜看。」

我回他：「我猜她不想離開奧斯汀。」

我沒有繼續說出其他細節。她應該是還不想走，就在她快要能夠找出她自己答案的時候——有關她自己過往的問題，還有歐文丟給我、讓我必須赤手空拳、幾乎難以著手的那些問題。我相信是這個原因，這多少也讓我恢復鎮定，她的確是一個人，但很安全，她正在尋索她認定別人不會為她找尋的答案。我在某人身上應該看得出那樣的特質，因為我自己也有。

他問道：「妳覺得她為什麼想要留在奧斯汀？」

在那一刻，我對他說出了我知道的唯一真相。「有時候，就是會感應到那種直覺。」

他問我：「什麼直覺？」

「一切只能靠自己的時候。」

葛拉迪被找去開會，另一名法警局執行官塞薇亞．赫南德茲帶我穿越走廊，進入某間會議室，她說我可以打電話——儼然打這樣的電話並不會被竊聽或追蹤啊或什麼的，也就是他們要確認他們知道妳的一舉一動、甚至早在妳採取行動之前會做的那種事。

塞薇亞坐在門外，我拿起電話，打給我最要好的朋友。

「我找妳好幾個小時了，」茱莉絲一接起電話就劈頭說道，「妳們還好嗎？」

我坐在長型會議桌前面，以手支頭，努力撐住不崩潰。雖然，現在崩潰剛剛好，我很安全——因為有茱莉絲會接住我。

「妳們在哪裡？」她問道，「我接到傑克的電話，他氣急敗壞，向我大吼大叫，說什麼妳的老公害妳陷入了危險，我實在說不出口我想念這個人。」

「哎，傑克就是這樣，他只是想要幫忙而已，他依賴的就是他那種完全幫不上忙的方式。」

她問道：「歐文怎麼樣了？沒有出來投案吧？」

「這種說法不盡然正確。」

「那不然呢？」但是她語氣溫柔，這也是她表達我無須現在解釋的方式。

我說道：「貝莉失蹤了。」

「什麼？」

「溜走了，離開飯店房間，我們找不到人。」

「她是十六歲的人。」

「茱莉絲，我知道，不然妳覺得我為何會這麼害怕？」

「不，我的意思是，她已經十六歲了。有時候我們就是需要暫時失蹤一下而已，我相信她不會有事的。」

「事情沒那麼簡單，」我說道，「妳有沒有聽過尼可拉斯．貝爾這個人？」

「我幹嘛要知道？」

「他是歐文的前岳父。」

她陷入沉默，想起了什麼。「等等，妳說的不會是尼可拉斯．貝爾吧……嗯，那個尼可拉斯．貝爾？那個律師？」

「對，就是他，妳知道他的背景嗎？」

「不是很多。我是說……他在兩三年前出獄的時候，我記得看過新聞報導，他會坐牢是因為傷害還是殺人什麼的吧。他是歐文的岳父？」她說道，「真是難以置信。」

「茱莉絲，歐文惹了大麻煩，我覺得我已經無力阻止了。」

她不說話，若有所思，我感覺得出來，她想要補充某些線索，我現在沒辦法幫她釐清的某些線索。

「我們一起，」她說道，「我保證。首先，我們要讓妳和貝莉回家，然後我們一起想辦法。」

我胸口不禁一陣揪痛，這就是她一貫的處事方式——我們總是以這樣的方式對待彼此。而這也是我突然之間無法呼吸的原因，貝莉在這座陌生城市街道晃蕩，就算等到我們找到她的時候——我相信他們很快就會找到她——但葛拉迪剛剛卻告訴我，我不能回家，永遠沒辦法回去了。

她問道：「還在聽嗎？」

「嗯，」我問道，「妳剛剛說妳在哪裡？」

「我在家，」她說道，「我把它打開了。」

她的語氣沉重，後來我才發現她講的是保險箱，撲滿裡的那個小保險箱。

「是嗎？」

「對，」他說道，「麥克斯找到了一個住在舊金山市中心、可以破解保險箱的人，我們大約是一小時之前把它打開的。他名叫馬提，年紀約九十七歲，這樣的人可以搞定保險箱真是太離奇了。他專注聆聽轉盤五分鐘，然後就這麼打開了。」

「裡面有什麼？」

她停頓了一會兒，「一份遺囑，歐文・麥可斯也就是以前的伊森・揚恩的最後遺囑，要不要讓我唸給妳聽？」

我在思索還有誰會聽到。要是茱莉絲開始唸的話，我在思索還有誰會聽到歐文的遺囑——不是我從他筆記型電腦裡叫出來的那一份遺囑，而是以另一份遺囑迂迴提到的遺囑，彷彿像是隱身在某個給我的秘密訊息之中。

歐文真正的遺囑，更完整的遺囑，伊森的遺囑。

「茱莉絲，很可能有人在竊聽電話，所以我想我們應該要關注幾個重點就好，可以嗎？」

「沒問題。」

「關於貝莉的監護人，他是怎麼說的？」

「如果歐文死亡，或者是在他無法自己照顧她的狀況下，」她說道，「妳是她的第一順位監護人。」

歐文早就提前準備好了，也許不是完全為了這種狀況，而是類似的處境。他打算的方式是貝莉會與我在一起——他希望貝莉待在我身邊。他是在什麼時候信任我到了可以勝任監護人的程度？他是什麼時候認定對她最好的方式是把她留在我身邊？他居然想得這麼遠，認定我可以辨得到，讓我內心的某個角落也撥雲見日。但她現在卻失蹤了，在這座城市的某個角落，而我居然也坐視那種事在我眼前發生。

我說道：「他有提到其他名字嗎？」

「有，依據妳是否能照顧她、或是貝莉的年紀等條件，有不同的規則。」她唸出來的時候，我仔細聆聽，做筆記，寫下我認得的那些姓名。其實我要聆聽的只是某個名字——某個讓我一直努力推想是否能夠信任的人，歐文是否會信任的人，雖然，種種證據顯示不該信任他。當我一聽到此人的名字，當她說出查理・史密斯的時候，我停筆，我告訴她我得掛電話了。

她說道：「要小心。」

這是她的道別語，和平常習慣的「我愛妳」不一樣。依照當下的情勢，依照我現在為了要釐清真相而必須採行的策略，其實並無二致。

我站起來，透過會議室的窗戶向外眺望，開始下雨了，儘管如此，底下的奧斯汀夜生活依然生氣勃勃。大家撐傘走在街頭，準備要吃晚餐看表演，爭辯是要喝最後一攤酒還是去看晚場電影，或者，他們在討論今天已經玩得夠盡興，雨勢越來越大，現在想要回家。他們，是幸運的一群人。

我面向玻璃門，法警局執行官塞薇亞坐在另一頭，她看著自己的手機，對我沒興趣，不然就是在忙比保姆任務更重要的事項。也許她在忙的正是我惦念在心那件事，找尋歐文，找尋貝莉。

我正打算要進入走廊、要求提供尋人最新進度的時候，發現葛拉迪正朝我走來。

他敲門，同時也開了門，他對我微笑——比較和善的葛拉迪，冰冷態度似乎有一點融化。

「他們找到她了，」他說道，「他們找到了貝莉，安全無恙。」

我吐了一口長氣，熱淚盈眶。「啊，感謝老天，她在哪裡？」

「在校園裡，他們正準備把她帶回來這裡，」他說道，「在他們回來之前，我們可不可以先討論一下？我想，對於接下來的計畫，我們對她的態度一致相當重要。」

接下來的計畫。他的意思是要把她安置他方，把我們安置他方。他的意思是，在他對她說出她所知的一生即將結束的時候，我可以幫助他穩住全場。

「而且我們還有其他事情要討論，」他說道，「我之前不想要多談，不過，我一直沒有向妳透露全部的實情……」

我酸他，「我就知道。」

「我們昨天收到了一份包裹，裡面有歐文工作郵件壓縮檔硬碟，我必須查核是否為真，果然都是真的。在艾維特不顧歐文反對、為了首次公開發行而對他不斷施壓的過程當中，他把一切都鉅細靡遺記錄下來，還包括了他之後為了想確保它運作正常的一切努力……」

「所以，歐文參與了這一整起犯罪事件，」我說道，「就不單只是猜測而已了？」

他回我：「不，我的判斷不是。」

我問道：「所以真的是我先生企圖湮滅一切？」

我的聲音變得高亢，雖然想要努力克制，但就是沒有辦法。因為歐文雖然現在處於這種狀況，依然想盡一切辦法保護我們，我就是不相信葛拉迪知道要如何做出相同的舉動。

「他一定有出手協助，」他說道，「受保護人自願幫助的對象，很可能會成為『證人保護計畫』審核的不利條件，這些檔案，加上他的過往紀錄，在在凸顯了他為什麼拖到現在才吹哨，還有他為什麼一直堅持不出面的原因。」

我細細思索，內心產生一股詭譎的五味雜陳感，覺得釋然，還有其他的情緒。一開始的時候，我覺得是對葛拉迪的惱怒，他對我隱瞞這條線索，隱瞞他從歐文那裡得知的消息，不過，後來我恍然大悟，其實我火大的是因為更邪惡的事。因為，我開始逐漸看透——葛拉迪到底還隱瞞了我什麼。

我問道：「那麼你為什麼現在要告訴我這個消息？」

「因為當貝莉來到這裡的時候，我們必須站在同一陣線，」他說道，「關於『證人保護計畫』，關於能夠讓妳們可以繼續過日子的最佳方案。而且我知道這感覺變得不一樣，但妳們不會從零開始，並非全然如此。」

「什麼意思？」

「意思就是，妳記得歐文留給貝莉的那筆錢吧？它是合法所得，是歐文的錢，」他說道，「妳們進入『證人保護計畫』階段的時候，會有一大筆錢，我們大多數的證人接受保護的時候根本差得遠了。」

「葛拉迪，我覺得這番話聽起來的意思就是，如果我們拒絕的話，那筆錢也沒有了……」

「如果拒絕的話，一切都沒有了，」他說道，「一家人平安團聚，沒了；安全，沒了。」

我點點頭，明瞭葛拉迪想要說服我什麼——我應該要支持他的提案，讓貝莉與我一起接受證人保護計畫。我需要支持他，因為這一切的安排都是為了歐文能在未來加入我們進入這種全新的生活，一切都是為了我們一家人終能團聚。新的姓名，但能夠團聚，在一起生活。

雖然葛拉迪如此堅持，但我就是有放不下的執念，歐文不希望我放下的執念。我的疑慮，當我想到「證人保護計畫」資料外洩，以及當我想到尼可拉斯．貝爾時所產生的疑慮，當我想到歐文倉促逃亡所觸發的疑慮，還有，根據我對歐文的了解，就可以解釋這個疑慮，能夠解釋疑慮的唯一答案。我對歐文全然了解的一切，讓我深信別有蹊蹺。

葛拉迪依然滔滔不絕，「我們只需要讓貝莉明瞭，這是能夠盡量保證安全的最佳途徑。」

盡量保證她安全，這句話讓我愣住了。因為他說的不只是安全而已，因為已經不可能安全了，再也沒有了。

貝莉已經不在街頭晃蕩，但她正準備要過來這間辦公室，而且將要進入一個盡量保證安全的世界。葛拉迪等一下會告訴她，她之後將會成為別人，貝莉，再也不是貝莉了。

當然，除非我要想辦法阻止，阻止這一切。

也就是在這個時候，我準備迎戰，醞釀現在必須要採取的行動。

「好，我們可以開始研究，」我說道，「安排貝莉的最佳方式，但我只需要先去一下洗手間……朝臉潑點水，我已經二十四小時沒睡了。」

他點點頭，「沒問題。」

他替我扶住門，我起身準備要離開會議室，經過他身邊的時候，還刻意暫停腳步，我知道這是最重要的一個環節，讓他相信我。

我說道：「她安全無虞，真是讓我鬆了一大口氣。」

「我也是，」他說道，「好，我知道這並不容易，我了解，但這是最好的方案，而且之後妳一定會發現，貝莉適應速度之快超過妳的想像，而且也沒那麼可怕。妳們可以在一起過日子，一等到歐文再次出現，我們就會立刻把他帶到妳們身邊。想必歐文現在等待的就是這個，首先確保妳們平安無事，確保妳們都安頓好……」

然後，他露出微笑，我也做出我的重點回應，對他回笑。我的笑容宛若我相信他知道歐文為什麼依然不見蹤影；宛若我相信重新安置就是他與他女兒得以團聚，能夠得到安全的解答；宛若我相信除了我自己之外，還有別人可以保護貝莉的安全。

葛拉迪手機響了，「等我一下好嗎？」

我伸手指向洗手間，「可以嗎？」

「當然，去吧。」

他已經走向窗邊，專注聆聽來電者講話。

我進入走廊，朝廁所方向走去，回頭確定葛拉迪並沒有在監看。是沒有，他背對著我，手機貼耳。當我走過洗手間大門、走到電梯前按下按鈕的時候，他並沒有轉頭，依然在盯著會議室的窗外，一邊講話，一邊凝望雨勢。

幸好電梯很快就來了，我趕緊進去，只有我一個人，猛壓關門鍵。我在葛拉迪結束電話之前進入了大廳，在塞薇亞．赫南德茲被叫去女廁查看我動靜之前，我已經到了外頭在淋雨。

在她或葛拉迪查看會議室桌面、找尋我留下了什麼給他們的時候，我已經轉過街角，我把那張字條壓在電話底下，歐文留給我的字條，我留給了葛拉迪。

保護她。

我腳步急促，進入陌生的奧斯汀街頭，為了貝莉，為了我所知道的對她與歐文最好的方案，只不過，它卻帶引我回到了我最不應該前往的地方。

每一個人都應該要盤點人生

以下是我所知的一切。

歐文晚上就寢之前，會做兩件事。他轉向他的左側，然後靠向我，伸出手臂環住我的胸口。他會以這樣的方式入睡——他的臉貼住我的背，他的手放在我的心口，他很安然。

他每天早上都會跑步跑到金門大橋下方，然後折返回家。

他從來不曾脫下婚戒，就連淋浴的時候也一樣。

他開車時總是開著車窗，無論是攝氏三十二度還是零下十二度都一樣。

他每年冬天總是嚷著要去華盛頓湖冰釣，卻從來沒去過。

他沒辦法電影看到一半就放棄，無論多難看都一樣，不看到片尾名單絕不罷休。

他覺得大家太吹捧香檳。

他覺得大家太低估暴風雨。

他有懼高症，只是眾人有所不知。

他只開手排車，大力讚揚只開手排車的好處，沒有人理他。

他愛帶他女兒去舊金山欣賞芭蕾舞劇。

他愛帶他女兒去索諾瑪郡健行。

他愛帶他女兒去吃早餐，他自己從來不吃早餐。

他可以從無到有、變出十層高的巧克力蛋糕。

他會做好吃的椰子咖哩。

他有一台已有十年壽命La Marzocco牌的義大利咖啡機，迄今依然放在盒子裡。

還有，他結過一次婚，岳父為惡人辯護——雖然他認為稱他們為惡人有點太簡化了，雖然他覺得這樣的說法並不完整。他接受了岳父的任務，因為他娶了這男人的女兒，歐文就是這樣。他基於需要，基於愛，也許是基於恐懼，接受了他的岳父。不過，他不會把它稱之為恐懼，他會將其誤稱為忠誠。

我還知道這些部分。當歐文失去了他的妻子，風雲變色，一切都變了。

他的內心讓他變得憤怒，對他妻子的家人、她的父親，還有他自己都感到憤怒。他對於他放任自己睜一隻眼閉一隻眼感到憤怒——以愛之名，以忠誠之名，這也是他離開的部分原因。

另一個理由就是他必須要讓貝莉脫離那種生活，這是關鍵，而且事況緊急。讓貝莉接近他妻子的家人，感覺就像是在冒天大的風險。

我知道了這一切，而接下來的部分是我恐怕永遠沒有答案的疑問。現在我覺得我不得不冒險，不知道他是否願意原諒我。

「永不禁酒」，第二部

「永不禁酒」營業中。

裡面混雜了下班後的客人們，還有一些研究生、正在約會的某對情侶——男生頂著綠色雞冠頭，女生整隻手臂都是刺青——兩人眼中只有彼此而已。

某名身穿背心與領帶的年輕性感調酒師站在吧檯後面，為那對情侶倒雙杯曼哈頓，他是吸引眾人目光的焦點。有個身穿連身褲的女子一直在盯著他，希望可以得到他的關注再來一杯酒，其實，她就只是想要贏得他的關注而已。

還有查理。他一個人坐在他外公的包廂，喝威士忌，旁邊放著酒瓶。

他的食指撫摸酒杯，看起來若有所思。也許他在回憶我們在稍早之前所發生的事，當初他遇到這個他不認識的女子，還有他一心盼望能再次認識的外甥女的時候，能夠展現不一樣的舉措。

我走向他的桌前，一開始的時候，他沒有發現我站在那裡。等到他看到我的時候，目光並沒有憤怒，而是不可置信。

他問道：「妳在這裡做什麼？」

「我需要找他談一談。」

「誰？」

我沒有多說，因為他並不需要我進一步點明，他知道我到底在講誰，他知道我想要見到的人是誰。

他說道：「跟我來。」

然後，他起身，帶我走向某道黑漆漆的走廊，經過廁所與配電室，通往廚房。

查理把我拉進廚房，門晃了幾下之後關上了。

「妳知道今天晚上有多少警察來到這裡嗎？他們還沒有問我任何問題，不過，他們一直進來，所以我看得到他們，我知道他們還會過來這裡，酒吧裡到處都是警察。」

「我覺得他們不是警察，」我說道，「我覺得他們是法警局的人。」

「妳覺得這很好玩嗎？」

「當然沒有。」

然後，我望著他的雙眸。

「查理，你必須讓他知道我們在這裡，」我說道，「他是你的父親，而她是你的外甥女。自從他把她帶走的那一天之後，你們兩人一直在尋找她的下落，就算你想要掩飾，也藏不住心跡。」

查理推開緊急逃生門，接下來出現的是某座後梯，通往底下的小巷。

他開口：「妳得離開了。」

「我沒辦法……」

「為什麼不行？」

我聳肩，「我沒有其他地方可去了。」

這是實話。自己承認這一點，多少讓我很不自在——更不用說在他面前說出來了——我想要再次扭轉頹勢，查理是我剩下的唯一機會。

也許他感受到了，因為他停下腳步，而且我看得出來他的決絕態度變得遲疑，他放開了緊急逃生門，任由它甩回原處。

「我必須找你父親談一談，」我說道，「而且我在請求我先生的朋友助我成願。」

「我不是他的朋友。」

「我認為這並非實情，」我說道，「我已經請我的朋友茱莉絲找到了伊森寫給我的遺囑，」伊森，我使用的是那個名字。「他真正的遺囑，他把你放入了遺囑內容，他把你當成了貝莉的監護人，和我一樣，要是他出了什麼事的話，他希望她能夠有你相伴。他盼望由我看顧她，也盼望由你看顧她。」

他緩緩點頭，沉澱了好一會兒，我差點以為他要哭出來了。他抬高雙手到額頭前方，搓揉雙眉，彷彿是要阻止淚水流出來一樣。那是得知有望再次見到外甥女的釋然淚水——也是過去十年想見卻不得見的極度傷悲之淚。

他問道：「那我父親呢？」

「我不知道他是否希望她與尼可拉斯有任何牽扯，」我說道，「不過，伊森把你的名字放在遺囑裡，讓我明瞭你在那種情勢中的角色雖然相當矛盾，但我先生還是信任你。」

他搖搖頭，彷彿不敢相信他面對的真相，這種情緒我感同身受。

「這是一場過往的戰爭，」他說道，「妳以為伊森無辜，其實並非如此，妳不知道整個來龍去脈。」

「我知道我並不清楚。」

「所以妳想怎樣？妳想要找我父親談一談，然後在他與伊森之間建立什麼和平橋梁？不重要，妳說什麼並不重要，伊森背叛我父親，他毀了自己的一生，也害我母親在這段過程中過世了。如果連我也完全無法修補關係，那麼妳想要進行任何努力也是枉然。」

查理陷入天人交戰，我看得出來。他想要告訴我有關他父親的事，還有歐文的事。如果他透露得太少，我不會離開；要是他透露得太多，我恐怕也不會離開。他希望我趕快走人，他覺得這樣對每一個人來說都比較好。但我不予理會，因為我知道現在只有一個方法能夠突破僵局。

「妳嫁給他多久了？」他問道，「嫁給伊森多久了？」

「為什麼這會是重點？」

「他跟妳想像的不一樣。」

我說道：「所以我洗耳恭聽……」

「關於我姊姊的事，」他問道，「伊森是怎麼跟妳說的？」

什麼都沒說，我真想這麼告訴他，我知道的一切都不是事實。畢竟，她並沒有一頭火紅色的頭髮，也並沒有深愛科學。她沒有去紐澤西州念大學，可能連在游泳池完整游一趟都有困難。現在，我知道他為什麼要告訴我們那些事——為什麼要編出這麼詳盡的背景故事。這樣一來，萬一有哪個不該出現的人接近貝莉，有哪個不該出現的人懷疑貝莉的真正身分，她就可以直視對方的雙眼，否認一切，態度坦蕩，我媽媽是紅髮游泳健將，我才不是你想的那個人的女兒。

我望著查理的眼眸，誠實回答：「他跟我說的不多。但他曾經告訴過我，要是我能夠遇見她，一定會超喜歡她，」我繼續說道，「他還對我說，我們兩個一定會很投緣。」

查理點頭，但依然沉默不語。我可以感受到他對於我和歐文的生活、對於貝莉的各種疑問：她現在成了什麼樣的人，喜歡些什麼，與他深愛無比的過世姊姊可能還有哪些相像之處。但他根本不能向我提問，除非他必須先面對自己的那些問題，他不想提供答案的那些問題。

「好，」他說道，「如果妳期盼某人告訴妳，因為克莉絲汀的關係，氣氛的融洽程度就足以讓我父親放下他與伊森的過往，可以達成某種程度的休戰狀態，他們不會的，他不會的，不會有那種進展，我父親絕對不可能放下一切。」

我回他：「那一點我也很清楚。」

而且我的確心裡有數。但我指望查理終究會出手幫我，不然的話，我們也不會展開現在這樣的對話了。要是他沒有意願，我們會有不一樣的對話內容——兩人都不會想要提及歐文對這個家庭、對我所做的事，一定會出現嚴重撕裂我心的對話。

他凝望我，表情溫柔多了，開口問道：「先前是不是嚇到妳了？」

「這應該是我問你的問題才是。」

「我並非要故意那樣脅迫妳，只是妳把我嚇得半死，」他說道，「為了我爸爸而跑來這裡惹事生非的人，數目之多絕對超過妳的想像。即便過了這麼多年之後，還是會有那些看到法庭電視頻道的審判影片、自以為認識我爸爸、想要親筆簽名的犯罪迷。我想我們是什麼奧斯汀幫派集團之旅的某個景點吧，我們和『紐頓幫❹』……」

我說道：「聽起來好慘。」

「的確，」他回我，「超慘。」

查理盯著我，仔細端詳。「我覺得妳不知道自己在幹什麼，我想妳依然期盼有個幸福結局。但這樣的故事不會有漂亮的收尾，」他說道，「不可能的。」

「我知道不可能，我只是另有期盼。」

「是什麼？」

我停頓了一會兒，「不要在此劃下句點。」

❹二十世紀初的德州著名黑幫。

湖畔

查理開車。

我們前往這座城市的西北方，經過了邦奈爾山，然後進入德州丘郡。突然之間，我的周圍成了連綿山丘，到處可見樹林綠意，車窗外的湖泊靜默不語，冷淡，無動於衷。

我們轉入農莊路的時候，雨勢趨緩。查理不多話，不過，他告訴我，他父母是在兩年前買下這棟位於湖畔的地中海式豪宅——也就是尼可拉斯出獄的那一年，他母親過世的前一年。他說，那是他母親的夢幻之家，僻靜的隱世居所，而自從她過世之後，尼可拉斯就一直住在那裡，只有他一個人。我後來才知道，這棟被查理的母親，梅麗迪絲命名為「庇護所」（當我們一駛入私人車道的時候，我看到的匾額題字）的豪宅——足足花了他們一千萬美金。

她會選擇這個名字，原因不難理解。豪宅面積廣大，風景極美，而且很隱密，十分隱密。

查理輸入密碼，金屬大門開啟，露出了圓石鋪面的私人車道，至少有四百公尺長，然後，蜿蜒通往某棟小型警衛室。警衛室滿佈藤蔓，讓它看起來一點都不顯眼。

主屋就沒那麼低調了，看起來像是法國里維耶拉風格——佈滿了一列列的陽台，古磁磚屋頂，石材立面。最搶眼的是那些至少有二點四公尺高的美麗老虎窗，表露歡迎之意，邀君入內。

我們把車停在警衛室，警衛現身了，職業美式足球線衛的壯碩體格，身著貼身西裝。

查理搖下車窗，警衛彎身，斜倚在駕駛座的車窗，開口打招呼：「嗨，查理……」

「奈德晚安，你好嗎？」

奈德望向我，對我微微頷首，然後，他又面向查理，開口說道：「他在等你。」

他拍了拍車頂，然後又回到警衛室，打開了第二道門。

我們開進去，駛過圓環狀車道，然後停在大門口。

查理把車停好，熄火，但是他卻沒有下車，似乎是欲言又止，但一定是後來又改變了心意——不然就是想一想之後還是覺得算了——因為，他不發一語，打開駕駛座車門，下車。

我跟在他後頭下車，迎向冰冷黑夜，還有因雨水而濕滑的地面。

我朝正門走去，但查理卻指向某扇側門。

「走這邊。」

他為我扶住了門，我走進去，等他鎖好門之後，我們開始沿著豪宅側邊的某條小徑前進，路緣種滿了多肉與各類植物。

我們並肩同行，查理走在步道的外側，我凝望這間豪宅——透過那一長排的法式落地窗——觀察每一個房間，每一間都燈光透亮。

我在懷疑他們是為了我而打開這些燈——這樣一來，我就能夠看到令人驚豔萬分的設計，以及處處到位的所有細節。漫長蜿蜒的走道兩旁都是昂貴的藝術品，還有黑白照片。主廳有人教堂式的屋頂，加長座深的木架沙發，佔據豪宅後方的那張農莊桌，在陶土色地板與巨大的石造壁爐映襯之下，顯得格外搶眼。

我一直在想，尼可拉斯一個人住在這裡的情景，獨居在這樣的豪宅裡是什麼感覺？步道蜿蜒，繞到了某個棋盤格狀的遊廊，裡面陳列了古董廊柱，還可以看到絕美湖景——遠方小船在閃動，滿滿的橡樹林，還有湖水本身的冷冽寧和感。

護城河。

這間豪宅，尼可拉斯·貝爾的豪宅，有自己的護城河。這也狠狠提醒了我，如果沒有明確許可，絕對不可能進出這裡。

查理指向某排休閒長椅，自己挑了一張坐下來，遠處湖面波光粼粼。

我刻意迴避他的目光，凝望那些小船。我知道我為什麼需要來此，不過，現在我真的來到這裡，感覺卻像是犯了錯，我當初似乎應該把查理的警告放在心上，彷彿裡面沒好事。

查理開口：「隨便坐。」

我說道：「我站著就好。」

「他可能還要一會兒才過來。」

我整個人斜靠在其中一根廊柱。

我說道：「我站著就好。」

「也許妳該擔心的不是妳自己……」

我聽到某個男人的聲音，轉頭一看，發現是尼可拉斯站在後門的位置，嚇了我一大跳。他的兩側各有一隻狗兒相伴，巧克力色的拉布拉多犬，目光緊盯著尼可拉斯。他說道：「這些柱子不像表面那麼堅固。」

我趕緊離開柱子，「抱歉。」

他回我：「不，不是，我在開玩笑，只是在跟妳開玩笑。」

他朝我走來的時候，對我大手一揮，看得出他手指微彎。這名瘦弱男子留著稀疏的山羊鬍——罹患關節炎的手指讓他看起來外表孱弱，他身著寬鬆牛仔褲，搭配開襟羊毛衫。

我咬住下唇，努力壓抑自己的驚訝之情。他和我預期的尼可拉斯不一樣——居然溫柔又和善。他看起來像是某人的慈愛祖父，語氣如此溫柔，

講話節奏徐緩，冷面笑匠風格——讓我想到了我自己的可愛外公。

「我妻子從法國某間修道院買了這些廊柱，截為兩半之後運來這裡。某位本地工匠將它們拼接回去，恢復為原初狀態，相當堅實。」

我說道：「而且很美……」

「真的美，對吧？」他說道，「我太太對於設計有獨特的感受力。這間屋子裡的一切都由她精心挑選，每一件都是。」

光是講到了他的妻子，就令他流露痛苦神色。

「我不習慣談論我家的工藝品，但我覺得妳應該會喜歡一點小故事……」

我愣住了，尼可拉斯是要暗示他知道我的工作？他會知道嗎？難道已經有人洩了我們的

底？或者是我自己大嘴巴。也許我對查理說了什麼但自己渾然不知，把我們的背景全部曝光。

反正，現在主導權在尼可拉斯手中。十個小時之前，狀況應該並非如此，但我一踏上奧斯汀之後，我卻讓局勢逆轉。現在，這是尼古拉斯的地盤，奧斯汀是尼古拉斯的世界，而我卻帶領我們回到了這裡。兩名保鑣走到了外頭——奈德和另外一個人，彷彿正好強化了這一點。他們個頭高大，臉上完全沒有笑容，都站在尼古拉斯的後面。

尼可拉斯沒有理會他們，反而向我伸手，打算與我握手致意，儼然我們是老友一樣。我還有選擇嗎？我把手伸出去，就讓他以雙手掌心包覆住我的手。

他說道：「幸會……」

「漢娜，」我說道，「叫我漢娜就好。」

「漢娜……」

他露出微笑——真誠寬厚。與我本來預期的相反模樣兩相對照，看到他這種笑容，反而突然讓我更加不安了。歐文到底是在什麼時候，一站在他面前浮現的念頭就是，尼可拉斯被迫佯裝善良吧？如果他是惡人，怎麼可能會有那樣的笑容？他怎麼可能養育出歐文深愛的女子？

我實在很難盯著他，所以我低頭，目光飄向地板與狗兒。

尼可拉斯的眼神跟隨著我的目光，然後，他彎身，拍了拍狗兒們的後腦勺。

他說道：「這隻是卡斯柏，而這一隻是里昂。」

「好漂亮。」

「的確，謝謝妳。我從德國把牠們買過來，我們目前正在進行牠們的『蕭茲宏茲』（Schutzhund）訓練。」

我問道：「這是什麼意思？」

「正式的翻譯是『護衛犬』。牠們應該要保護主人的安全，我純粹覺得牠們是很好的同伴。」他停頓了一會兒，「要不要摸一下狗兒？」

我不覺得那是威脅，但我也不覺得那是邀請，至少不是我有興趣接受的那一種。

我望向查理，他依然躺在他的休閒長椅上面，手肘蓋住雙眼。他的隨性姿勢看起來很牽強，看來他待在他爸爸的家裡簡直就和我一樣渾身不自在。不過，尼可拉斯把手伸出去、放在他兒子的肩上，而查理也就這麼握住了他的手。

「嗨，老爸。」

尼可拉斯說道：「兒子，長夜漫漫吧？」

「的確。」

「那我們就弄杯酒給你好了，」他說道，「要不要來杯威士忌？」

「好啊，」查理回道，「太好了。」

查理抬頭望著他父親，真誠，態度大方。我這才發現我誤判了他的焦慮。不知道他心情低落原因為何，但似乎與他父親無關，他依然緊緊握住他爸爸的手。

葛拉迪對此判斷顯然相當正確——無論尼可拉斯在他的職業生涯中可能扮演什麼角色，無論如何醜惡或危險，也是會把手放在長大成人的兒子肩頭、在他辛勤工作一晚之後給一杯睡前酒的男人，這就是查理看到的他。

這不禁讓我開始懷疑葛拉迪對於其他部分的判斷是否為真。或者，我應該這麼說，葛拉迪研判其他部分的正確度有多高。為了要維持安全——繼續讓貝莉安全無虞——我要去哪裡都可以，但就是萬萬不能待在這裡。

尼可拉斯朝奈德點點頭之後，他朝我走來。我臉色抽搐，趕緊後退舉高雙手。

我問道：「你要幹什麼？」

尼可拉斯說道：「他只是要確定妳身上沒有裝竊聽器。」

「你可以相信我，」我說道，「我要是裝竊聽器，又有什麼好處？」

尼可拉斯微笑，「我已經不碰那種問題了，」他繼續說道，「但如果妳不介意的話……」

奈德開口：「請舉高妳的雙手。」

我望向查理，希望可以得到他的支援——說出這個舉動沒有必要，但他根本沒開口。

我乖乖遵從奈德的指示，我告訴自己，這就像是機場的安檢搜身，被運輸安全管理局的人檢查一樣，無須多慮。不過，他的雙手冰冷，而且，當他的雙手在我身體側邊移動的整個過程當中、我還可以看到他腰間佩戴的槍。我注意到尼可拉斯全程緊盯不放，他身旁的護衛犬似乎也在待命狀態。

我覺得我的呼吸哽住了，只能拚命維持正常神色。要是這裡的哪個人看到我先生，一定會出手，把他打得半死，我現在無論做什麼都沒有用。葛拉迪的話語在我腦中不斷迴盪，尼可拉斯是壞人，這些人殘忍無情。

我望向尼可拉斯的雙眸，依然感受到保鑣的雙手在觸摸我的身體，我問道：「這就是你的待客之道？」

他回我：「我最近沒有什麼客人。」

我點點頭，拉好毛衣，雙臂環胸。然後，尼可拉斯面向查理，

「查理，這樣吧？我想要和漢娜獨處一會兒，你何不去游泳池畔喝酒，然後回家？」

他回道：「我等一下要載漢娜離開。」

「馬庫斯會載她去她得要去的地方，我們明天再說好嗎？」

尼可拉斯拍了拍兒子最後一下，查理還來不及回話，就算要說也擠不出什麼吧，尼可拉斯已經打開了家門，自己走了進去。

不過，他卻在門口稍作停留，站在那裡不動，讓我自行選擇。我可以現在離開，與查理一起回家，或是在這裡與他獨處。

以下是我的選擇——留在這裡，與尼可拉斯待在一起，幫助我的家人；或者，放下我的家人，救我自己。這感覺像是某種詭異的試煉，彷彿我必須接受試煉，彷彿我當初要是沒有來到這個能夠幫助我家人的地方，就等於救了我白己。

尼可拉斯說道：「要不要一起進來？」

我還是可以離開這裡，還是可以遠離這個人。我的心頭浮現了歐文的面孔，他不希望我待在這裡。還有葛拉迪的面孔，走，走，快走啊。我的心臟跳得好大聲，我想尼可拉斯一定都聽見了。就算他聽不到，我覺得他也一定感受得到——我渾身上下散發的緊張氣息。

人生中總會遇到驚覺自己完全無力掌控的時刻，我現在就遇到了。

狗兒們仰望尼可拉斯，大家都盯著他，也包括我。

我朝自己唯一能夠行進的方向走過去，我朝他走過去。

我開口：「您先請。」

兩年前

「貝莉，我喜歡妳的洋裝。」

我們在洛杉磯威尼斯區的菲力克斯餐廳用餐。我接下了某名客戶的威尼斯運河區住宅案子，歐文覺得這是貝莉與我好好共處的絕佳機會。這應該是我們的第八次見面，不過，除了共進晚餐之外，通常她不願意多作奉陪，通常我們不會三人共度一整個週末。我們剛剛帶她去了好萊塢露天劇場觀賞杜達美指揮的表演，她超愛；現在，我們在洛杉磯最棒的義大利餐廳吃晚餐，她也超愛。而她唯一不愛的是什麼？全程都有我在場。

我說道：「那種藍色的色澤把妳襯托得好美……」

她沒有回話，連制式的點頭聳肩動作都沒有，完全對我置之不理，只顧著喝她的義大利汽水。

她開口：「我得去洗手間。」

歐文還沒接腔，她就起身走人。

他目送她離開，等到她消失在轉角之後，他面向我。

「我打算給妳一個驚喜，」他說道，「不過趁現在告訴妳也不錯，我下禮拜要帶妳去大索爾。」

我這禮拜要待在洛杉磯完成那個運河區的案子，然後打算在週五飛去索薩利托。我們曾經說要開車沿著海岸一路前行，去拜訪歐文的堂兄弟，他說，他的堂兄弟住在卡梅爾——舊金山半島末端的某個觀光小鎮。

我問道：「所以其實沒有住在卡梅爾的堂兄弟？」

「可能是別人的堂兄弟吧。」

我哈哈大笑。

「這是我的好處之一，」他說道，「其實我根本沒有堂兄弟，也沒有家人，除了貝莉之外。」

我說道：「她真的是一大恩賜。」

他對我微笑，「妳的確感受到了吧？」

「當然，」我停頓了一會兒，「但這並不是雙方都有的感覺。」

「以後就會的。」

他喝了一小口自己的酒，然後把它從桌面推到我面前。

「妳有沒有試過『好運魔咒』波本？」他問我，「我只會在特殊場合喝。它混有波本、檸檬，還有綠薄荷，有效，真的會帶來好運。」

「你需要好運做什麼？」

「我要問妳一個妳馬上會說問得太早的問題，」他說道，「可以嗎？」

我反問：「這就是你的問題嗎？」

「我的問題不久之後就會出現了，」他說道，「但不是這種場景，不會趁我小孩在上廁所的時候，所以妳可以再次恢復正常呼吸了。」

他沒說錯。我剛剛真的無法呼吸，好擔心他真的會冒出那個問題。要是他真的這麼做，我一定會嚇得半死，我沒有辦法答應他，但也沒有辦法拒絕他。

「也許我會在大索爾問妳那個問題吧。我們待在懸崖頂端，周邊被橡樹圍繞，全都是妳這一生從所未見的絕美數目。妳會在底下睡著，躺在圓頂帳篷裡入睡，可以仰望樹木，眺望海洋，其中一頂帳篷就有我們的名字。」

我說道：「我從來沒有睡過圓頂帳篷。」

「好，到了下個禮拜，妳就得收回這句話了。」

他拿回自己的酒杯，啜飲了悠長的一口。

「我知道我自己有操之過急的毛病，但妳應該知道了吧，我已經等不及要當妳的老公，」他說道，「我只是要鄭重聲明一下。」

「好，這不是我的鄭重聲明，」我說道，「但我有相同感受。」

貝莉在這時候回到了餐桌。她坐下來，大啖她的義大利麵，南義乳酪與黑胡椒義大利麵的美味演繹版本，起司、辣胡椒以及鹹味橄欖油的邪惡混合物。

歐文靠過去，從她的盤子裡狠狠挖了一大口。

她哈哈大笑，「爸！」

「分享就是關愛，」他滿嘴的義大利麵，「想不想聽點好玩的事？」

她對他露出微笑，「好啊。」

「漢娜幫我們大家買了明晚在格芬劇場演出的《裸足佳偶》復刻版舞台劇的門票，」他說道，「她也喜歡尼爾．賽門，妳說是不是很棒？」

「我們明天還要見漢娜啊？」她不假思索就脫口而出，話已經來不及吞回去了。

「貝莉……」歐文對她搖頭。

然後，他給了我一個歉然的表情：她這個樣子，真是對不起。

我聳肩：真的沒關係，就隨她吧。

我是說認真的，我沒差。她是從小到大幾乎都沒有媽媽相伴的青少女，她只有她的爸爸。我並不指望當她遇到可能會與她共享他的人、她會展現和善態度，我也認為任何人都不該對她有那種期待。

她低頭，很不好意思。「抱歉，我只是……有很多功課還沒做。」

「沒事，千萬別這樣，沒關係，」我說道，「我也有好多工作得完成。不然你們兩個去看劇吧？就只有妳和妳爸爸。也許等到妳做完功課之後，我們可以在飯店碰頭？」

她盯著我，等待圈套出現，並沒有。我希望她可以明白那一點。不論我做出任何就她的角度看來、適當或是不當的行為（根據我們一開始的互動，我知道我會做出一堆被她判定是不當的行為），但永遠不會有任何圈套，那是我可以對她做出的許諾。我認為她不需要擺出和善姿態，她不需要偽裝，只需要做自己就好。

我說道：「老實說，貝莉，不管怎麼樣都不需要有壓力……」

歐文伸手過來，握住我的手。「我真的很希望我們可以大家一起去。」

「下一次吧，」我說道，「我們可以等到下一次。」

貝莉抬頭，我看到了她來不及掩藏的神情。就在她的眼眸之中，宛若她並沒有打算讓我知悉的某個秘密——她對於我的體諒所產生的謝意。我看得出來，她多麼渴望有人能夠理解她，除了她父親之外的別人。還有她動念了那麼一秒鐘——也許那個人可能剛好就是我。

「嗯，」她開口，「下次吧。」

好，這是有史以來的第一次，她對我微笑。

必須要為自己做點什麼

我們走過兩側佈滿藝術照的長廊，其中一幅是加州海岸，靠近大索爾的絕美海岸線，這張照片至少有兩公尺長，鳥瞰在陡峭山稜、岩石，以及海洋分隔線之間鑿刻而成、幾近不可思議的漫漫長路。我看得好專心，熟悉的地景讓我的心得到了一些舒緩，害我差點沒注意到裡面的餐桌，我的餐桌——《建築文摘》為我做專題報導的那張桌子，助我事業直上青雲的那張桌子。

那是我最常被仿製的作品。某間大型零售商店甚至在《建築文摘》的專題報導出來之後開始仿製那張桌子。

我愣住了。尼可拉斯說過，他的妻子精心挑選了這間豪宅裡的每一件家具。她會不會正好看到了《建築文摘》的那篇報導？會不會因此買下了那張桌子？是有這個可能。他們的網站上依然看得到那篇專題，如果近年來在網路上查得夠勤快，如果她找得夠認真，如果她真的鎖定了什麼目標的話，也許真有機會讓她找到她遍尋不著的外孫女。

終究，累積了足夠的步履，讓我來到了這裡，我不想踏進來的這間屋子——我過往的某件作品在這裡找到了我，彷彿我還需要被再次提醒，我生命中重要的一切，已經完全被現在的情勢所掌控。

尼可拉斯推開了某道厚重的橡木門，為我扶住了門。

我忍住不回頭張望站在我們後面的奈德，他距離我們只有一公尺左右，我也忍著不看一直在他身邊走來走去、淌流口水的狗兒。

我跟著尼可拉斯、進入他的書房，細細端詳——深色皮椅與閱讀燈，桃花心木的書櫃，裡面排列的藏書是百科全書與經典作品。尼可拉斯．貝爾的文憑與榮譽全都掛在牆上，最優等畢業生、斐陶斐榮譽學會、《法學評論》，全部都被裱框，驕傲示人。

他的書房與這間豪宅其他區域的感覺很不一樣，比較像是私人空間，到處都有他家人的照片——牆面、邊櫃，以及書架，不過，書桌上只放貝莉的照片。全都是純銀相框，將原照放大兩倍的尺寸，每一張都是小貝莉，睜著那雙大如圓盤的深色眼眸，還有她的柔軟捲髮——還不是紫色。

然後，是她的母親，凱特。幾乎每一張展示的照片都是她抱著貝莉：貝莉與凱特同吃冰淇淋，貝莉與凱特依偎坐在公園長椅。我專心凝望某張貝莉剛出生幾天時的照片，戴著藍色小豆豆帽。凱特與她一起躺在床上，母女貼唇，額頭貼在一起，簡直讓我要心碎了。我想這就是尼可拉斯為什麼要把它放在看得見的地方吧。尼可拉斯把它放在看得到的地方——把所有的照片都放在看得到的地方——這樣一來，他每天都會為之心碎。

這就是善惡的課題，兩者並不遙遠——而且通常都是在同樣的無懼位置作為起點，只是渴求的不一樣而已。

奈德依然站在走廊，尼可拉斯朝他的方向點點頭，他關上了門，那道厚實的橡木大門。保鑣站在走廊，狗兒們也是。

現在我們兩人待在書房裡，就只有我們兩個。

尼可拉斯走到吧檯，為我們各倒了一杯酒。然後他把我的酒交到我手上，自己在書桌後面坐下來，留下書桌前的位置給我——有金色蝕刻紋路的深皮椅。

他說道：「千萬別客氣。」

我手裡拿著酒，坐了下來。但是我背對著門口，卻讓我開心不起來，在那一瞬間，我突然冒出了一個念頭，有人走進來、對我開槍也並非不可能。某個保鑣可能會嚇得我猝不及防，狗兒可能會展開狂撲，查理自己也會衝進來。也許我誤判了歐文遺囑裡的意思，也許我為了要讓貝莉與歐文脫離困境卻讓他們陷得更深。我讓自己獨留在獅窩裡，某種犧牲，以凱特之名，或是歐文之名、貝莉之名。

我提醒自己，沒關係。如果我的行為符合了我來此的目的，那麼我就坦然接受。

我放下酒杯，目光又回到了貝莉嬰兒時期的那些照片。我發現其中一張是穿著派對禮服，頭上還綁著蝴蝶結。

那照片稍微緩解了我的心情，尼可拉斯似乎也注意到了，他拿起它，交給了我。

「那是克莉絲汀兩歲生日時拍的照片。那時候的她已經會講完整的句子，真厲害。可能是生日之後的那個禮拜吧，我帶她去公園，巧遇她的小兒科醫生，他問她好不好，她回答的篇幅足足有兩頁那麼長，」他說道，「那小兒科醫生難以置信。」

我雙手握住那張照片，貝莉回視著我，那頭捲髮是她整體自我之開場。

我回道：「我相信。」

尼可拉斯清清喉嚨，「我猜她現在還是這樣吧？」

「不是，」我回道，「她最近的檔位是單音節字詞，至少對我說話時是如此。不過，整體而言，沒錯，她是眾人矚目的燦星。」

我抬頭，看到尼可拉斯的臉。他面露怒氣，我不知道為什麼。他生氣是因為我做了什麼事？讓貝莉無法以我期盼的方式喜歡我？或者他生氣的是自己一直沒有機會親眼見證？

我把他的照片還給他，他把它放回他的書桌桌面，態度偏執，一定要置於原來的位置，讓他擁有的每一張她的照片正好留在他可以找到的地方。這有點像是一廂情願，彷彿要是他能夠以這種方式掌控她，就會幫助他再次找到她的下落。

「好，漢娜，我到底可以幫妳什麼忙？」

「是這樣的，貝爾先生，我希望我們能夠達成某種共識。」

「拜託，叫我尼可拉斯就好。」

我說道：「尼可拉斯……」

「少來了。」

我深呼吸，在座位裡傾身向前。「你根本還沒有聽我要講什麼。」

「我的意思是少來了，妳來這裡的原因不是為了要達成什麼共識，」他說道，「這一點妳知我知。妳來這裡是希望我並不是大家所告訴妳的那種人。」

「不是這樣，」我說道，「我對於這裡誰是誰非並沒有興趣。」

「很好，」他說道，「因為我認為妳要是知道真正的答案是不會開心的。大家不習慣以那種方法思考。我們心證已成，過濾各種線索、建構一個支持自我意見的模式。」

我問道：「你不太相信大家會改變想法？」

「妳覺得吃驚嗎？」

「通常不會，但你是律師，」我說道，「說服他人不就是你的重要工作嗎？」

他露出微笑，「我想妳把我跟檢察官弄混了，」他說道，「刑事辯護律師，至少就優秀的刑事辯護律師來說，絕對不會去說服任何人，我們的行為恰恰相反，我們要提醒每一個人，不能確保自己什麼都一清二楚。」

尼可拉斯伸手拿起他書桌上的棕色盒子，菸盒。他打開了盒蓋，取出了一根菸。

「我不會問妳想不想來一根，噁心的壞習慣，我知道。不過我十幾歲就開始抽菸，在我出身的那座小鎮之中，也沒有什麼其他事好做。我在牢裡的時候又開始抽菸，也是沒有什麼其他事好做，」他繼續說道，「我自此之後就戒不掉了。我太太還在世的時候，我嘗試過戒菸，用了那些尼古丁貼片。妳有沒有看過那種東西？要是有菸癮的話，可以幫你戒除，但我再也不裝了，自從我沒了太太之後……何必呢？查理對於我重拾菸癮感到很難過，但他也無能為力。我想我都是老人了，總是會有別的原因先奪走我命。」

他把菸放入嘴裡，手裡拿著銀色打火機。

「如果妳願意遷就我一下，我想跟妳講個小故事，」他說道，「有沒有聽過哈里斯・葛雷這個人？」

我回道：「應該沒有。」

他點菸，深吸了一大口。

「沒有，當然不可能，妳怎麼會聽過？當初是他介紹我認識了我之前的那些客戶，」他說道，「我第一次見到他的時候，他二十一歲，位於組織相當底層。要是他的位置再高那麼一點，那麼頭頭們就會找他們的其中一名內聘律師幫他脫困，那麼我現在也不會坐在妳的對面了。但他並不是這樣的人，所以我被奧斯汀當局找去，為他辯護。某天晚上我加班的時候，被分派到公設辯護人辦公室的隨機指定案件。哈里斯因為持有一些奧施康定被捕，不是巨量，但也夠多了，起訴他的罪名是意圖散布毒品，當然，這的確就是他的意圖。」他又抽了一口菸，「我的重點是，我恪盡職守，也許表現得太出色了一點。通常來說，哈里斯必須坐牢一段時間，三十六個月，要是站在不對盤的法官面前，很可能是七十二個月，但我讓他最後獲判無罪開釋。」

我問道：「你是怎麼辦到的？」

「就跟所有表現出色的人一樣，」他說道，「我只是全神貫注，而檢察官完全沒料到我會這樣，他態度疏懶，根本沒有揭露某些證明無罪之證據，所以我就讓這案子遭到駁回，哈里斯獲釋。之後，他的老闆們就要求見我，他們對我的表現大感驚豔，想要親口讚許，而且他們希望我為他們集團惹麻煩的其他成員再次提供服務。」

我不知道他期盼我說什麼，但他望著我，也許只是要確定我有在聽他說話而已。

「這些哈里斯的頭頭們認定我展現了那種不可或缺的高超本領，可以存續他們的戰將……戰果。所以他們請我與我的妻子搭乘私人飛機前往南佛羅里達，我以前從來沒搭過頭等艙，遑論私人飛機了。他們讓我們搭乘他們的座機、將我們安排在某間配有管家的面海旅館套房，給了我一份商業提案，很難拒絕的那一種……」他停頓半晌，「其實我也不知道自己為什麼要提起那架飛機或面海旅館的管家，也許是要告訴妳，當我遇到我的那些雇主的時候，我張皇失措的程度不只是一點點而已。我要講的並不是我為他們工作是因為別無選擇，我相信大家一定總是會有選擇。而我所做出的選擇是根據法律、為那些值得好好辯護的人提供辯護，我深感榮耀，我從來不曾在我家人面前對此撒謊。至於某些細節，我就沒跟他們多提了，但他們知道我的工作概況，明白我並沒有越界。我盡忠職守，照顧家人，在一天將盡的時刻，這樣的生活與為某間菸草公司工作相比，也並無二致，」他說道，「一樣必須精算道德。」

我說道：「但我也不會為菸草公司工作就是了。」

他回我：「哦，不是每個人都能跟妳一樣接受嚴格的道德規範。」

他說出這句話的時候有一股怒氣，這是我與他爭辯的機會，但我突然想到，這應該就是他帶我回顧他歷史、希望在我面前呈現出那種版本的真正原因，為了測試我。測試我是否真的會與他爭辯、交戰，想必這就是他為什麼會以這種方式闡述自己背景的理由——這是第一個測試。他想要知道我是否會為了迎合他而盲目任他耍得團團轉，或者，我的反應是否具有人性。

「這並不是因為我的道德標準格外嚴謹，不過，就我看來，你的雇主們做出各種傷天害理的事，你明明知情，」我說道，「而你依然選擇幫助他們。」

「哦？那就是判準嗎？」他問我，「不要造成任何傷害？當小孩子剛失去母親的時候、硬生生把她與家人拆散所造成的傷害呢？那小孩明明可以認識那些可以喚起她對母親記憶的每一個人，深愛她的每一個人，她的機會卻被剝奪之後所造成的傷害呢？」

這番話讓我語塞。現在，我懂了。尼可拉斯帶我回顧他的過往，不是為了要美化他自己，也不是為了想知道我是否會與他爭吵。他告訴我這些話，自然就會把他導引到這個方向，就是在這裡，可以讓他一吐怒火。他想要靠它傷害我，他想要以歐文引發的傷口來傷害我——當初歐文選擇這麼做所付出的代價。

「我覺得是他的偽善最叫我無法置信，」他說道，「就伊森的知情程度來說，他完全知道我對我的雇主做了什麼，哪些沒有做，他知道的部分比我親生小孩還多。部分原因是因為他懂加密與電腦，此外他與我變得越來越親暱，所以我就讓他加入。就這麼說好了，他幫助我做了某些事，所以他才有那個本事捅出那種婁子。」

我不知道要怎麼反駁這一點，我完全不知該怎麼與尼可拉斯爭論這件事。這是他以一家之主、犯罪者的角度看待自我的方式，而他把歐文當成了欺騙他的人，這樣一來，歐文與他的罪行就旗鼓相當。對於他根深蒂固的自我認知，我無法與他討論，所以我決定不要與他正面交鋒，改採另一種方式。

他問我：「是嗎？」

我說道：「我覺得你沒說錯。」

「我知道我先生的特質之一就是會為了家人做任何事。而你對他來說的意義就是如此，所以，我想只要是你吩咐他參與的事務，他一定會認真投入，」我停頓半晌，「一直到他再也受不了為止。」

「當伊森進入我女兒生活之中的時候，我已經為我的雇主工作了許久，」他說道，「提醒妳一下，我還是為其他客戶工作，我依然為那些妳一定會認可的客戶工作，但我認為妳對於我的善行的興趣沒那麼大。」

我什麼都沒說，他根本不期待我有任何回應，他要強調他的重點，可以開始他的長篇大論。

「伊森因為凱特的事而怪罪我，他怪我替那些人服務，但他們與那件事一點關係都沒有。她當時為某名德州最高法院法官工作，非常具有影響力的德州最高法院法官吧？妳知道嗎？」

我點點頭，「我知道。」

「妳知道這個法官曾經讓德州法院驟然左傾，而且馬上就要投下關鍵的一票、反對某家大型能源企業，全美第二大的那一家？如果妳要討論真正的罪犯，是那些將高毒性化學物質排放到空氣之中、讓妳的雙眼立刻腫得睜不開的頭頭們。」

他緊盯我不放。

「我的重點是這名法官，也就是凱特的老闆，正在撰寫反對這家企業的主要意見書。它將會帶來銳不可擋的改革風潮，而且這家能源企業必須付出將近六百億美元增進對永續環境的努力。我女兒遇害的第二天，法官回家的時候在自家信箱裡發現了一顆子彈。妳作何感想？這是巧合？還是警告的子彈？」

我回道：「我知道的不夠多……」

「好，伊森覺得自己知道的夠多了，他無法理解我花了二十年在保護的那批人並不會對我女兒做出那種事。我很清楚這些人，而且他們有自己的行規，他們不會那樣搞事，就連最窮凶惡極的其他黑道中人也不會魯莽犯出那種惡行。但伊森不願相信，他只想要怪罪在我身上，還想要懲罰我，彷彿我受的罪還不夠一樣，」他停頓了一會兒，「沒有什麼比失去自己的子女更悲慘的事了，絕對沒有，對一個奉獻家庭的男人來說更是如此。」

我說道：「我明白。」

「妳先生並不明白這一點，他永遠無法理解我的這一個部分。」他說道，「他出庭作證之後，我不願講出我的客戶的秘密，害我家人陷入危險之中，所以坐了六年半的牢，他們把這當成了服務，所以我的雇主們到現在依然對我很慷慨，即便我現在已經退休了，他們還是把我當成家人。」我問道：「連你的女婿害他們那麼多人坐牢，亦是如此？」

「集團裡和我一起入獄的幾乎都是低階分子，」尼可拉斯說道，「我為他們的高階管理階層頂罪，他們一直沒有遺忘，未來也忘不了。」

「所以，理論上你可以請他們原諒伊森吧？如果你有意願的話？」

「我剛剛告訴妳那麼多，妳是沒在聽嗎？」他說道，「我沒有意願。而且，我也無法償還他的欠債，沒有人付得起。」

「你剛剛說他們會為你付出一切。」

「也許那是妳自己想要聽到的話，」他回我，「我剛剛說的是，他們在某些方面對我很慷慨，並非一切，就連家人之間也不可能放下一切。」

「嗯，」我回道，「我想他們不會這麼做。」

我在這時候恍然大悟，另有隱情，我發現了尼可拉斯未承認的部分——至少，現在還沒有說出口。

我問道：「你一直不喜歡伊森，對嗎？」

「抱歉？」

「在這一切發生之前，當你第一次見到他的時候，你就覺得他不是你要的人選，不適合你女兒。這個來自南德州的窮小子，居然想要娶你的獨生女，這不符合你所期盼的女兒的對象。他自小在類似你家鄉的小鎮長大，他與你自己力爭上游的歷程實在太相像了。」

「妳是心理治療師嗎？」

「完全不是，」我說道，「我只是全神貫注。」

他看著我，露出被逗樂的表情。顯然他喜歡這一招，喜歡我拿他的話回堵他。

他問道：「所以妳要問我的是什麼？」

「你所做的一切，就是讓你的子女可以擁有比你更多的各式各樣的選擇，給予凱特、查理更輕鬆的選擇，所以他們有一個充滿希望的童年，最好的學校，最美好的可能性，這樣一來，他們就不需要過得如此辛苦。然而，你其中一個孩子從建築系輟學，決定接下你妻子家族的酒吧，然後又離了婚。」

他回我：「妳講話給我注意一點……」

「而另一個孩子卻選擇了你萬萬不希望成為你女婿的人。」

「誠如我妻子所言，我們不要為自己的子女挑選他們所愛的對象。我女兒決定選擇伊森，我最後就軟化了，我只是希望她幸福。」

「不過，你早有預感對嗎？他不是與凱特共度一生的最佳人選，他沒有辦法讓她幸福。」

尼可拉斯傾身向前，微笑消失了。

「妳知道凱特與伊森開始約會之後，她不跟我說話長達一年之久？」

「我昨天才知道有凱特這個人，」我說道，「所以我並不清楚那段關係的發展過程。」

「她當時是大一，她決定不要與我們有任何瓜葛。其實，應該說是我……她一直沒有和她媽媽斷聯，」他說道，「她都是受到伊森的影響。但我們還是熬過來了。凱特又開始回家，我們和好，女兒們就是這樣，她們愛自己的爸爸，而伊森和我……」

我問道：「你開始信任他了？」

「的確，顯然我當初不該如此，」他說道，「但我真的曾經信任過他。我可以講出妳丈夫的某個故事，妳之後就會對他徹底改觀。」

我不吭氣。因為我知道尼可拉斯說的是真話，至少，他看待的角度是如此，在他的眼中，歐文是壞人。歐文對尼可拉斯做了壞事，他背叛了尼可拉斯的信任，偷走了他的外孫女，人間蒸發。

尼可拉斯的說法完全沒錯，就連對我來說亦是如此。其實，要是我選擇踏入尼可拉斯企圖營造的懷疑歐文的深淵，到達那裡並不困難。歐文並不是我所想像的那個人，至少細節不符，而且還有某些我期盼根本不要存在的部分，我現在無法置之不理的部分。反正，這是我們愛上某人的時候都會簽名的締約，無論如何，那就是我們為了維持那種愛意而不斷簽署的締約。我們不會為了某人身上那些我們不想看到的部分而撇頭拒絕，不過，我們遲早會看到它們。要是我們夠堅強，我們就會接受它們；不然，就是我們接納的程度足以讓醜惡部分不致成為故事的全貌。

因為這也是重點，細節並非是故事的全貌。故事的全貌依然包括：我愛歐文，我愛他，而且尼可拉斯不可能撼動我，讓我懷疑當初我不該一頭栽下去；他不可能撼動我，讓我懷疑自己一直被愚弄了。儘管發生了這一切，儘管所有的證據都指向另一個方向，但我依然相信我沒有。我相信我知道我的先生，最重要的那些細節與片段，這就是我之所以坐在這裡，會講出以下那些話的原因。

「雖然如此，」我說道，「我想你很清楚我先生有多麼愛你的外孫女。」

他問道：「妳的重點是什麼？」

「我想要和你達成一項協議。」

他開始哈哈大笑，「又回到這個了？親愛的，妳不知道自己在說什麼，我們不會討論妳的協議。」

「我想一定會。」

「妳怎麼會這樣想？」

我深呼吸，我知道向尼可拉斯攤牌的時刻即將到來，重點是我要如何向他鼓吹這個提案，現在就會知道他是否聽得進去，懸而未決的唯一關鍵就是我家庭的未來、我的身分、貝莉的身分，以及歐文的性命。

「我想我先生寧可被殺死，也不願意讓你接近你的外孫女。這是我的想法。他斷絕了原本的根、帶她離開這裡，證明了那一點。你對此很憤怒，」

尼可拉斯不發一語，但也沒有別開目光。他緊盯著我的雙眸，我感覺到他開始發火，火氣也太大了一點，但我還是繼續說下去。

「我想你想要和外孫女維持關係吧？我想，你能夠和她維持關係，應該是沒有比這更重要的事了，你一定樂於與以前的那些同夥進行安排、實現這一切。從你剛剛的說法，你可以向他們堅持不要碰我們，讓我們過自己的生活，」我說道，「如果你想要認識自己的外孫女，我想你知道這是你唯一的機會。只有這一條路，不然就是任由她再次消失。因為，我們還有另外一個選擇，他們告訴我應該要慎重考慮的選擇，『證人保護計畫』，一切從頭開始。你的外孫女就再也不會是你的外孫女，歷史再次上演。」

然後，就這樣，發生了，宛若電燈開關被按掉一樣。尼可拉斯的雙眼變得暗沉、空茫，臉色突然爆紅。

「妳剛剛說什麼？」

他站起來，我把椅子往後退，幾乎是還沒意識過來就做出了動作。我把椅子退到門口附近，彷彿覺得他有可能朝我撲來。感覺是有這可能，突然之間，我覺得除非我離開這個房間，離他遠遠的，不然任何事都有可能會發生。

「我不喜歡被威脅。」

「我並沒有在威脅你，」我努力維持語氣平穩，「那並不是我的目的。」

「所以妳的目的是什麼？」

「我求你幫助我，讓你的外孫女安全無虞，」我說道，「我求你給我一個位置，讓她可以認識她的家人，可以認識你。」

他並沒有坐回去，只是死盯著我，久久不放，感覺好漫長。

「那些頭頭，」他說道，「我之前的雇主……我應該是可以與他們協調，我勢必得花一大筆錢，他們也一定覺得奇怪，我這把年紀變成了什麼樣子。不過……我想我們可以確定他們不會動妳和我的外孫女。」

我點點頭，喉嚨一緊，因為我準備要提問，我一定得問出口的下一個問題。

「那伊森呢？」

他回我：「不，沒有伊森。」

他的語氣沒有含糊空間，斬釘截鐵。

「要是伊森回來，我沒辦法向妳保證他安全無虞，」他說道，「他欠下的債太龐大了。我剛剛也說過，就算我有意願，我也沒辦法保護伊森，我把話講清楚，我沒這個意願。」

面對這種棘手狀況，我早有心理準備，我只能盡量做好心理準備——心中有一股微弱的聲音告訴自己，我不會就此順從一切，完成我來到這裡的目的就是了，而當我真正開始進行之後，心中卻發出了另外一股不敢置信的微聲。

「不過，你外孫女呢？」我問道，「可以保證她安全？你剛剛是這麼說的吧？」

「機會很高，是的。」

我沉默了一會兒，等到確認自己願意講出來之後才開口：「好，那就這樣吧。」

「那就這樣吧？」他問道，「那就這樣吧，怎樣？」

「希望你與你的前雇主討論那件事。」

他根本不隱藏自己萬分困惑的神情。他之所以困惑，是因為他自以為知道我來此地的目的，他以為我會為了歐文的性命、為了歐文的安全而哀求他。他不懂其實我要的不過就是如此而已，雖然，表面上看起來完全不是這麼一回事。

他問道：「妳明白妳在盤算什麼嗎？」

我在盤算的是一種沒有歐文的生活，就這樣。完全不是為我自己著想的生活，但可以讓貝莉依然繼續當貝莉的生活。她還是可以成為原本在歐文看顧之下茁壯、讓他深以為傲的那名年輕女子，她將會繼續過原本的生活，兩年內上大學，迎向她想望的任何一種人生——她不需要偽裝成某人——而是做她自己。

貝莉與我會繼續過日子——但沒有歐文，沒有伊森。歐文，伊森：他們兩個在我心中開始融為一體——我自以為認識的那個先生，我其實不認識的那個先生。未來再也不會出現的那個先生，這就是我的盤算。

這是我努力要達成的協議，只要尼可拉斯願意的話。所以，我在這時候向他說出了原因。

我說道：「這是伊森的期盼。」

「少了女兒繼續過生活？」他說道，「我不相信。」

我聳肩，「就算你這麼想，也絲毫不會改變這千真萬確的事實。」

尼可拉斯閉眼。突然之間，他看起來好疲累。我知道部分原因是因為他想到了自己——想到了自己必須過著沒有女兒（以及外孫女）的日子。但也是因為他對歐文產生了憐憫，他不想要體會的那種憐惜之情，但他一直感同身受。

就這樣，尼可拉斯對我顯現出他最不想要展露的那一面：他的人性。

所以我決定告訴他實情，大聲說出我這一整個禮拜在思索的事，但一直沒有說出口——不曾告訴任何人，

「其實我一直沒有媽媽，」我說道，「她在我很小的時候就離家出走，與你最後一次見到外孫女時的年紀相比，也大不了多少。她一直不曾以任何具有意義的方式參與我的生活，只有偶爾寄卡片或是打電話。」

「妳為什麼告訴我這件事？」他問道，「要爭取我的憐憫？」

「不，那不是我的目的，」我說道，「我有外公，他是個超棒的人，總是鼓勵我，充滿了愛心，我過得比大多數的人都豐足。」

「所以為什麼要講這個？」

「我希望可以幫助你了解狀況，我雖然面臨了恐將失去什麼的命運，但我的第一優先是你的外孫女。為她做出正確的事，無論代價是什麼，都值得了，」我說道，「這一點你比我清楚。」

「妳為什麼這麼說？」

「你已經先做了示範。」

他不發一語，他什麼都不需要說出口，因為他明白我在說什麼。我母親從來不曾想要為她的家人奮戰——根本不曾為我奮戰，這成了她的標記。顯然，我樂於放棄一切、為貝莉做出截然不同的行為，反正，這將成為我的標記。

要是尼可拉斯同意我的請求，這也會成為他的標記。我們將會擁有共通點，我們會一起擁有貝莉，我們是會為她的需要奉獻一切的兩個人。

尼可拉斯的雙臂護在胸前，宛若擁抱一樣，彷彿他不知是否該對我做出這個動作，所以抱住了自己。

「如果妳暗暗覺得哪一天會發生改變，」他說道，「一切都會過去，伊森可能會回到妳的身邊，悄悄與妳們一起過日子，他們就此放手……不會的，維持不了多久。這些人永遠不會忘記，那種未來絕對不可發生。」

我鼓起勇氣，說出了我真心相信的答案。「我沒有。」

尼可拉斯盯著我，正在打量我，我覺得我已經觸動了他。或者，無論好壞，至少我們更接近彼此。

不過，這時候有人敲門，查理進來了，顯然查理沒有遵從尼可拉斯的指示留了下來，尼可拉斯看起來不高興，但等一下會更不爽。

「葛拉迪．布拉德佛特在大門口，」他說道，「他後頭還有十多個法警局的人。」

尼可拉斯說道：「他花的時間也太久了……」

查理問道：「你要我現在怎麼處理？」

「讓他進來。」

然後，尼可拉斯轉身，與我四目相接。「要是伊森回家的話，他們一定會知道，」他說道，「他們一直在找他。」

「我明白。」

他說道：「就算他沒回家，他們也可能會找到他。」

「嗯，」我說道，「他們還沒有找到他。」

他側頭打量我，「我想妳搞錯了，」他說道，「我認為伊森最不希望發生的就是離開女兒度過下半生……」

我回他：「不，其實還有更不想看到的狀況。」

「不然呢？」

我很想要說出口，貝莉出事，因為歐文而出事，因為他與這一切的牽連而造成貝莉受到傷害，最後害她喪命。

我說道：「還有別的就是了。」

保護她。

查理碰了一下我的肩膀，「妳的車子來了，」他說道，「妳得走了。」

我起身準備離開，尼可拉斯彷彿聽到了我講話，但後來又似乎什麼都沒聽見，就這麼結束了。

我也不能做什麼了，所以我跟著查理，走向門口。

然後，尼可拉斯在後頭叫住我們。

「克莉絲汀……」他問道，「妳覺得她會願意見我嗎？」

我轉身，迎向他的目光。「我想沒問題，」我回道，「她會的。」

「會是什麼狀況？」

「見面的時間多寡與頻率由她決定，但我保證我絕對不會出言傷害你們的關係。我會確認她明瞭這裡發生的紛擾與你對她的感情完全沒有關聯，她應該要好好認識你。」

「她會聽妳的嗎？」

一個禮拜之前，這問題的答案是否定的。而今天稍早之前，也是否定的吧？她明明知道我希望她不要亂跑，還是離開了飯店房間。不過，我需要他相信答案是肯定的。為了要成功，我需要他的信任，我自己也需要這樣的信念，我知道這是一切的關鍵。

我點點頭，「她一定會。」

尼可拉斯停頓了一下，「回家去吧，」他說道，「日後一定平安無事，兩個都是，我跟妳保證。」

我深呼吸，哭了出來，就在他的面前，眼前立刻淚濕一片。

我說道：「謝謝……」

他朝我走來，給了我面紙。「不用謝我，」他說道，「我這麼做不是為了妳。」

我相信他，但還是收下了他的面紙，然後，我以最快的速度離開了那裡。

魔鬼藏在細節裡

葛拉迪在車內講出了會讓我銘記一輩子的事。

貝莉在法警局辦公室等我們，在返回那裡的途中，他對我說了一件事。我們驅車前行，旭日從瓢蟲湖湖面升起，晨光中的奧斯汀活力四射。當我們上了高速公路的時候，葛拉迪不再盯著路面，目光飄向我——彷彿要是不這麼做的話，我可能會沒注意到他對於我決意採行的舉動有多麼不悅。

然後，他說出了那句話。

「反正他們一定會報復歐文，」他說道，「妳應該要知道這一點。」

我死盯著他的雙眼，因為我至少可以這麼做到這程度，因為我不想要讓他嚇到我。

「尼可拉斯不會就這麼放手，」他說道，「妳被耍了。」

我說道：「我覺得不是如此。」

「萬一妳錯了呢？」他說道，「妳的計畫是什麼？搭上飛機，回去過原來的生活，一廂情願盼望大家平安無事？妳並不安全，接下來的進展絕非如此。」

「你又怎麼知道？」

「十五年的專業。」

「尼可拉斯對我沒有意見，」我說道，「我是在毫不知情的狀況下捲入這一切。」

「我知道，妳自己也知道，但尼可拉斯並不知道，他並非完全不起疑，而且他也不會提供那種類型的擔保。」

「我覺得這是例外狀況。」

「為什麼這麼說？」

「我覺得他想要認識自己的外孫女，」我說道，「而不是處罰歐文。」

這句話讓他為之語塞，我看得出來他正在思忖，我也看得出來他與我做出了相同的結論——或許，可能是真的。

「就算妳說得對，但要是妳這麼做的話，就永遠見不到歐文了。」

又來了，那句話在我耳內，在我心裡轟然作響。尼可拉斯這麼說，現在輪到葛拉迪這麼說，彷彿我不知道一樣。我的確很清楚，它的重力貫穿我身，流竄我全身的血脈。

我正準備棄守歐文，正準備放棄另一種機會，如果真的還有另一種的話，一切都會回歸到歐文與我，我們兩人，終究會回歸到我們兩人身上，我可以懷疑歐文可能會回家，我可以抱持懷疑態度，但如果是選擇了這一條路，我已經知道答案了。

葛拉迪把車停在高速公路路肩，卡車呼嘯而過，疾風震搖車身。

「現在還來得及。幹他媽的尼可拉斯，尼可拉斯以為妳跟他達成的什麼鬼協議，」他說道，「妳必須要為貝莉著想。」

「我一心只想到貝莉，」我說道，「對她最好的出路，歐文期盼我為她所做的安排。」

「妳真心覺得他會希望妳挑選他永遠無法再見到她的那條路？永遠與她斷絕往來？」

「好，那葛拉迪你告訴我，」我說道，「你認識歐文的時間比我久，你覺得他失蹤的時候會希望我怎麼做？」

「我想他會期盼妳低調，等到我幫忙解決一切；期盼他的臉最後不會出現在新聞上頭；期盼妳們要想辦法維護自身安全；還有，如有必要，與我一起合作，找尋方法安置你們所有人，所以你們可以團聚。」

「你就是在這裡害我卡關，」我說道，「每一次都是如此。」

「妳在說什麼？」

「葛拉迪，機率有多高？要是你重新安置我們，他們找到我們的機會有多高？」

「微乎其微。」

「什麼意思？百分之五？還是百分之十？」我說道，「上次出包怎麼說？也是微乎其微的機率嗎？因為以前的確出過事。在你的監控之下，歐文與貝莉卻陷入危險，歐文不希望冒那種險，他絕對不會拿貝莉的安危來賭博。」

「我絕對不會讓貝莉出事——」

「如果這些人真的找到了我們，就會想盡辦法殺死歐文，要是貝莉因而深陷槍火之中，他們不會謹守行規或特別注意她吧，是不是？」

他沒有回答我，他沒辦法。

「追根究柢，就是你沒有辦法保證那不會發生，你沒有辦法對我拍胸脯保證，也沒有辦法對歐文保證，」我說道，「所以他才會把她留給我，所以他才會人間蒸發，不願直接找你。」

「我想妳弄錯了。」

我回道：「我想我先生知道他娶的是什麼樣的人。」

葛拉迪哈哈大笑，「我認為這件事要是給了妳任何教訓，那就是沒有人真的清楚另一半到底是誰。」

「我不這麼認為，」我說道，「如果歐文希望我乖乖坐在這裡，任由你主導一切，他早就說了。」

「那妳要怎麼解釋他寄給我的電郵往來紀錄？他保存的那些鉅細靡遺的檔案？那些資料絕對能把艾維特繩之以法。聯邦調查局已經進入了認罪協商，之後會讓艾維特蹲牢二十年……」他說道，「妳要怎麼解釋妳先生做出這種舉動的原因？他安排一切是為了要讓自己進入證人保護計畫，妳要怎麼排除這種可能性？」

「我想他這麼做是另有原因。」

「是什麼？」他問道，「為了要留給自己好名聲？」

「不，」我說道，「是為了貝莉的名聲。」

他露出竊笑，我可以聽到他想要告訴我、但覺得他說不出口的那些事，我可以聽到他對歐文知悉的一切——與尼可拉斯知道的一樣，但只是染上了不一樣的色澤。也許他覺得告訴我某些更接近真相的內容，會逼使我更靠近他的戰線，但我已經選邊站好，貝莉那一邊，還有我自己。

「我盡量簡單說明，」他開口，「尼可拉斯是超級人渣，將來他一定會懲罰妳。貝莉也許安全無虞，但要是他逮不到歐文，他就會懲罰妳，達到傷害他的目的。對他而言，妳是百分百的消耗品，他並不在乎妳。」

我回道：「我並不這麼認為。」

「好，那妳就必須要知道，企圖過著原本生活的風險會有多高？」他說道，「只有妳讓我介入，我才有辦法保護妳們。」

我沒有接腔，因為他希望我說好——對，我會讓他保護我；對，我會讓他保護我們。我才不會這麼說，原因就是因為我知道他沒辦法——這才是實情。

尼可拉斯反正是有辦法對我們做些什麼，如果他真有這意圖的話，這是我從中學到的事。反正，一切終將回歸，絕對會回到原來的軌道，所以我還不如努力為貝莉一搏。而且靠著這個方法，貝莉就還會是原來的貝莉。

以前沒有人給她那樣的選擇，她已經失去了那麼多，最起碼，我現在可以把選擇的機會交給她。

葛拉迪再次發動車子，回到車流之中。「妳不能相信他，妳要是覺得妳可以這麼做的話，妳一定是瘋了。妳不能和魔鬼打交道、還期盼最後平安無事。」

我不再盯著他，目光飄向窗外。「但我剛剛就是這麼做了。」

找到方法回到她身邊

貝莉坐在會議室裡面，嚎啕大哭。

我還來不及衝到她面前，她自己跳起來奔向我，她緊緊抱住我，整顆頭埋進我的頸凹處。我就這麼抱著她，完全不理會葛拉迪，我什麼都不管了，現在一心只有她。她往後退，我端詳她的臉龐，雙眼因哭泣而浮腫，頭髮黏貼頭皮。她看起來就像是流露自我的小女孩版本，此刻最需要的就是有人告訴她，她現在安全了。

她說道：「我不該離開房間的。」

我撥開她臉龐的髮絲，「妳去哪裡了？」

「我根本不該亂跑，」她說道，「對不起。但我覺得我聽到有人敲門，我嚇死了。然後，我的手機響了，接起來之後只聽到靜電的聲音。我一直說喂喂喂，卻只聽到那聲響，所以我進入走廊，想知道自己能不能聽得比較清楚，我不知道……」

我問道：「妳就一直走到外面去了？」

她點點頭。

葛拉迪狠狠瞪了我一眼，彷彿我安慰她是失了分寸，彷彿我就是越線犯規。這就是他現在看待一切的角度，他對於歐文與貝莉的計畫是在直線的某側，但我卻站在另一邊。此時此刻，他只期盼我必須是達成他自我想像解決方案的一大助力。

「我覺得打電話給我的是我爸爸，我也不知道為什麼。也許是聽到了靜電，或者因為是隱藏號碼。我只是有一股強烈的直覺，他想要找我，所以我心想，我在外頭走個一分鐘就好，看看他是否會再次聯絡我。並沒有，我就……繼續往前走，沒有多想什麼。」

我沒有問她為什麼不至少在離開之前讓我知道她平安無事，也許她並不相信我會放手她去執行她覺得必須完成的任務，這可能是原因之一。但我知道一定還有與我無關的其他原因，所以我決定現在就不要把自己牽扯進去。當我們體悟到要由自己決定突破的那一個當下，永遠與他人無關，重點只有找出突破的方法而已。

「我回去圖書館，」她說道，「再次進入校園，身上帶著庫克曼教授的名冊，重新搜尋年鑑。我們看到了……凱特的照片之後就離開那裡，實在太匆忙了。而我只是覺得……我覺得在我離開奧斯汀之前，我需要知道真相。」

「妳找到他了嗎？」

她點點頭，「伊森．揚恩，」她說道，「那份名單上的最後一個人……」

我沒有說話，等她把話講完。

「然後，他真的打電話給我了。」

我瞬間語塞。然後我問道：「你們說了什麼？」

我差點昏倒了。她和歐文通話，她和歐文講到話了。

葛拉迪問道：「妳和妳爸爸講話了？」

她抬頭看著他，微微點頭。

她問道：「我可以單獨和漢娜講話嗎？」

他跪在她面前，不肯離開房間，顯然這是他表達拒絕的方式。

「貝莉，」他說道，「妳必須告訴我歐文說些什麼，這可以幫忙我去協助他。」

她搖搖頭，彷彿不敢相信必須在他面前講出這些話，儼然勢必如此。

我向她示意就直接說出來，告訴我們吧，我說道：「沒關係。」

她點點頭，緊盯著我，然後滔滔不絕。

「我剛發現爸爸相片。他看起來好胖，而且他頭髮好長，差不多及肩……根本像是一條鮮魚。我就……差點哈哈大笑，他看起來好好笑，模樣很不一樣，不過，真的是他，」她說道，「絕對是他。我打開手機正打算要打電話給妳，告訴妳這個消息，然後，我就收到了來自Singal應用軟體的來電。」

Singal，為什麼這麼熟悉？我想起來了：幾個月之前，我們三人在渡輪大廈吃餃子，歐文拿了貝莉的手機，然後告訴她，他幫她安裝了一個軟體，名叫Signal的加密通訊軟體。他告訴她，網路上的一切都不會消失，他還講了很難笑的笑話，她如果想要傳色情訊息（他真的講出色情）的話，那麼她就應該要使用這個軟體，她的反應是假裝要把自己口中的餃子吐出來。

之後，歐文轉趨嚴肅，他說要是她想要失蹤的時候打電話或傳訊，那麼就應該要用這個軟體，他還說了兩次，確保她聽進去了。她回他：「只要你不要再跟我說什麼色情啊這種字眼，我就會一直留著這個軟體。」他說道：「那就一言為定。」

現在，貝莉講話速度飛快。「當我一說嗨，他已經開始講話了。他沒說他在哪裡打的電話，也沒有問我是否安好。他說他有二十二秒的時間，我記得，二十二秒。然後，他說他很抱歉，是言語無法表達的歉意，要是他當初好好安排自己的生活，現在就根本不需要打這通電話。」

我望著她再次強忍淚水。她沒有看著葛拉迪，只是盯著我。

我溫柔問道：「他說了什麼？」

我看得出這個答案壓得她好沉重，在這麼年輕的孩子的肩頭留下了無比深重的印痕。

「他說他得要等到很久之後才能再打電話，他說……」她搖搖頭。

我追問：「貝莉，他說什麼？」

「他說……他真的沒有辦法回家。」

我望著她的臉龐，看著她努力消化——這個令人難以置信的可怕消息，他一直不想對她說出口的難以置信的可怕消息，我自己一直在懷疑的難以置信的可怕消息，其實我早就知道的難以置信的可怕消息。

他消失了，他再也不會回來了。

她問道：「他的意思是……永遠嗎？」

我還沒來得及回答，貝莉已經發出哀號，迅速冒出的喉音，她知道了，她也明白了一切，聲音哽咽。

我把手放在她的手上，她的腕部，抓得好緊。

「我真的覺得……」葛拉迪插嘴，「我只是……真的覺得妳不了解他的意思，」

我狠狠瞪了他一眼。

「從這通電話如此令人不安的狀況看來，」他說道，「我們現在必須要討論接下來的步驟。」

她的雙眼依然盯著我，「接下來的步驟？」她說道，「什麼意思？」

我緊盯著他，所以這是只有我們兩人的世界。我靠到她身邊，這樣一來，等到我說出由她決定的時候，她就會相信我所言為真。

「葛拉迪的意思是我們現在的去處，」我說道，「看看我們是不是要回家……」

「或者，看是不是要由我們幫妳們建立一個新的家，」葛拉迪說道，「就像是我現在告訴妳的一樣，我可以為妳和漢娜找尋一個不錯的地點，妳們一切重新開始。妳的父親會在覺得安心的時候返家，與妳們在一起。也許他在那通電話裡表達的是這個意思，但是——」

她打斷他，「為什麼不行？」

「抱歉？」

她緊盯他的雙眼。

「為什麼明天不行？」她說道，「別管明天了，為什麼不能是今天？如果我父親真的知道你是最佳選擇，那麼他現在為什麼沒有和我們在一起？為什麼依然在逃亡？」

葛拉迪忍不住發出了輕笑，憤怒的輕笑，彷彿是我訓練貝莉提出那種問題——熟悉也深愛歐文的人明明就只會問這樣的問題，彷彿葛拉迪就是不信。歐文不想被強迫取指紋，他避免自己的臉孔成為鋪天蓋地的新聞內容。他竭盡所能，就是為了避免外力摧毀貝莉的生活，她的真實身分。所以他人在哪裡？已經沒有別的計畫了，已經沒有下一步。要是他會回來，要是他認為全家重新開始安全無虞，那麼他現在就會在這裡，在我們的身邊。

「貝莉，我覺得我現在沒有辦法給妳一個讓妳滿意的答案，」他說道，「我能做的就是告訴妳，反正就是必須要讓我幫助妳，這是讓妳安全的最佳方案，只有這個方式才能保障妳們的安全，妳與漢娜。」

她目光低垂望著她的手，我的手擱在她手背上面。

「所以……那就是他的意思了嗎？我是說我爸爸？」她問道，「他不會回來了？」

她在問我，她想要向我確認她已經知道的事，我毫不遲疑。

「不會，我想他沒辦法了……」

我從她的眼眸中看到了情緒變化——她的憂傷轉為憤怒。之後，又回復為憂傷，然後又轉為悲痛。當她開始努力面對這困境的時候，就會出現某種狂暴、寂寞、無可避免的循環。要怎麼開始面對？做就是了，投降，自己的各種感受只能投降。但不能絕望，我一定不會讓她絕望——如果這是我唯一能為她做的努力。

「貝莉……」葛拉迪搖頭，「我們不知道那是不是真的，我認識妳父親——」

她猛抬頭，「你剛剛說什麼？」

「我剛剛說，我認識妳父親——」

「不，我才認識我父親……」

她皮膚漲紅，目光灼熱堅定，我看得出來——她已經慢慢做出了決定，確定自己的需求，成為某種沒有任何人能夠從她身上奪走的意志。

葛拉迪繼續說個不停，但她已經不想再聽他說話。她盯著我，說出了我覺得她會說出的那句話——我覺得一路走到這個時候她會說的話。也就是我去找尼可拉斯的理由，我之所以會做出這種舉動的原因。她只對我一個人開口，她放棄了其他部分。我會靠著時間把它修補回來，我會竭盡一切努力幫助她修補回來。

她說道：「我只想要回家。」

我望著葛拉迪，彷彿在告訴他，你也聽到她說的話了。然後，我靜靜等待他不得不做出的下一步。

讓我們走人。

兩年四個月前

他開口：「教我怎麼做吧……」

我們打開了我工作室的燈。我們剛剛離開了劇院，結束了我們的非約會、歐文問我可否和我一起回到工作室，不是要亂來，他鄭重聲明，他只是想要學習怎麼使用車床，只是想要知道我平常怎麼工作。

他東張西望，摩拳擦掌，開口問道：「好……我們從哪裡開始？」

「要先挑選一塊木頭，」我說道，「一切都從挑選一塊好木開始，如果不好，那就不可能有好作品。」

他問道：「你們木藝製作師會怎麼挑木頭？」

「我們木藝製作師挑木各有門道，」我說道，「我外公最經常使用的是楓木。他喜歡它的色澤，喜歡凸顯本身特色的紋理，但我使用各式各樣的木材，橡木、松木、楓木都有。」

他問道：「妳最喜歡處理哪一種木材？」

我回他：「我不玩最喜歡什麼什麼的遊戲。」

「哦，謝謝告知。」

我搖搖頭，憋笑。「如果你要取笑我……」

他舉起雙手，做出投降狀，「我沒有要取笑妳，」他說道，「我只是對妳神魂顛倒。」

「好，那麼，我盡量不要陳腔濫調，我覺得不同的木頭會因為不同的理由而對你產生魅力。」

他走到我的工作區，彎身，讓雙眼得以平視我的最大車床。

「那機器是我的第一課嗎？」

「不，第一課是要挑選一塊可以琢磨的木料，」我說道，「這是我外公的口頭禪，我覺得千真萬確。」

他伸手撫摸我正在雕琢的松木，那是一塊憂鬱的松木——顏色陰暗，對松木而言太深沉。

他問道：「這傢伙的特點是什麼？」

我把手放在中央的某一個點，褪淡色澤近乎金黃，被清刷得乾乾淨淨。

「我覺得這個部分，就在這裡，我覺得可以變成值得玩味的重點。」

他也伸手擱在那裡，沒有碰我的手，根本連嘗試摸一下都沒有——純粹想要領悟我剛才示範給他的部分。

「我喜歡那一段話，我喜歡那樣的哲理，我要說的是……」他說道，「我覺得也應該可以套用在人的身上，在一日將盡的時候，總是會看出某個標記。」

「你的標記是什麼？」

他反問我：「妳的標記是什麼？」

我微笑，「我先問你的。」

他對我回笑，啊，那樣的微笑。

「哦，好吧，」他說道，然後，他毫不猶疑，完全就是不假思索。「為了我女兒，叫我做什麼都願意。」

有時候你還是可以再次返家

我們停在柏油跑道，等待飛機起飛。貝莉盯著窗外，她面容疲累——冒出了黑眼圈，雙眼浮腫，肌膚有紅斑。她看起來精疲力竭，而且神色恐懼。

我還沒有把一切告訴她，但她似乎已經夠清楚的了，已經知道我對於她的恐懼完全不會感到意外，要是她不怕，我才會真的嚇一跳。

「他們會來看妳，」我說道，「我指的是尼可拉斯與查理，要是妳願意的話，他們也可以把妳的表弟一起帶來。我覺得應該很不錯，妳的表弟們真的很想認識妳。」

她問道：「他們不會住在我們家啊什麼的吧？」

「不會，絕對不會那樣。一開始的時候，我們就是一起吃個一兩餐。」

「妳都會在吧？」

我說道：「從頭到尾都會陪妳。」

她點點頭，正在思索。

她問道：「我現在就得決定要不要見表弟嗎？」

「妳現在不需要決定任何事情。」

她就沒繼續說話了。她已然明白——同時也讓自己慢慢融入現實——她父親不會回家了，但她不想討論這件事，還不想。她不想和我一起探究少了他之後會變成什麼景況，感覺又是什麼，也不需要現在讓它們發生。

我深呼吸，盡量不要去想勢必會發生的那些事——如果不是現在，那麼也會馬上到來。現在，我們必須採行的步驟，一步接著一步，是為了要回到我們的生活裡。茱莉絲與麥克斯會在機場接我們，今天我們家的冰箱塞滿了食物，餐桌上已經有晚餐在等著我們。但那些事必須持續下去，日復一日，直到一切又恢復正常感為止。

還有那些我無力阻卻發生的一切，比方說自此之後的那幾個禮拜（或者是自此之後的好幾個月）的餘波盪漾，當貝莉準備要迎接復原之類的階段的時候，我將會第一次擁有思考自我的寧靜時刻，思索我失去了什麼，還有什麼將永不復返。只思考自己，還有歐文，思索在少了他的狀況下——我失去了什麼——還有哪些部分依然在流失中。

等到世界再次恢復平靜，我必須費盡千辛萬苦，才不會讓失去他的傷痛擊垮我。

我不會被擊垮的，原因不可思議至極。因為我會找到我現在才能夠思索的那個問題的答案：如果我早就知道了，我還會走到這一步嗎？要是歐文打從一開始就告訴我，他曾經有這樣的過往，要是他曾經警告我可能會陷入的處境，我還會選擇他嗎？我還會選擇現在這樣的結局嗎？它讓我瞬間想到了我母親離家出走之後沒多久，我外公展現慈悲的那一刻，我當時得到領悟，我的歸屬就是當下。然後，我會感受到那個答案宛若看不見的熱力，流竄我身。對，我的回答毫不遲疑。就算歐文之前告訴了我，就算我早就知道了一切，對，我還是會做出這樣的選擇，這個念頭會讓我繼續走下去。

「為什麼拖這麼久？」貝莉問道，「為什麼我們還沒有起飛？」

「我不知道。空服員剛剛應該有說跑道需要支援什麼的。」

她點點頭，雙臂貼住自己，又冷又不開心，她的T恤無法抵禦機艙內的寒氣，兩隻手臂冒出了雞皮疙瘩，又來了。

不過，這一次我已經準備好了。兩天前——兩年前——我都還沒準備好。

不過，現在顯然出現了不一樣的情節。現在，我把手伸入自己的袋子裡，取出貝莉最愛的羊毛兜帽衫。我早已把這件衣服塞入自己的隨身行李袋，就是為了準備應付這一刻。

這是破天荒第一遭，我知道要怎麼滿足她的需求。

當然，這也不代表全部，根本還天差地遠。但是她接下了她的毛衣，穿好，以掌心搓熱手肘。

她開口，「謝謝。」

「不客氣。」

飛機向前衝了幾公尺，倒退。然後緩緩離開跑道。

「出發了，」貝莉說道，「終於。」

她往後一靠，貼住座位，上路之後讓她如釋重負。她閉上雙眼，將手肘放在我們之間的扶手。

她的手肘擱在那裡，飛機開始加速。我也把手肘擱在那裡，我感覺到她動了一下，感覺到我們做出相同的動作，我們靠近彼此，而不是拉開距離。

就是這種感覺。

某個全新的起點。

五年後，或是八年、十年之後

我待在洛杉磯的太平洋設計中心，與二十一名其他的工藝師與木作者共同參加「初見」聯展，我要在他們提供的展間裡首次發表全新的白色橡木系列作（大部分是傢俱，還有些是木碗以及比較大型的物件），

這種展覽是挖掘潛在客戶的大好曝光機會，不過，這也像是某種團聚——而且，就像大多數的團聚聚會一樣，多少會有點無聊。好幾位建築師與同儕過來打招呼、寒暄，我盡力和大家聊天，但我開始覺得累了。當時鐘的指針指向傍晚六點的時候，我發現自己已經開始對人群無視，不再盯著大家。

貝莉要和我一起吃晚餐，所以我幾乎都在注意她的身影，很開心有藉口可以結束這一天。她會把她最近交往的對象帶過來，一個名叫謝普的對沖基金經理人，但她信誓旦旦我一定會喜歡他，她說，他真的不像那樣……

我不確定她所指的是他在金融界工作？抑或是謝普這個名字[5]？反正，他似乎是她上一個男友的對比，前一個名字沒那麼討厭（約翰），而且沒工作。二十多歲的約會對象，反正隨便啦，她現在一心想的都是這些事，其實我覺得很慶幸。

現在她住在洛杉磯。我也是，距離海洋並不遠——與她的距離也不遠。

一等到貝莉高中畢業，我就立刻賣掉了那一棟水上屋。我並沒有懷抱任何幻想，以為這個舉動就可以躲避他們的監控——要是歐文真的回來的話，那些躲在暗處伺機而動的人就會猛撲上去。我非常確定他們依然緊迫盯人，想要抓住他可能冒險一試、回來探望我們的機會。我過日子的方式就是不管他到底有沒有回來，反正就當作他們一直在監控。

有時候，我覺得我看到了他們，某間機場休息室，或是某間餐廳外頭，當然，我不知道他們是誰。只要是哪個人盯著我的時間多了那麼一秒鐘，我就會將其對號入座。這樣一來，也就無法讓太多的人靠近我，這一點也不壞，因為我擁有我需要的人。

不算完整的某人。

他走進了展間，態度一派輕鬆，肩上掛著後背包。蓬亂的頭髮剪成了平頭，髮色變得比較深，鼻樑扭曲，彷彿斷過一樣。他身穿直扣式襯衫，捲起袖口，露出了大片刺青，一直延伸到手掌，以及手指，宛若蜘蛛一樣。

就在這時候，我注意到他的婚戒，依然戴在手上，那是我為他做的婚戒，窄版的橡木光面，應該沒有任何人會多加注意，但我非常清楚。他的模樣看起來完全不像他自己，這也是另一個重點，但我猜也許當你必須要在大庭廣眾之下避人耳目勢必得這麼做吧。然後，我開始懷疑那到底是不是他。

❺ 此名與「工作坊」發音近似。

這不是我第一次覺得見到他，我覺得我到處都看得到他。

我實在太心慌了，手中的紙張全部掉了下來，落在地上。

他彎身幫忙，沒有笑容，這動作會害他洩底。他也沒有碰我的手，也許是太難以承受了吧，對我們兩個都是。

他把那些紙交給了我。

我好不容易開口向他道謝。我是不是說得太大聲了？我不知道。

也許吧，因為他點點頭。

然後，他站起來，開始往外走，一如他剛剛進來的方式，就在那個時候，他說出了只有他會對我說出的某句話。

歐文說道：「那些有緣無分的男人們依然愛著妳……」他講話的時候，根本沒看著我，而且壓低聲音。

這就是你打招呼的方式。

這就是你道別的方式。

我的皮膚開始發燙，雙頰漲紅，但是我什麼都沒說，完全沒有時間說任何話。他聳肩，把肩上的背包背帶往上拉，然後，消失在人群中，就這樣。他只不過是另一個設計狂罷了，正準備要去別的展間。

我不敢目送他離開，不敢朝他的方向張望。

我一直低垂目光，佯裝在整理文件，但是身體散發熱氣的模樣卻清晰可見，在那個當下，要是有人仔細凝視——就會發現那股熱紅之氣一直在我的皮膚、我的臉龐徘徊不去，我只能暗自祈禱不會被人看到。

我逼自己數到一百，然後又再數到一百五。

終於，我告訴自己可以抬頭了，我看到的是貝莉。這立刻讓我冷靜下來，集中心緒。她從歐文離開的同一個方向朝我走來，歐文已經離開了。她身穿灰色羊毛洋裝，高筒匡威球鞋，棕色長髮蓋住了一半的背脊。歐文是否與她擦身而過？他自己是否看到她出落得如此標緻？充滿自信？

我希望他看到了，但同時也希望他沒看到。畢竟，誰知道哪一種方式才能消解他所承受的折磨？

我深呼吸，端詳她。她與新男友謝普手牽著手，他對我致敬行禮，我知道他一定覺得這招很可愛，並沒有。

不過，當他們朝我走來的時候，我還是在微笑，我怎麼可能忍得住笑意呢？貝莉也在微笑，對我微笑。

她開口叫我：「媽……」

致謝

我是在二〇一二年開始著手這本小說，多次束之高閣，但我似乎就是無法放手。非常感謝蘇珊·葛拉克，每當我遇到鬼打牆狀況的時候，都是靠她機敏引路，幫助我找到了自己渴望說出的那個故事。

瑪莉蘇·魯奇，妳的細心編輯與睿智評語讓這部作品在各個層次都更上一層樓。感謝妳，妳是所有作者期盼的最佳搭檔，我的夢幻編輯，也是好友。

我要感謝Simon & Schuster的厲害團隊：達娜·卡內迪、強納森·卡普、漢娜·帕克、納沃恩·強森、理查德·若爾、伊莉莎白·布里登、札卡利·諾爾、傑克·索爾、溫蒂·席寧、瑪姬·蕭薩德，以及茱莉亞·普羅索爾，還要感謝WME集團的安德莉亞·布拉特、蘿拉·波納、安娜·狄克森，以及蓋比·菲特爾斯。

西爾薇亞·拉比諾，我們從第一本書，第一天開始就一直合作無間。感謝妳，妳是我最信任的顧問，妳是雅各的「西薇」，也是我在這個地球上最喜歡的人之一，我愛妳。

深深感謝凱瑟琳·艾斯克維茲與葛雷格·安雷雷斯的法律專業協助，感謝西蒙·浦亞擔任奧斯汀的優秀嚮導，感謝尼可·卡納爾與鴛·蕭，送給我放置在我書桌的那個美麗木碗，也深深啟發了我對漢娜這個角色的著墨。

感謝以下諸位看過多份草稿（在過去這整整八年之間！）以及提供了寶貴的協助與見解，感謝大家：艾莉森、溫恩、斯考奇、溫蒂・馬利、湯姆・麥卡錫、艾蜜莉・尤瑟、史蒂芬・尤瑟、喬安娜・夏爾吉爾、強納森・托普爾、史蒂芬妮・亞伯拉姆、奧莉薇亞・漢米爾頓、達米安・查澤勒、蕭娜・賽利、達斯提・湯瑪森、海瑟・湯瑪森、阿曼達・布朗、艾琳・費奇、琳賽・魯賓、麗茲・史圭頓、小勞倫斯・歐唐納、綺拉・葛登伯格、艾瑞卡・塔維拉、萊克希・埃斯克文資、薩莎・佛曼、凱特・凱普蕭、詹姆斯・菲爾德曼、茱蒂・賀伯特、克里斯蒂・馬可斯科・克里格、瑪莉莎・耶雷斯・吉爾、達娜・佛曼，以及艾蕾葛拉・卡德拉。還要特別感謝蘿拉・李維・紐斯達德特、瑞絲・薇斯朋、莎拉・哈登，以及Hello Sunshine的厲害團隊——諸位對於這本書的信心，簡直就等於讓我美夢成真。

我也要誠摯感謝戴夫與辛格家族，以及我的那些超棒朋友們，感謝他們堅定的愛與支持。還要感謝各位讀者、讀書小組、書商，以及愛書人，諸位的相伴一直讓我感恩珍惜。

最後，是我們家的男人們。

喬許，我不太確定應該要先對你感謝哪一個部分才好。應該先說的是若非因為有你，以及你對我的信心，也不會有這部小說問世（一定不可能），或者，應該是我其實不敢置信自己能夠擁有一個這樣的伴侶，歷經了十三年之後，依然讓我如此瘋狂愛戀。不過，要是我先從咖啡開始感謝可以嗎？我好愛你的咖啡，而且我對你的愛無止無盡。

雅各，我的獨一無二、善良聰明又搞笑的小男人。當你來到這個世界的時候，我獲得了重生。我一路走來，對於你所教給我的一切充滿感激，讓我學得謙卑。我該怎麼說呢，孩子？我是不是天天都有告訴你，能夠成為你的母親，是我生命中的莫大恩賜。

Storytella **155**

殘句線索

The Last Thing He Told Me

殘句線索/蘿拉.戴夫作；吳宗璘譯. -- 初版. -- 臺北市：春天出版國際文化有限公司, 2023.05
面； 公分. -- (Storytella；155)
譯自：The Last Thing He Told Me
ISBN 978-957-741-676-6(平裝)

874.57 112004526

ISBN 978-957-741-676-6
Printed in Taiwan

This edition is arrangement with William Morris Endeavor Entertainment, LLC. through Andrew Nurnberg Associates Limited.

作　者　蘿拉・戴夫
譯　者　吳宗璘
總編輯　莊宜勳
主　編　鍾靈

出版者　春天出版國際文化有限公司
地　址　台北市大安區忠孝東路四段303號4樓之1
電　話　02-7733-4070
傳　眞　02-7733-4069
E－mail　bookspring@bookspring.com.tw
網　址　http://www.bookspring.com.tw
部落格　http://blog.pixnet.net/bookspring
郵政帳號　19705538
戶　名　春天出版國際文化有限公司
法律顧問　蕭顯忠律師事務所
出版日期　二〇二三年五月初版

定　價　420元

總經銷　楨德圖書事業有限公司
地　址　新北市新店區中興路二段196號8樓
電　話　02-8919-3186
傳　眞　02-8914-5524
香港總代理　一代匯集
地　址　九龍旺角塘尾道64號 龍駒企業大廈10 B&D室
電　話　852-2783-8102
傳　眞　852-2396-0050